書かずにはいられない

北村薫のエッセイ

新潮社

北村薫

書かずにはいられない
北村薫のエッセイ

contents

書かずには
いられない

北村薫のエッセイ

1

身辺探索

消えてしまう筈のものを

まとも過ぎるほどまともな私である。（と、思う。）しかし、知り合いには風変わりな人物もいる。

私がいつもの通りネクタイに紺の背広などで仕事をしていると、後ろから来て、いきなり頭をつかむ。両手の指で、ぐっとばかりにつかむのである。わっと叫ぶと、

「うーん、疲れてますなあ」

頭皮の張り具合で分かるのだという。その人物のいわく、《自然が一番》。

「だから、体が自然に欲するものが本当に必要なもの。塩と御飯だけ食べたかったら、それだけ食べてればいいのです」

栄養が片寄るのではないか。

「そんなこと気にするのはナンセンス。仮に、人参にいわゆる《栄養》があるとします」

フムフム。

「泣いて嫌がる子に無理矢理食べさせても体のためにならない。かえって悪くなる。食べないでいた方がずっと体調はいい」

なるほど、そうかもしれない。でも病気になったらどうしよう。あるがままでほっておくのか。

「当然です。体自体に直す力があるわけだから、薬なんか飲むのは邪道」

頭が割れそうに痛くなったら？

「それでも飲みません」

死んじゃったら？

「死ぬ時が来てたんだから、それでいいのです」

確信を持っていわれると納得してしまう。

――で、何がいいたいのかというと、実は私の書いたものも、主義主張があって、というより、ごくごく自然に出て来たものなのである。

二冊八編を発表して、それでも人を殺していない推理作家というのは（作家などというのはおこがましいが、そこは許していただくとして）世界でもパンダぐらいには珍しいのではないか。となれば、《あれが趣向なんだね》とか《もう意地でやってるんじゃないの》などと思われるかもしれない。ところがそういうわけでもないのだ。

確かに《密室や殺人がなくてもミステリは書ける筈だ》という気持ちで第一作の構想を立てた。頭にあったのは坂口安吾の『アンゴウ』である。

しかしながら、いくつか書いていけば殺人に到達するような漠然とした気分はあった。

（何せミステリですからね）。

ところがである。読んでいる時は百連続殺人事件でも《あ、そう》と読めるのに、書くとなるとこれが簡単には出来ない。

物騒なことに《早く殺せ、早く殺せ》という友達もいる。まるで働きの悪い殺し屋である。確かにミステリとなれば、登場人物は殺し殺されるものかもしれない。『何々殺人事件』という題はミステリですよ、という看板に他ならない。

しかし、私の作品世界では（少なくとも今までのところは）現実に殺人が起こらなかったのだから仕方がない。作者だからといって、ありもしない殺人事件を無理矢理でっちあげる訳には行かないし、権利もない。

不自然は体によくない。

さてさらに、あるがまま、の話が続く。装画をしてくださった高野文子さんは鋭い読者である。その高野さんに《物語》と《本格》の折り合いをどうやってつけているのですか、と聞かれたことがある。けれど、《私》という家の中で《物語》嬢と《本格》君が喧嘩をしたような事実は、これまでのところ、まったくない。二人は至極仲のいい恋人同志なのである。

融合を目指したなどというわけではなく、ただもう不即不離の形で浮かんで来たものなのである。それをそのまま形にしたとしかいいようがない。

書かせてさえもらえるなら何冊か続く筈の《私と円紫さん》シリーズについては、これからもその色合いが変わることはないだろう。ただ、人が死や老いという事実に立ち会わないで生きて行くことは、不可能だろうし許されもしないと思う。あの主人公も、いずれは何らかの形で、そういったものを見詰めることになると思う。

その他にも、書ければ書きたいものは、いくつかある。それを、このようなもの、と一口にいうのは難しい。

ミステリは様々な顔を持っていると思うし、読み手としての私はその多様性をずっと愛し楽しんで来た。だから、登場人物と舞台さえ替われば、それこそ自然に百連続殺人事件といえども書ける、——かもしれない。

ただ形はどう変わっても、文章を綴るというのが、消えてしまう筈のものをつなぎとめる作業であることに変わりはない。

今、この文章は真夜中に書いている。

見えるところに、籠に入った野菜のおもちゃがある。子供のものである。一つ一つの大きさは、手の中に隠れるほど。一番上に、ぶどうが乗っている。昼の光の中なら青味を帯びて見えるそれが、今は暗紫色、一粒一粒が黒ずみ、病気の臓器のように見える。そう思い出すと、あれを並んでいるレモンやら桃やらの下に隠して見えないようにしたい、と痛烈に思う。しかし、動きはせずに、ここまで書いた。

こういった感覚は一時のものである。何分かの後には、そういう思いが存在したということすら消えてしまうだろう。朝目覚めた時にはすでに忘れられている夢のように、確実にあったものが、跡形もなく消え去るのである。

だが、書けば残る。

こういったものを、つなぎとめたいという思いは常にある。書いていくという作業が、もしも私に許されるのなら、大事にしたいのはそれである。

愛猫闘病記

チョコエッグというのが、流行っています。卵型のチョコレートの中に、青いカプセルが入っている。そこに様々な動物のフィギュアが隠れているのです。これが、なかなかよく出来ています。本屋さんに、そのフィギュアの図鑑が積まれているのを見て、面白いと思い、現物を買い始めてしまいました。ペット動物編の卵には、猫のアメリカン・ショートヘアも入っていて、細かいことにちゃんと、ブラウンタビーとシルバータビーが塗り分けられています。

うちの《ゆず》は、ブラウンの方です。しかし、そのフィギュアを見て、

「似てないなあ」

という話になりました。個体差がありますから、当然なのですが、模様や顔付き、さらに体型が違う。《ゆず》の方が、ちょっとお腹に肉がついています。——などと並べるより、一言でいうなら（どういう筋道をたどっても、結局こうなるのですが）うちの子の方が、可愛いのです。

さて、もっと大きな違いは、フィギュアには体調の変化がないということです。秋の初め、うちの娘が声をあげました。

「《ゆず》が唸ってるよ！」

なるほど、《ゆず》が、床に置いてあった段ボールの箱の中に入り、尋常ではない声をあげています。近寄ってみると、腰を落とし、下にこすりつけるような格好をしている。手を出す

と怒ります。よく見ると、粗相していました。今までにないことなので、びっくりしてしまいました。

ちょうどその直前に、去勢手術がうまくいかなくて、あちこちに小用をしてしまう猫のことを読んだばかりでした。《ゆず》も男の子で、昨年、去勢手術をしていました。タイミングがぴったりだったために、すっかり、その情報にとらわれてしまいました。

「駄目だよ」

と、たしなめてしまいました。

ところが、何度かそれが続き、見ていると、どうも痛がっているとしか思えません。とにかく看てもらおうと、娘と一緒に、犬猫病院に連れて行きました。

当日は膀胱炎の注射をし、翌日、粗相した尿を持って行くと、顕微鏡で拡大した様子をモニターに映し出してくれました。

慣れている人には、おなじみのことなのでしょう。しかし、わたしはペットを飼ったことがありません。犬猫病院のドアを押したのも、《ゆず》が来てからのことです。こんなに本格的にやってくれるのだなあと、びっくりしました。

「ほら、こんなに石が出ています。血も混じっていますね」

おお、可哀想に。

「このままだとどうなるんですか」

「——死にます」

衝撃の言葉です。猫の結石のことは聞いていました。そうなってはいけないと思っていました。食事も、その点に配慮したと書いてあるものを与えていました。しかし——、

「石が溜まるのは体質ですから、病気になる猫はなります」

そこで治療用の餌をいただき、食事療法を始めることになりました。用足しの度に、苦しげな様子を見せます。痛々しいとは、まさにこのことです。

ところで餌の方は十日分ということで貰ってあるのですが、どうも早くなくなりがちでした。与える量が多いようです。

「うちの中で飼う猫は運動不足ですから、少なめで、いいんですよ」

と、いわれました。チョコエッグの中のアメショーの、あの体型が標準なのでしょうか。しかし、おいそれとスマートにはなりそうもありません。

そうこうするうちに、次第に《ゆず》の様子も元に戻って来ました。薬の餌の中には、石を溶かす成分が入っているそうです。

やれ嬉しやと思い、最近では、猫好きの方にこの経過を話し、最後にこんなことを付け加えます。

「それでね、――『《ゆず》、どこが悪いんだい』と聞いてみたんですよ」

相手の方は、釣り込まれ、深刻そうな顔をします。そこで、

「そしたらね、《ゆず》が、いうんですよ。――『ニョー』って」

横のもの——本と私と神保町と

古書店巡りのことは、何度か書きましたが、《横のもの》については、まだ触れていませんでした。

大学に入ると、先輩達が「横のものを縦にするのは面倒だね」といっていました。何かと思うと翻訳のことです。もう、商業誌に載る人さえいました。古い紹介記事で目にし、《とびきり面白そうだが未訳だから》とあきらめていたP・マクドナルドの『エイドリアン・メッセンジャーのリスト』も、原書で持っている先輩がいました。すぐに借り——そして、すぐに、ではありませんが読み終えました。苦労したせいか、実際よりずっと傑作に思えました。

夕方になると、蝙蝠《こうもり》のように活動を開始し、古書店巡りをしました。それまでは、神保町に行っても、当然のことながら《縦のもの》しか見ていませんでした。しかし、先輩達の後をついて行くと、ペーパーバックが山と積んであるお店にも入ります。ぱっぱっぱっと、手早く本を動かしながら、これぞというものを選んでいく。下級生から見ると、実にカッコよかった。なるほど、これが大学生かと感心しました。

あるお店では、先輩が棚の右上を指し、「誰々さんが、あそこにレ・ファニュの『アンクル・サイラス』があるのを見つけたんだ」などといいました。当時は何のことだかよく分からず、《とにかく貴重な本なのだろう》と思いました。

こんなことを重ねるうちに、私の本棚にも洋書が何十冊かは溜まりました。しかし、読んだのは、ほんの一部。典型的な積ん読です。数年前、《カルト的名作》という謳い文句付きで、J・T・ロジャーズの『赤い右手』という本が出版され、話題となりました。《こういう珍品がよく出るものだなあ》と感心しつつ読み終えました。しばらくして、我が書庫の洋書のところを見たら、『ザ・レッド・ライト・ハンド』がちゃんとあったのです。びっくりしました。先輩に、「それは買いだよ」とかいわれたのでしょう。当時を懐かしく思い出したものです。

タイガースと肩

推理作家協会に出掛ける用のあった日のことだ。タイガースの快進撃に気を良くし、家で阪神の帽子をかぶっていた。ふと、思いついて子供に、

「これかぶって協会に入って行ったら、皆、何ていうと思う？」

と、聞いたら、即座に、

「――出て行け」

その日はエース井川が投げ、ヤクルトに快勝した。

翌朝、家族で家を空けることになっていた。出掛けに、猫のために育てていた草が気になった。食用なので当然、猫の好物である。芽が出かかったところを、留守中に掘り返されそうだ。そこで、風呂場の窓際に移して、飼猫から隔離しておこうと思った。無理な姿勢をとり、草の鉢を持った腕を伸ばした。すると、足元のすのこが滑った。見事に転倒し、肩先を浴槽の角でしたたかに打ってしまった。

激痛でしばらく言葉が出ない。驚いた家族が寄って来た。痛みが弱まりかけたところで、うめきと共に咄嗟に出た一言が、

「井川でなくてよかった……」

であった。

腕を動かそうとしたが自由にならない。しかし、痛みは去ったので様子を見ることにした。

一夜明けると、肘から下が少し動くようになった。これなら次第に上も動き出すだろう、と楽観的に考えた。

その日は日曜で、大沢・宮部・京極という豪華トリオの朗読会があった。開演前にお会いした大沢さんが、腕をかばっているわたしを見て、

「どうしたんですか？」

と聞いてくださった。ありがたかったが、長々と説明している時間的余裕もなかったので、

「はあ、ヤクルト戦で完投したもので……」

その夜になっても腕が上がらない。さして痛まないのだが、これは整形外科に行くしかなさそうだと観念した。

月曜になって病院が開くのを待ち、レントゲンを撮ってもらったら、肩の骨にひびが入っているという。全治三週間。

さて腕を吊って迎えたその日の夕方、何と本誌の美人編集者から、

「北村さーん、健康について何か書くことありませんかー？」

という電話がかかって来た。これはもう、骨にひびの入る運命だったとしか思えないではないか。うーん、それにしても井川でなくてよかった。

夕暮れはまだ遠い　「団塊」50代の日々

「魔法の玉」との再会

朝日新聞の家庭欄には、びっくりさせられました。今からひと月ほど前の朝のことです。新聞を開いて、「泥だんご　なぜ光る」という見出しに、そして、そこに載っていた不思議な輝きを持つ玉の写真に、あっといわせられたのです。

普通の泥を固め、ある工程のもと、乾いた土をふりかけたり、磨いたりする。それによって、まるで金属を磨き込んだような、奥深い光を持った玉ができる。

そのこと自体も神秘的でしたが、わたしが驚いたのは、これが、その「泥だんご」との長い年月を経ての再会だったからです。

小学二、三年のころでした。休み時間に、ある子のところに皆が集まって歓声をあげていました。もちろん、わたしも「何だろう」と、その輪に入っていきました。すると、輪の中心にいた子が、世にも不思議な玉を持っていたのです。親しくない子でしたが、その光に魅《ひ》かれて、「どうしたの、これ?」と聞きました。ただ、土を固めて磨いたのだという返事でした。

昼休みに、校舎の裏の湿った土を手に取って固めてみましたが、うまくいきません。ただの土があんなになるはずがないと考え、やめてしまいました。ごくごく、常識的な判断でしょう。しかし、心の中に「では、あれは、いったい何なのだろう」という思いが残りました。

その謎《なぞ》が、この年になってようやく解けました。大げさですが、生きていたから答えに巡り合えたのだなあ、と思ってしまいます。

それにしても、わたしが「光る泥の玉」を見たのは、その時だけです。地域で流行《はや》っていたわけではないのです。あの玉を持っていた子は、自分で作ったのでしょうか。だとしたら、どこでその方法を教わったのでしょう。今度は「泥だんごの歴史」についても、教えてもらいたくなってしまいました。

ソフィスティケイティド親父

テレビで、「ぼけないためには旅行計画の立案をするといい」といっていました。なるほど、と思いましたね。これは、なかなか創造的なことです。案内書のあちこちを開きながら、プランを練り上げていくのは楽しい。

ところが、この春、某所に出掛けることになった時、おそらく、一生に一度しか行かない所だというのに、プラン作りを人まかせにしてしまいました。「好奇心」に「面倒」が打ち勝ったのですね。これはいけない兆候です。

しかしながら、お店の名前などで知らない言葉に出合うと、何だろうと思って聞くような好奇心は残っています。

ここで、話はちょっと前のことになります。娘がある時、「お父さん、センスあるね」といいました。気をよくしたわたしは、「うん、お父さんはソフィスティケイティド親父《おやじ》なんだよ。ソフィスティケイティドとは、洗練されたということさ」と答えました。

キザな横文字と、あかぬけない「親父」という単語のミスマッチがおかしい。二人で、アハハと笑いました。

ところで偶然の一致というのはあるものです。しばらくして、娘がいいました。「お父さん、お父さん」「どうした」「あれ出たよ、ソフィスティケイティド。英語の試験に出てきたよ」

さて、こちらは、ついこの間のことなのですが、東京の街を歩いていたら、「ラフィナート」というお店だか、ホテルだかの名前が目に飛び込んできました。隣にいた方に、「あれ、どういう意味なんでしょうね」と聞きました。そうしたら、すぐに調べて電話をかけて来て下さいました。「北村さん、あれって、イタリア語で、洗練されたっていう意味なんですよ」

なるほどと思い、電話を切ると娘を呼んでいいました。

「お父さんはね、ラフィナート親父なんだよ」

風と共に去りぬ

昔、「許してちゃぶだい」という駄洒落《だじゃれ》がありました。わたしも子供のころには、ちゃぶ台で食事をしていましたが、途中から椅子《いす》の生活になりました。今では、「ほら、漫画なんかで、食事中、怒った父親がひっくりかえすあれだよ」と説明しなければなりません。

家を建て替えるまでは蚊帳を使っていました。いかにも、夏が来たという風情があっていいものでした。もちろん、風情だけで使っていたわけではありません。蚊に攻め立てられるのが嫌だったのです。しかし、昔風の隙間《すきま》だらけの家から、網戸のきちんと閉まる住まいになってみると、世間の人が電気蚊取りをつけたぐらいで寝られるわけがわかりました。

こうして、色々なものが身の回りから消えていくのですね。しかし、しかしですよ、まさかワープロが、こんなにも簡単になくなってしまうとは思いもしませんでした。

今年に入ってから、「そろそろ新しいのを買っておこうか」とお店に入り、なじみのメーカーの品を見ていたら、「そこに置いてあるのが最後です。もう作らないそうです」といわれ、あわてました。取りあえず、あちらこちら回って、二台確保しました。わが家には、子供のものや、わたしの古いものも含めるとワープロが現在、五台あります。「これが全部、動かなくなったら、もう文筆業も終わりかな」と思ってしまいました。

同じメーカーのものでも、パソコンになると使い勝手が違うから駄目です（わたしはパソコン通信とかいうものも、やっていません）。試しに他のメーカーのワープロに手を置いても、指の方が動いてくれませんね。

ワープロという新しい機械が出てきて、それで文章を書く人たちもいるようだ——などといわれたのが、ついこの間のようです。そのワープロが、早くも前世紀の遺物となってしまうのでしょうか。やれやれ。

「桂さん」のなぞ

藤原伊織さんのエッセーに、こんなことが書かれていました。若い方に手紙を出した時、自分の名前の後ろに相手を敬う「拝」をつけた。その方からの返信を見たら、宛先《あてさき》のこちらの名前の後が「——拝様」になっていた。「拝」を名前の一部と思ったらしい、というのです。

さて、わたしの「北村薫」というのは、ペンネームです。仮に、本当の名字を「村北」だとしましょう。お知らせする住所の最後のところは、「村北方　北村薫」、となります。

小学校か中学校かで、手紙の書き方を教わりました。「——方というのは、下宿していたりする場合だ。出す時には、〇〇方〇〇様などとしないこと。ちゃんと〇〇様方と、方の前にも敬称をつける。落とすと下宿のおばさんに怒られるぞ」

なるほど、と思いました。

若いころ、下宿もしなかったのに、今は自分の家にペンネームの自分が住むようになりました。「方」の前に「様」のない手紙が来ると、その授業を思いだします。

ところが、ある出版社から来た宛名に、一瞬、首をひねりました。「村北桂様方　北村薫様」となっていたのです。

うちに「桂さん」という人物はいません。どうして、こうなったのか？　推理してみると、すぐわかりましたね。

住所録を作る時、まとめた最初の人が「様」を補い、まず達筆で「村北様方　北村薫様」とメモされたのです。それを別の人がパソコンでリスト化した。わたしのところまで来て、「ああ、これは、〇〇方だから、様を補わなくっちゃあいけない」と思った。そういう眼で見た時、「様」が人の名前に、つまり「桂」に見えたのでしょう。

作家は、架空の人物を何人も作り出します。しかし、思いがけないところでも、無作為に、「——拝様」や「——桂様」といった、不思議な人物が生まれるのですね。

「輝かしい時」を生きる

童謡から歌謡曲まで、西條八十の作品は幅広く数多い。どれだけ耳にしているか分かりません。しかし彼の詩を、全集を手に取り、まとめて読んだのは、実は今世紀になってからでした。第二詩集『見知らぬ愛人』には「母のうたへる」という表題でくくられた詩が、いくつか収められています。

その中の「夢」は、三歳の女の子が夜中に激しく笑い出すところから始まります。母親は、「嬢や、夢ですよ」といいます。女の子は眼を開き、「うれしげに母親の面《おもて》を見まもり、ふたたび安らかな眠りに入りました」。ところが、母親の胸はふと哀《かな》しみに閉ざされてしまいます。
「ああ、誰《たれ》かいま優しい聲《こゑ》が／わたしの耳もとちかく／夢ですよ、みんな夢ですよ、と／囁《ささや》くことはないであらうか、――／さうして眼をひらくと／あたりは輝かしい十六の若い朝で／枕邊《まくらべ》にあの昔懐かしい父と母が／微笑《ほほゑ》んでゐることはないであらうか」

　ある瞬間には誰《だれ》もが感じる思いでしょう。わたし自身、こういう心の動きを中心に置いて、物語を書いたことがあるので、懐かしいような気持ちで読みました。しかし、すぐ、「これは八十がいくつの頃《ころ》に書いたのだろう」と思いました。

　調べてみると、彼が三十ぐらい、長女が三つの頃に書かれています。実際、我が子に声をかける妻を見て、この詩が浮かんで来たのでしょう。

　十六の頃を振り返るこの詩は三十ぐらいで書かれている。「うーん、そうだろうな」と思いました。なぜかといえば、子供が三つの頃とは、今のわたしの感覚からいえば、まことに得難い、輝かしい時代だからです。

　ということは、二十年後から見る眼さえ持てば、今も充分《じゅうぶん》以上に輝かしく、いろいろなことのできる時期なのですね。

父が遺した子守歌の「謎」

メロディーは、テレビからも、あるいは街を歩いていても流れて来る。しかし、自分に向けた歌を、直接、聴く機会は、さほど多くなかろう。そういう意味でなら、人が初めて耳にするのは子守歌ということになる。

わたしが親になった時も、赤ん坊を抱いたり、添い寝したりしながら、即興の子守歌を口ずさんだ。自然に、そうなった。歌詞は、ただ、

——○○ちゃんは、いい子ちゃんだよー。

を、二回繰り返す。寄せる波と返す波のように、最初と二回目の旋律が違う。それを振り子の運動のように続けながら、赤ん坊を揺らしたり、軽くトントンとたたいたりした。

＊

覚えているはずもないが、自分が赤ん坊だった時も、母が耳元で、何かをそっと歌ってくれたのだろう。父の方は、昔の男だから、そんなことはしなかったのかも知れない。ただ、ある時、口からでまかせの童話を話してくれた。小学校にあがる前だから、わたしは五つか六つだ。今でも、「とても面白かった」ということだけは、よく覚えている。

さて、子守歌といわれたら、どの曲を思い浮かべるか。外国のものなら、シューベルトの、ブラームスの——などと、色々にあがるだろう。しかし、これが日本の、となったら、あまり

若い人は別として、「ねーんねんころりよ、おこーろりよ」と始まる、あの歌が真っ先に出て来るのではないだろうか。子供のころ、うちにあった童謡絵本の最後がそれだったこともあり、「ぼうやはよい子だ、ねんねーしなー」という、この歌の印象は強い。

しかも、この歌には、ある特別な思い出——というか、謎もからんでいる。

＊

父は、慶応大学で折口信夫先生の教えを受け、民俗学を学んだ。教員となり沖縄に赴任したが、その時、胸のうちには、かの地が民俗学研究の格好の場であるという思いもあった。

父は潔癖性で、何かというとよくアルコールで手先を拭《ふ》いたりしていた。そういう人間なのに、学校の休暇の時には、山奥に野宿までして調査を進めたという。半世紀以上前のことである。数々の困難があったろう。とても、かなわないと思う。その時、沖縄の各地で記録した研究ノートは、今も何冊かうちに残っている。不肖の息子であるわたしには価値が分からない。

そういう父が、晩年になって、突然、この子守歌の「さーとのみやげに何もろーた、でーんでんたいこに、しょうのふえー」という一節に関して、疑問を投げかけたのだ。いや、わたしにというより、

「なぜ、でんでん太鼓と笙の笛、という取り合わせなんだろう？」

と、自問したのだ。

わたしは当然、答えられず、そのままになった。ところが、大分経《た》ってから、父が嬉《うれ》しそうにいったのである。

「あれが、分かったよ」

「え、何のこと？」

「でんでん太鼓に笙の笛、だ。分かったよ」

わたしは、その答えを知りたがったが、父はにこにこしたまま、教えてくれなかった。

＊

民俗学的専門知識が必要な、説明に時間のかかることだったのかも知れない。あるいは、お前も自分で考えてみろ、という意味だったのかも知れない。手がかりのないまま、わたしはその「問題」を忘れてしまった。

父は、十年前の夏に世を去った。この謎を思い出したのは、しばらく経ってである。ふと、耳の奥で、「でーんでんたいこに、しょうのふえー」という一節が響いた。いまだに、「問題」の答ぇは見つからない。

今年もまた、夏が去ろうとしている。

道草だより

かゆいところへ

「手が後ろに回る」――ようでは大変だ。回らないに越したことはない。しかし、これが実際の体の話となったら別である。

四月の初め、ものの弾みで右肩を打ってしまった。骨にひびは入ったが、痛みが残らなかった。その上、病院で「全治、三週間」と言われた。これで、ほっとした。「全治」なのだから、「三週間たてば、元通りになる」と解釈したのだ。ところが、そう安直にはいかなかった。月末になると、エックス線で見る限り、骨の方は元通りになったらしい。しかし腕が真上や横に上がらない、後ろに回らない。

仕事はワープロだから、手を前で動かすだけだ。これはいい。しかし、日常生活で困る。具体的に言おう。枕元のスタンドを消そうと、手をねじりながら伸ばすと激痛が走る。いすのひじ掛けまでひじが上げられない。高いところの物が取れない。

「手」を使った慣用句には「かゆいところへ手が届く」というのもある。右腕がこういう状態だと、例えではなく、「かゆいところへ手が届」かない時もある。実にもどかしい。

それから、リハビリというのをやることになった。理学療法士の先生が、一回、一時間近く診てくれる。筋肉が動かし方を忘れてしまっているそうだ。

遅々としてだが、ひと月続けて、少しずつ、よくなってはいる。ちょっとした動作ができるようになると、ほめてもらえる。これが、小学生が先生に「よく、できたわねえ」と言われたようにうれしい。わくわくする。あらためて、人を伸ばすには、ほめることが大事だと痛感した。手を背中に回すと、腰の辺りにならら行くようになった。それより上はまだ痛くて無理だ。
何とか一日も早くかゆいところへ手が届く体に戻りたいものである。

あだ名の名人

暑い日が続いている。昔は避暑といえば軽井沢と決まったものだ。——一方、関西に「まんまやんけ」という突っ込みの言葉がある。ごく当たり前のことを誰かがいう。わざとである。そこで、聞き手が「まんまやんけ」と受け、互いに笑う。この二つ、何の関係もなさそうだ。しかし、わたしの胸の中で、最近、これらがつながった。

去る六月、室生朝子さんが、お亡くなりになった。お会いしたことはないが、何冊か、ご本を読ませていただいている。そういう方の訃報《ふほう》を聞くと、ふっと寂しくなる。

それもあり、また夏からの連想もあって、室生さんの「父　犀星と軽井沢」を読んだ。すると、こういう一節があった。

——「犀星はあだ名をつける名人であった。たとえば堀辰雄は辰っちゃんこ、津村信夫はノブスケ、立原道造はドウゾウと呼んでいた。」

わたしは、軽薄にもここを読んで、一瞬、「まんまやんけ」と思ってしまった。いや、実際、口に出してそういってしまった。「名人」というからには、もっと意表をつく、凝った「あだ名」が並ぶものかと期待してしまったのだ。

だが、そう口にした次の瞬間、「いやいや、そうではない」と反省した。例えば、堀辰雄は「シンユウ」ではあり得ない。そしてまた、立原道造はまかり間違っても「道《み》っちゃんこ」ではないのだ。人を表す言葉として、まさに代用品のない、ただ一つのものが、詩人犀星の直感によって選択されている。

室生家を訪れる、これらの青年と親しく会っていた人なら、これらの「あだ名」を舌の上に転がす時、自然と若い詩人たちの姿が浮かんで来たことだろう。

室生さんをしのびつつ、そんなことを考えた。

旅の楽しみ

車に乗って、会津方面に家族旅行に出掛けた。

普段は関東平野の真ん中に住んでいる。間近に連山を見ると、それだけで異世界に来たという気になる。高速の東北道から磐越道に入ると、どんより曇ってきて、たちまちすさまじい土砂降りになった。どうなることかと思った。ところが、猪苗代の湖が見えると、明るい日がさしてくる。

「山の天気は変わりやすいんだよ」

などといいながら、石がま焼きのピザの店に入った。わたしは、トマトが苦手で、その結果、イタリア系の料理をあまり好まない。しかし、そこのピザは、皮がうまく膨れて、おいしかった。

一足先に子供と外に出て、日常では見られない風景で目を楽しませた。行く手には磐梯山がそびえ、風も下界とは違う。雪が積もると大変なんだろうなあーと思った。

ふと振り返って、店の横手に目をやると薪《まき》が山積みになっている。わたしが小さいころには、うちにも薪の束があった。なたを使って、薪割りをしたこともある。懐かしい。ここぞとばかり、子供に講義した。

「ごらん。冬に備えてあいう準備がしてある。その土地、その土地で色々な生活があるんだよ」

子供は、なるほどと神妙に聞いている。そこに、支払いを終えた連れ合いが出て来た。手招きをして、

「ほら」

と、見せると、一言のもとに、

「ああ、石がま焼きの薪ね」

言われてみれば、その通りだ。子供に笑われてしまった。

「徒然草」などにも、出掛けた先で、不案内のため勝手な思い込みをする話がある。誤りは誤りだ。しかしながら、眼前の風物から、あれこれ空想をめぐらすのは、旅の面白さのひとつに違いない。

ワープロ・カムバック

原田宗典氏の「おまえは世界の王様か！」（幻冬舎文庫）を読むと、日本で一番最初にワープロを使った作家は誰か——という話題が出てくる。小林恭二氏、いわく「恐らく安部公房さんでしょう」。

そのころのワープロは気軽に買って来て、机の上に置けるような代物ではなかった。フロッピーも「ＬＰレコードほど」で、ワープロ自体が「大きさもピアノくらいあって、値段も数百万だったという」。最先端の機器であるそれを使ってみる心は、まさに安部公房という作家の

ものであると、原田氏は語る。その通りだろう。

読み終えたところで、ちょうどＮＨＫの人気番組を見た。ワープロ創成期の苦心が語られていた。事務机ひとつの大きさに、ワープロの機能を収めることが、どれほど大変だったか、よく分かった。

結びの部分で、「パソコンがどれだけ普及しても、ワープロは独自の価値を持ち続けるはずだ」という意味のことがいわれた。同感である。自動車がどれだけ増えても、自転車は残っている。その役目があるからだ。ワープロに、パソコン並みの通信やカラー印刷の機能をつけたりするのは、自転車をひたすら重くするようなものだった。ワープロは何よりも簡便な、しかし優れた文章創作機器だ。机の上の文房具なのだ。

手直しを繰り返す上に悪筆のわたしは、ワープロのおかげでようやく、長めの文章がつづれるようになった。パソコンのキーボードとは相性が悪く、使う気にはならない。手持ちのワープロがすべて壊れたら、もう文章は書けない。

そこで、「元気のいい通信販売企業などに、販売を委託するような形でなら、何とかワープロ復活も可能ではないか」などと、しきりに考えている。

「野菊の如き君なりき」

昔のことである。夜、たまたまつけたテレビに、ドリフターズが出ていた。そこで、「風と共に去りぬ」のパロディーをやっていた。題は「風と共に去っちゃった」。文語が改まったもので、口語は親しみやすいものという関係を如実に示していた。

ところで先日、隣の市に柳家小三治の落語を聞きに行った。四季の落語会という企画で、年四回やってくれる。近くなら家族で行ける。これが、ありがたい。子供のころに、こういうものを聞くと、大きくなってから財産になる。

小三治の落語は、特に近年、枕が聞き物だが、中で少年時代に観《み》た映画のことを語った。木下恵介の「野菊の如き君なりき」に泣いたという話である。民さんと政夫のことを話しながら、小三治は目頭を押さえ、「近所のビデオ屋にもありますから、観てください。――観てくれますよね」といった。

帰ってから、何だか約束したような気分になり、ビデオを借りて来て、家族で観た。木下恵介の脚本が、実に見事だった。要所で短歌が引かれる。確かめなかったが、無論、伊藤左千夫のものだろう。それが効果をあげている。ただ、この言葉を今の観客が受け止められるのだろうかと思い、寂しいというより恐ろしくなった。

映画は、「野菊の如き君なりき」という字幕が出て終わる。これを「野菊のような君だった」といいかえることはできない。

洋画の日本公開時の題名が、原語そのままという例が、ある時期から極端に多くなった。味がないという批判があったが、増える一方である。

その増加は、日本の文語が、一般の人の胸に響かなくなったことを示す曲線と、裏返しになっていないだろうか。

まあ、いいか

サーカスというのは、テレビで見ただけだった。一度ぐらい、実際に足を運んでみたいと思っていた。それが近くに来てくれ、子供が行きたいといってくれた。こういうきっかけがないと、なかなか出掛けられない。

予想以上に面白かった。次から次へと目先のかわった演目が登場し、あきさせない。やがて、呼び物の一つ、猛獣ショーになった。

ライオンや虎が、台の上にちょこんと座る。顔の前に、調教師がむちの先を寄せると、うなりながら手を出す。その様子が、わが家の飼い猫を連想させた。名前を「ゆず」という。お気に入りの縫いぐるみを鼻先に出すと、同じように手を出す。

ライオンが命令通りに跳んだりするのを見て、「ゆず」にも何かやらせたくなるね――といった。うちに帰ると「ゆず」は、ごろーんと寝転がっていた。のんき極まる姿を見て、子供がいった。

「それでいいんだよ」

このエッセーを始めた時、肩のけがについて書いた。実は、それに「ゆず」がからんでいる。猫の食べる草というのが芽を出したところだった。出掛ける時、手を出されたら困ると思った。そこで、草のトレーを、お風呂場の窓枠に置いておこうと、無理な姿勢で手を伸ばした。すると、すのこ板が滑って横転。浴槽の角に、肩をしたたかにぶつけたという次第だ。

もちろん、わたしの粗忽《そこつ》のせいである。しかし、ことの順序を考えれば、「ゆず」がうちに来ていなければ、起こらなかった事故だともいえる。そう考えながら、「ゆず」の無心な顔を見つめると、

「おまえのためなら、いいか」

という気になってしまう。

論理的には、おかしいのだろう。しかし、感情的には、多少、痛い思いをしても、肩がまったくの元通りに戻らなくても、「いいか」と思えてしまうのである。

先生のお気に入り

大学受験に合格すれば、ほっとする。やれやれ、よかったと思う。まさか、浪人した人が羨ましくなる日が来ようなどとは考えない。卒業が近づいた時だ。小学生なら卒業しても、また学生になれる。大学生はそうはいかない。今から、三十年も前のことだ。《空を飛ぶ鳥のように自由に生きる　今日の日はさようなら》などという歌が流行っていた。まさに、その通りであった。

わたしにとって大学での居場所は、ミステリ・クラブというサークルであり、その溜まり場の喫茶店、《モン・シェリ》だった。現代の歌人の中で、確実に文学史に残るであろう一人、藤原龍一郎氏の歌に、《さらば青春！　などとは言うなああされど茶房「モン・シェリ」《わが恋人》なき寒の暮》とある。

二階に早稲田小劇場を持つ、この店の、入ってすぐ右がミステリ・クラブの定席であった。まだ学生であった藤原氏と、すれ違うように会ったのも、その席でのことだ。我々が卒業した後、藤原氏達の頃まで、この店はあったわけだ。そして、店は閉じられ、記憶と歌に残ることとなった。

《モン・シェリ》では、ひたすら本や映画についての話が交わされた。ミステリや、ミステリ以外の本の題名しり取りなど、普通のことだった。また、ある特定の条件をあげ、それに合う本の題名を書き、人と重なると得点にならない——などというゲームもやった。例えば、《色のつく題名の海外長編ミステリ、ただし、アイリッシュ——ウールリッチの作は除く》といえば『グレイ・フラノの屍衣』などと書く。他にも書いた人がいればアウトである。ぶつからないような珍しい本を選ぶと、かえって駄目だったりする。

「お前ねー、どうしてそういうのを書くのー」

と、瀬戸川《せとがわ》猛資《たけし》先輩が、手を振り回して口惜しがったりした。

《ヴァン・ダインの作》などとなると、これはもう、ぶつかるかどうかは運でしかない。瀬戸川先輩は、眼と眼の間に皺を寄せて、一座を見回し、

「まさか、お前ら、『グリーン家』は書かないよなあ」

と盛んに牽制したりする。回答をオープンすると、先輩の『グリーン家』が見事に一年生と重なっていたりする。一年生は、「だって、『グリーン家』しか知らないんだもん」といって先輩を腐らせる。

後年、評論家として高い評価を受けた瀬戸川猛資先輩は、我々の一学年上の方である。毎年、卒業生を送る《追い出しコンパ》というのがあった。その人の話を聴くのが楽しみだった、という方が出ていかれる。それは寂しいものだ。順として、四年目となり、わたしの《追い出》される時が来た。

このコンパの情景は、今でも断片的には鮮やかに覚えている。同じ出身高校の後輩が二人いて、三人で校歌を歌った。色紙があって、それに皆が贈る言葉を寄せ書きしてくれた。探せば、うちのどこかに今もある筈だ。一年前に卒業した瀬戸川先輩も、わざわざ来てくれていた。

先輩は、映画が大好きでその関係に就職していた。どんな映画でも観ていた——といっても過言ではない。先輩が、色紙を手にし、わたしの前に来て、

「お前、先生になるんだよな」

といった。

「はい」

そこで、先輩は色紙に、

先生のお気に入り　瀬戸川猛資

と書いた。そういう映画があったということは分かった。だが、観てはいない。先輩は、監督や主演俳優の名を説明した。そして、原題は『ティーチャーズ・ペット』である——と教えてくれた。昨今では、何でも横文字のまま、上映されてしまう。

《味のある訳だ》と思ったことを、鮮やかに覚えている。

天才の色合い

大分県で行われる「別府アルゲリッチ音楽祭」に、お招きいただいたことがあります。ピアニスト、マルタ・アルゲリッチという希有の個性が、世界の素晴らしい音楽家を引き寄せる集まりであり、またそれらの大先輩たちが、未来を持つ若い演奏家に音楽の宝を手渡していく場でもあります。いくつもの演奏会やレッスンなどが行われています。運営に当たる方々の、そしてまた、多くのボランティアの方々の、並々ではないご苦労がそれを支えています。

「音楽祭」のことは、最初から新聞で読み、知っていました。『……この日本で、……あのアルゲリッチを中心とした、そういう試みが……？』と、まるで夢の中の出来事について聞くようでした。

素晴らしい夢です。しかし、わたしは、関東に生まれ育ち、九州以西には二度しか行ったことのない、出無精な人間です。一度は飛行機で行った沖縄、もう一度が新幹線で行った福岡周辺。――そういう人間ですから、「アルゲリッチ音楽祭」も話として聞くだけで、憧れはするが、縁のない「遠く」で行われていることと思っていました。

ところが偶然というのはあるものです。ある方が、たまたまつけたテレビで、ドラマの一場面を見たのです。

――若い女性（ともさかりえさんでした）が、流れ来るピアノの調べを耳にします。それがアルゲリッチの演奏でした。彼女は、越えられない天才の存在に、即ち、『自分がどうあがいたところで到達することのできない高みがある』ということに、若者らしい、胸の張り裂けるような哀しみを感じ、はらはらと涙をこぼすのです。

そこを見たある方が、「アルゲリッチ音楽祭」のパンフレットに書かれたのです。——テレビドラマにこういうシーンがあった、と。

そこでまた、偶然、このパンフレット製作担当の方が、わたしの本を読んでいらっしゃったのです。「まあ、これって、北村薫じゃない！」と叫んだ——かどうかは、さておき、翌年のパンフレットに、「何か書きませんか」というご依頼をいただくことになりました。

そうなのです。——そのドラマの原作者がわたしだったのです。

放映の時は、自宅でＮＨＫのテレビ画面を見ていました。まさか、遠く離れたどこかで、同じ画面を音楽関係の方が、ご覧になり、心にとめていらっしゃろうとは思いませんでした。それが、大分に向かうきっかけとなったのです。

＊

この文章は、アルゲリッチ紹介のお役目も果たすのでしょう。今更、小学校の頃、体育と並んで音楽が不得意科目だったわたしが、あれこれ述べる必要などない、とは思います。でも、もしもまだアルゲリッチを聴いたことのない方がいらしたら、先ほどのテレビの場面を考えてみて下さい。

そのような場面で、誰かの演奏するピアノが響いて来るのです。当然のことながら、一流のピアニストなら、誰でも天才なのでしょう。しかし、天才にも色合いの違いというものがあります。

物語の書き手であるわたしの耳に響いて来たのは、アルゲリッチでした。これしかない。むしろ、アルゲリッチの演奏が、わたしをねじ伏せて、そう書かせてしまったといってもいい。

これは、さほど見当違いな意見ではないと思います。なぜなら、テレビ化の際も、そこでは原作通りアルゲリッチの演奏が出て来たのです。要するに、動かしようがないのです。さらに、アルゲリッチだからこそ、ご覧になった方の心にも残ったのでしょう。

——そこから、アルゲリッチの天才の色合いというものが見えて来るのではないでしょうか。確か、アルゲリッチの中で、最初の頃に聴いた一枚にシューマンがあったかと思います。CDを聴きながら、途中で、「おいおい」といったような声を上げたのを覚えています。それほどに個性的な演奏でした。「そこまでやるか」と思ったのです。決して悪い意味ではない。むしろ、そこに、めったに味わうことの出来ない、スリルに満ちた喜びを感じたのです。

どなたかが書かれていました。名曲の演奏というのは、最初にレコードなどで、誰かのものを聴き込むと、それが刷り込みになり、後から聴くものに違和感の生じることがある、と。実際、テンポや解釈の違いに、妙に居心地の悪い思いをすることはあります。

しかし、アルゲリッチに関しては、他の人の演奏を聴き込んでから耳にした方が、興味深いのではないでしょうか。音を通して、人間というものが可能性の翼をどこまで広げられるものか、見せてもらっているような気にさえなります。

＊

わたしは、声をかけていただいたおかげで、重い腰を上げ、一生に一度も行くことはなかろうと思っていた大分の地で、アルゲリッチと同じ会場の空気を吸い、その演奏を聴くことが出来ました。忘れられない思い出です。

最後に書き添えるなら、この文章を綴りながら、どうにも気になることがあったのです。というのは、「アルゲリッチ」という名前が続き過ぎるのです。当たり前と、お思いでしょうが、普通なら何回かに一度、「彼女」とか、「この偉大な演奏家」とか、あるいはまた「この天才」などといい換え、文章の調子を整えるところです。いつもは、当たり前に行っていることです。ところが、今回に限っては、どうもそうする気になれませんでした。

あまりにも強い個性が、わたしにいい換えを許さなかったのです。こういうこともあるのだな——と、不思議な気持ちになっています。

天空の縄跳び

何げなくテレビをつけた途端にブラウン管の向こうから、「愚か者め！」か「たわけ者め！」か、とにかくそんな風に、怒鳴られたことがあります。時代劇をやっていたのです。どうも、すみません、とあやまりたくなってしまいます。偶然の悪戯ですね。

しかし、嬉しい偶然というのもあります。この「アルゲリッチ音楽祭」第一回のプログラムで、音楽評論家の百瀬喬氏が、こう語っていらっしゃいます。たまたまテレビのスイッチを入れたら、ショパンの「英雄」が聞こえてきた、と。それは音楽番組ではなくドラマでした。百瀬氏は、こう書かれています。――『主人公の若い女性がまず口にした言葉が「アルゲリッチね、すごい。やっぱり天才ね」という一言。彼女はピアノが結構達者だけれど、本人は自信が無く、才能という問題に悩んでいた、そんな情景の中での発言だったらしい』。

さて、ミステリの世界では、本の初めに謎が提示され巻末で解かれます。一九九八年のプログラムで紹介された、この番組は何か。二〇〇一年の今、お答えしましょう。NHKの『お嬢様は名探偵』です。ヒロインの『若い女性』を演じていたのは、ともさかりえさん、原作は『覆面作家は二人いる』、そして原作者が、わたしなのです。

テレビ化された部分で扱われていたのは、まさに『才能という問題』です。若い時には、誰しも、自分にどれほどのことがなし得るのか、悩むと思います。しかし、十年に一人の天才は、十年に一人しか現れない。自己を見つめた時、かくありたいという理想と、かくあるという現実の中でもがいてしまう。これはつらい。そういう物語でした。

　これを作品化する時、天才という言葉に対して条件反射のように浮かんだのが、マルタ・アルゲリッチという名前でした。知っている曲を、アルゲリッチの演奏で聴けば、唖然とするほど凄いと思いますし、アルゲリッチ盤を先に聴けば、他の人はどう弾くのだろうと思ってしまう。仮に、演奏を縄跳びだとします。不適切な比喩かも知れませんが、お許し下さい。名手の演奏では、縄の運びがある時は夢のように滑らかに、ある時は暴風のようにもなります。しかし、アルゲリッチの場合には上がった縄が、天空に伸びて弧を描き、一瞬、虹になってしまうようなところがあります。この人の名を、ここに出すしかないと思いました。

　しかし、アルゲリッチが二人いる必要はないのです。二人目のアルゲリッチは偽物でしかない。いったん、打ちのめされたわたしの物語のヒロインは、巻末でまたピアノを弾こうと思います。それだけに、あのアルゲリッチが次代の若い芸術家を育もうとする音楽祭のプログラムに、わたしの原作のドラマの一節が引かれたのは光栄でもあり、また、百瀬氏が、たまたまあの一場面を見てくださったのは、この上もなく嬉しい偶然なのです。

さくら花壇に現れた人

わたしの父は、宮本演彦《のぶひこ》という。昭和初期、慶應大学国文科に学んだ。折口信夫先生の教えを受けたのである。

在学中は、ちょうど不景気のさなかだった。家の経済状態は思わしくなく、土地を売って、さしあたりの生活を何とかする日々であった。兄弟や父親が、次々と病に倒れ、帰らぬ人となった。就職も困難を極めた。父の残した日記を読むと、その頃の焦燥が伝わってくる。

結局、沖縄県立農林学校に赴任することになるのだが、これには仕事を得る以外の大きな意味もあった。民俗学の立場から見た時、当時の沖縄は、すこぶる魅力的な研究対象だったのだ。暗澹たる日常から離れた、南の地での新生活、そして民間伝承等の収集に努めることに、大きな希望を見いだしたに違いない。

父は、大学時代から、色々な記録を残していた。ノートも、かなりある。民俗学的な資料として、貴重なものも含まれていると思う。しかし、門外漢であるわたしには、その軽重が量れなかった。いつか専門の人に見ていただきたいものだと思っていた。

ところが、ある集まりの席上、話しかけてくださった方が國學院大學などで教えていらっしゃる、伊藤高雄先生だと分かった。

國學院といえば、いうまでもなく慶應と共に、折口先生が教授であった大学である。——というより、國學院の教授だった折口先生が後に兼任となられたのである。

伊藤先生が民俗学を研究なさっているということから、自然、折口先生の話になった。わたしがいった。

「これは、本にも書いたことなんですがね。――父が大分、足が弱くなった頃、折口先生の新しい全集が出ました。わたしが、そのパンフレットを貰ってきて、人形の硝子ケースの上に置いたんです。すると、たまたま、よろけた父が、そこに手をついて硝子を割りました。後片付けをしながら、父にいいました。『このパンフレットがなかったら、手を切っていた。大怪我してたかも知れないよ。折口先生が守ってくれたんだよ』。すると、父は遠い目をして、『……そうだなあ。そういうこともあるかも知れないなあ』といったんです」

――と、話しているうちに、思い当たった。伊藤先生に会ったということもまた、まさに運命的な偶然ではないか。

続けて、父の残した資料について述べてみた。伊藤先生は、さっそく、わが家に来てくださった。その結果、ノートのうち資料的に価値のあるものは、國學院大學折口博士記念古代研究所の紀要に翻刻していただけることになった。

時の流れは残酷なものだ。父は、すでに亡い。この後、わたしの手からも離れてしまえば、その採集も煙のように消えたことだろう。そう思えば、今、活字となる機会を与えられたことが実に嬉しい。

さて、この件について、伊藤先生とやり取りをしているうちに、面白いことがあった。父のノートの中に『勢・紀・信旅行　十年十一月』という一冊がある。その前書きはこう始まっている。

第三回萬葉旅行にて、国文科の人々十月廿九日出立なり。折口教授の計企を聞くに、見逃す所多し。旅行後の後悔嘸《さぞ》多からんと思ふ。あたかも卅日夜、雅楽寮演奏中に散手・迦陵頻《かりょうびん》あり。此処に意を決して、私、単独にて紀州旅行を企てたり。……学校の人々には悪しけれど、腹痛と佯《いつわ》りて自我的の行為に出づ。

伊藤先生のご教示によれば、『三田の折口信夫』（池田弥三郎編・慶應義塾大学国文学研究会）中の「忘れ残り」という文章で、加藤守雄氏が、この時の旅行を回想している。加藤氏は、郷里の名古屋にいったん帰り、途中から列車に乗り込んだ。二十九日遅くに東京を発った夜行列車だから、もう三十日になっていたろう。そこで「宮本さんが急に腹痛を起して来られなくなったということだ」と聞く。なるほど、偽った形となっており、申し訳ない気がする。

父の日記を読むと、この十日ほど前の二十一日に、こうある。「朝、母に熊野行の事、兄に話して貰ふ。金をとる事にて大変不快にて胸が悪くなるほどなり」。

経済的に苦しい中で、研究旅行に出ることも大変な気兼ねだったのだ。それだけに、無駄金は使えないという思いがあったのだろう。さらに、腹痛のことも、まったくの嘘ではないのだ。二十七、八日と腹具合を悪くしている。

ここまでは、残された文字と事実の平仄《ひょうそく》が合っている。しかし、加藤氏の文章では、十一月二日、吉野まで行ったところに、こうある。「急病で出発を共に出来なかった宮本さんが、追っかけて来て合流されたのも、この吉野花壇だったと記憶している。途中那智神社に寄って、たった一人で田楽舞を舞って貰い、見学して来たという話に、折口先生も唖然としていられた」。

ところが——である。ノートを読むと、父はその日、一人、プロペラ船で熊野川を下り、新宮に入っている。父が二人いるわけはない。吉野に現れるのは不可能なのだ。途中から合流するというのも、わざわざ単独行を企てたことと矛盾する。

しかし、加藤氏の言葉も、単なる記憶違いにしては細かい。謎である。一方だけを見ていれば迷いはない。二つの資料を突き合わせると、こうなる。

この食い違いをどう解くか。第三の資料を見た時、おそらくこうであろうと推理することが出来た。資料とは、折口先生の助手として勤務していた波多郁太郎氏の日記である。これが『わが幻の歌びとたち　折口信夫とその周辺』（池田弥三郎・角川選書）という形で出版されている。

その十年十月末の万葉旅行出発のところを読むと、一行の中に父の名はない。不参加だから当然である。

さて、加藤氏が父を見たという十一月二日の波多日記は「晴。早暁、先生と歩く」と始まる。加藤氏の文章に「和歌山から五条まで汽車で行き、五条から下市へ自動車で出た」とある通りに進み、釣瓶鮨屋に入る。波多日記では、「庭を見せてもら」ったことや、そこの「鮎ずしを土産に」したことが分かり、加藤氏の文章には「主人はいまも弥助を名のっていた」などということが書いてある。互いに補い合って、事実が立体的に見えてくる。

そこから、吉野に入り「さくら花壇」（加藤氏は吉野花壇と書いている）に着く。ここで、父が現れたのなら、まさに花道のすっぽんから登場したように劇的である。しかし、波多氏は何とも書いていない。波多日記は、その当時のものであり、加藤氏の文章は、ご自分の記録を元に数十年後に書かれたものだ。おそらくは後者の記憶違いだろうと推察される。しかし、それにしては確定的な書きようである。どこからそうなったのかと思った時、波多氏の、その前後の行動に膝を打った。こうなっている。

――「(昼食の後) 僕は先発して吉野へ、先生初め一行は上市より宮滝に、山越しに吉野に入る予定。さくら花壇で合流した人物がいたのである。外ならぬ波多氏である。ややあ、と手を上げ、現れたかも知れない。

父は、十一月八日の午後、大学に登校し、折口先生の研究会に出ている。波多日記には、「研究会、万葉旅行の報告」とある。帰ったばかりの集まりなのだから、当然だろう。その席で父は、自分も腹痛が癒えてから、遅れて熊野旅行に出発したと報告したのだろう。そこで、「那智神社に寄って、たった一人で田楽舞を舞って貰い、見学して来たという話」をし、折口先生も、学生の加藤氏も驚いたのだろう。

加藤氏の脳裏に、その記憶が残り、しかし、年月と共に変形された。さくら花壇に現れた波多氏の姿が、いつの間にか父とすり替わったのであろう。

これは、歴史上の大事件でも何でもない。わたしの、今は亡い父の行動に関する、些細な出来事である。それだけに、窓からの眺めではなく、茶の間のことを見るように興味深かった。ある資料に確信を持って書かれ、いかにも真実としか思われないことが、他の文書と並べた時、別の姿を見せたりする。よくあることだ。それが身近に起こったのが、実に面白かった。

雄蛇《おじゃ》が池

これは他のところにも書いたことがあるのですが、小さい頃、恐ろしいと思った名前があります。お相撲さんの呼び名なので、正確にいえば四股名ということになります。

昔の町には、ごく普通に、子供の集まる駄菓子屋がありました。一日十円の小遣いを貰って、《今日は何を買おうか》と出掛けて行くわけです。少年雑誌の付録などが横流しされて来るのか、思いがけないものが並ぶこともありました。そういう中の定番として、相撲取りのメンコがありました。メンコの説明までしていると長くなりますから、それは省きます。栃錦などといった横綱は、平たく印刷されても、立派に見えました。

そのメンコの中に《大蛇潟》という一枚があったのです。顔は忘れてしまいました。しかし、《おろちがた》という名前の響きの、異様な不気味さと恐怖感は、今も胸に残っています。

さて、今回、何人もの女性が、次々に何ごとかを語っていくという本を出しました。『語り女たち』です。そこで、考えました。《大蛇潟》が恐ろしかったのは、母に聞いた言葉のせいかもしれない、と。

母の故郷には、明るく大きな湖がありました。それは、わたしも見ていました。ところがある時、母がいいました。

「……には、山の中に暗い沼もあるんだよ。雄蛇が池といってね。あの湖が昼間だとすると、夜みたいなところ。人の行かないところだよ。周りには木が、いっぱい茂っている。水はどろっと濁っていて、道もじめじめしている。蛇が住んでいるそうだよ」

語られたのは、起承転結のない、ただの情景に過ぎません。しかし、幼いわたしにとっては、これも、現実と虚構の境がぼんやりして来るような、ひとつの物語でした。

二十一世紀の今、舞台の劇の幕が下りて明かりがつくように、雄蛇が池の辺りも開発され、戦前の暗さはないようです。

ダブルクリック

「時」のびっくり箱

夏の中頃から、熱中していることがある。かなり手間がかかる。しかし、これが面白い。何かというと、ビデオテープの整理なのだ。

録画したテープは、次から次へと、たまる。そのうち、始末がつかなくなる。古いものは、題名の見えない奥へと追いやられる。時には、「とりあえず」と思って、段ボールの箱にしまったりする。こうなると、再び日の目を見るのが、いつか分からない。

そういうことが、三十年ほど続いて来た。量が増えるのも問題だが、画像の劣化も心配だ。ごく古いテープの中には、カビの生えたものまである。

本も同様に増殖し続けるのだから、せめて、テープだけでも整理したい。そこで、この夏、録画できるＤＶＤ機器を買った。必要なものだけ、ディスクに移し、後は処分しようというわけだ。

やってみると、予想以上に調子よく片付く。一度見ればいい番組なのに、録画したままになっている場合が多い。「あの大量のビデオをどうしたものか」と心のどこかで気になっていた。だから、整理できるのはとても気持ちがいい。

そういう途中で、証券会社のコマーシャルに出会った。「かあさん、この前のボーナスに貰《もら》った僕の聖徳太子、どこに行ったのでしょうね」と始まった。お札といえば「聖徳太子」であり、「かあさん……どこに行ったのでしょうね」が流行語であった「時」が、びっくり箱を開けたように飛び出して来たのだ。

このコマーシャルを保存の方に回したのは、いうまでもない。手間がかかるが面白い——というのは、こういうわけである。

謎が解けた

気になっていた映画が、テレビで放映されることがある。観そこなうと悔しい。けれど、ビデオに録《と》ると、それで安心してしまう。「いつか観よう」とつぶやきつつ、置きっ放しになったりする。八月三十一日の来ない、夏休みの宿題のようなものだ。

ビデオの整理を思い立って見返すと、録画したこと自体、忘れているものまであった。首をかしげたのは、ある劇場中継の後に、いきなり、白黒の映画になった時だ。雲の海に光が射《さ》し、大映のマークが浮かび出た。テープに貼った表紙の紙には、録画内容が書いてある。ところが、その映画については何の記載もなかった。だから、まさに突然、出現した——という感じだった。

タイトルは『女狐風呂』。主演が、市川雷蔵と嵯峨三智子。若き日の中村玉緒も、可憐《かれん》なお嬢さんぶりを見せている。

「なぜ録ったのだろう？」と思った。観ているうちに、記憶がよみがえってきた。これは、時代劇の形をとったミステリーだった。若奥さんが、足袋に針を入れられたり、矢を射かけられたりという事件が続く。はたして犯人は誰か。

「それにしても、どうして題名を書いておかなかったのだろう？」——これが、続く疑問になった。

映画は、堺駿二や山茶花究《さざんかきゅう》といった昔懐かしい俳優が、軽妙な演技で楽しませてくれる。いよいよ、大詰め。探偵役が一同を集め、「さて犯人は」となったところで、――テープが切れた！　同時に、謎が解けた。

悔しさのあまり、録画したという事実を消し去ろうとしたに違いない。わたしは思わず、自分に向かっていった。「気持ちは分かるよ」と。

付記　『女狐風呂』は、その後、観ることが出来ました。これについては、『北村薫のミステリびっくり箱』（角川文庫）に書いています。

十人十色

マニュアルというものが、この世には存在する。機械を買った場合には、これを読む。書かれてある通りに動かないと困る。ビデオの再生ボタンを押したのに、録画が始まってはたまらない。ところが、生き物はそうはいかない。あちらに通用したことが、こちらにいえるとは限らない。

うちで、ねこを飼い始めた当座は、何も分からなかった。吐いたりすると、それだけでびっくりしてしまった。あわてて、ねこを飼っている人に電話した。一番にかけたところが留守だと、ますます、動揺する。結局、関西の知り合いにまでかけて、

「心配ありませんよ。ねこは吐くものですよ」

という言葉をいただき、やっと安心。こんな具合だった。

さて、そういう時に、当然のことながら「ねこの飼い方」の本も読んだ。マニュアルである。

なるほど――と思えることが書いてある。中でも納得したのが、トイレのことだ。

――「動物にとって、用足ししている時は、最も無防備な状態です。襲われたら大ピンチ。その最中、人に近づかれることを、ねこはとても嫌います。飼い主は、離れるようにし、のびのびとした気分でさせてやりましょう」

これは頷《うなず》ける。そこで、ゆずが――うちのねこの名前はゆずという――そうする時は遠慮していた。

ところがである。朝、ねこトイレの砂をかきまわし、汚れ物を取り始めると、「ご苦労」というように、ゆずがやって来る。そして、まだトイレに手を入れているのに、「どけどけ」というように中に入ってくる。そして、足を踏ん張り、――行うのだ。これ見よがしに。

あの説得力のあるマニュアルは、一体全体、何だったのか。なるほど、生きている物には個性があると、あらためて認識させられる出来事だった。

「！」の意味

テレビで、プロ野球日本シリーズ第三戦を観ていた。すると、こんなテロップが出た。――「先に二勝一敗とリードしたチームが優勝した率は、70％！」。

どういうことか、と考えてしまった。日本シリーズは四勝すればいい短期決戦。リードした方が優勝しやすいのは、当たり前だ。そこで、この「70％！」の「！」の意味は何か。単純に考えれば、視聴者を引き付けるための強めだろう。しかし、「何と70％もあるんですよ」という驚きともとれる。つまり、「リードするチームなら、力も上回っており、勢いもある。確率上の勝率以上に優勝しているのだ！」――という含みもあるのだろうか。

三勝二敗と勝ち越した場合ならどうか。単純に、力が同じとするなら、次に勝つ率が50％。負けてその次に勝つ場合の25％を足して、優勝できる可能性は75％ではないか。

これが二勝一敗の時は——となると、どうしても紙に白星黒星を並べて、考えることになる。三戦以降、連勝して優勝する確率が四分の一、三連敗して相手に栄冠をさらわれる場合が八分の一。以下、四勝二敗の優勝が四分の一、四勝三敗の優勝と三勝四敗がそれぞれ十六分の三となった。まとめると、優勝できる可能性は十六分の十一。つまり〇・六八七五。

ところがテレビは、実際には、「70％」優勝しているという。おお、わずかではあるが、最初に考えた理論——「二勝一敗のチームは、数字上の確率を越えて優勝する」に当てはまるではないか。しかし、こうなるとテロップに出た、いかにもおおまかな「70％」という数値が気になる。ひょっとして、「69％」を切り上げたのではないか。

うーむ、それにしても、日本シリーズを観ながら、こんなことを考えているのは、わたしだけだろうか。

花巻のバス

花巻の宮沢賢治記念館に行った。十年ぶりぐらいだ。前は車だったが、今回は鉄道の旅になった。事情があって、在来線を使った。普通は、新幹線の新花巻で降りるのが便利らしい。盛岡駅で時刻表を見ると、まだ出発には余裕がある。安心して、ゆっくり歩いた。階段からホームに着くと、電車の停《と》まっているところまでが予想外に遠い。小走りになる。焦ってしまった。

さて、花巻駅から賢治記念館まで行くバスの出発時刻を、事前に教えてもらっていた。それと時計を見比べながら行ったので、なかなかスリルがあった。ひとつ逃すと、次までかなり間があるのだ。ところが、列車が花巻駅に着くのと、バスの発車時刻が重なりそうなのだ。

花巻に着くと、アリバイ作りをしようとしている犯罪者ほど深刻ではないが、それでもまた小走りになった。そんなわたしの目の前を、バスが悠然と通り過ぎて行った。

やれやれと思いながら、タクシーに乗る。新幹線の駅と比べて、こちらからだとかなり時間がかかる。何となく失敗した気分だった。帰りは、バスの時刻に合わせて記念館を出た。ところがである。バス停というのが、急な坂道をかなり降りたところだった。歩いている人の姿も見なかった。以前来た時は車だったから、そんなことを考えもしなかった。

ハアハア息をつきながら、思った。「下りでこれだけきついのだから、徒歩で上ったら、どうだったろう――」と。若ければいい。残念ながら、そうではない。こうなると、バスがタッチの差で出て行ったのも、神様の思《おぼ》し召しではないか。

「塞翁《さいおう》が馬」という言葉がある。人間の幸や不幸は定まりないもの――というたとえである。

「うーん、花巻のバスというのも、同じ意味になるな」と思ってしまった。

星に願いを

星占い――に限らず、占いというものは、人が生まれてから出来たはずだ。先輩の人間様が、後輩の占いに一喜一憂してたまるものか、と思ったりする。もっとも、占星術の立場からすれば、人間より星の方が古くからある――ということになるだろう。

さて、気にはしないというものの、テレビや雑誌の「今日の運勢」「今月の星占い」などで、いいことがいわれていたり、書かれてあったりすると、単純にうれしくなる。

どこのうちでも、こういう欄では家族の星座を見て行くことになるだろう。さて、うちでは、ねこを飼っている。飼いねこの星座は分からない場合が多いと思うが、幸い、うちのねこは――ゆずという――誕生日が分かっている。そして、見て一番面白いのが、ゆずの運勢なのである。

寝転がっている、のんきそうな顔を見ながら、

「へえー、ゆずは今月、テクノロジー方面に関心を示すと吉、だってさ」

こういうミスマッチの意外感が楽しい。テクノロジー、テクノロジー……と、しばらくは首をひねる。ゆずが、ワープロに足をかけていたりすると、「お、これかな。関心を示しているのかな」と思う。また、吐きたそうに「オーエー」と喉《のど》を鳴らしていると、「ＯＡ機器のことを考えているのかな」となる。

あるいは、

「おや、ゆずは、これからカルチャースクールなどに通うと、新しい出会いがあるって」

こうなると、ノートをかかえて、出かけて行くゆずの姿が目に浮かぶ。机に向かって神妙に講義を受けていると、隣の席に現れるのは……。

もっとも、うちのゆずは、星座占いで何といわれようとも、ただただ寝てばかり。

あ……、もしかしたら、夢の中で、どこかのカルチャースクールに通っているのかも知れない。

シュールな書き手

東京青山のスパイラルホールでやっている美術展に行って来た。印象に残ったものがいくつかあった。

中に、「二重翻訳の偶然性による創作」というのがあった。具体的にいうと、昔話を英語の自動翻訳機にかける。出て来た英文を、今度は和訳の翻訳機にかける。つまり、最新の機器による伝言ゲームだ。いくら優秀なシステムであろうと、人間のようにはいかない。文章がねじれる。それを繰り返すと、原作とは違った不思議な物語世界が生まれる。

作者は、原倫太郎氏。こうしてできたストーリーを元にイラストを描く。それを絵本にしたものが展示されていた。すでに新聞などにも取り上げられ、話題になっていたようだ。

日常生活の中でも、偶然の生み出す不思議な文章を、かいま見ることがある。——というと大袈裟《おおげさ》だが、一番単純なものが誤植である。それを、自分一人でも実行できる（というと妙だけれど）のが、ワープロのスキャナーだ。まれに使うことがあるのだが、元の活字が小さ過ぎたり、手動でやっていてずれたりすると、思いがけない結果が出る。それが、巧《たく》んだように面白かったりする。

芭蕉の句で起こった実例をあげる。「蘭の香や蝶の財団法人にたき物す」。元の句は「蘭の香や蝶の翅《つばさ》にたき物す」。この「翅」が読み取りにくい。その上、脇の振り仮名まで一緒に判読した。そこで何と、一字分に四字を割り入れた「財団法人」という特殊な形と読んでしまったのだ。

「辛崎の松は花より朧《おぼろ》にて」——これが、「辛崎の松は花より脂にて」となった。急に視界がべっとりしてくる。

「市人《いちびと》よこの笠売らう雪の傘」が、「軍人よこの笠売らう雪の傘」になったりもした。

偶然というのは、思いがけない創作をするものである。

ある分割案

プロ野球界が、新球団の誕生などで、大きく揺れている。古い体質、長く抱えて来た問題点を見つめ直すには、よい機会だ。また、セ・パ交流試合の実現など、ファンにとって嬉《うれ》しい知らせもある。

それはそれとして、野球のことというのは、ひまな時の、罪のない座談の種になる。作家の山口雅也氏と、お会いした時、氏がいった。

「北村さん、いいこと考えたんだけどさあ。結局、パ・リーグの球団も、巨人と試合したいんだよねえ」

「そうでしょうね」

「それでさあ、巨人はいい選手が多くて、試合に出られなかったりするわけでしょ。だったら、二つに分けてさ、東巨人と西巨人にするわけよ。それで片方がセ、もう片方がパに行けばどう。全《すべ》て解決じゃない？」

「ほう」

「あまってた優秀な選手も活躍できる。数の多い巨人ファンが、倍の試合を観られる。パ・リーグもうるおう。——ほら、いいことばっかりじゃないの！」

こういう話を、ただ聞いているのはつまらない。

「だけど、山口さん、プロ野球には伝統の試合と呼ばれる、巨人—阪神戦というのがあるわけですよ。そこまで考えるなら、両リーグで巨人—阪神戦が観られるようにしたらどうでしょう」

「というと？」

「阪神も二つに分けるんです。ただし、東阪神、西阪神というと巨人の真似《まね》のようです。ここはひとつ、上方のチームを上阪神《じようかしん》、東京の方を下阪神《か》と呼んだらどうでしょう」

会話としては、これで無事、「アハハ」と落ちがついたわけだ。

しかし、

「どちらのファンですか？」

と聞かれて、

「はあ、下阪神の……」

というのは、どうも答えにくそうである。

鳩の新聞

ヒッチコックに有名な『鳥』という映画がある。鳥類が突然、人類を襲い始めるのだ。

わたしの友達が、それを観た後、房総の一人旅に出かけた。細い道を歩いていて、角を曲がった。その先は崖《がけ》――左手は見上げる絶壁、右手眼下には海の波が砕け散っている。空は青い。人影は見渡す限り、ない。その代わり、無数の鳥があるいは木々にとまり、あるいは宙を舞っている。波の音の他には、アーアーという鳴声が、ただ天地にこだまするばかり。

友達はいった。

「さすがに引き返したね。やっぱり不気味でさあ。――ああいう時には、奴らは何を考えているか分からない、という気になるね」

さて、作家の有栖川有栖さんの新居に鳩が飛来した。平和の象徴――などといって、ただ眺めている分にはいい。しかし、糞《ふん》の始末が大変らしい。一度固まると、取るのは困難、しかも相手は生き物だ。次から次へとやって来る。鳩の襲来を受け、精神的にまいってしまう人もいるらしい。かといって、相手は鳩。殺すのは勿論《もちろん》、怪我《けが》もさせたくない。「糞は木陰などでするように」と、筋道をたてて説得しても、ただクークーと返事されるだけだろう。できるのは、せいぜい驚かすことぐらい。そこで、やって来た数羽に水鉄砲の水をかけた。すると、これが大変、効果的だったという。

その話を聞いて、考えてしまった。水をかけられたのは、最初の数羽である。それで、鳩が来なくなったのなら、

「あそこのうちは、行かない方がいいぞ！」

という情報が、鳩社会に伝わっているわけだ。それは一体、どういう形で行われているのだろう。我々の知らない木陰で、鳩の新聞の社会面や地方版などに目を配っているのだろうか。

やはり、彼らのやっていることは、よく分からない。

燕よ燕よ

『近代作家名文句辞典』（東京堂出版）という本を拾い読みしていたら、平塚らいてうについて、こう書いてあった。年下の画家との関係について、世間が噂《うわさ》した時、――「鴛鴦《おしどり》の泳ぐのを燕《つばめ》が波立て邪魔してもひるまずすすみましょう」と（中略）愛の成就を誓った。以来、年下の男の愛人を「若い燕」――というようになった、と。

首をかしげざるを得ない。この引用を読む限り、らいてうは、ごく常識的に自分達を仲の良い鴛鴦に譬《たと》えている。「燕」とは、外部から冷やかす者である。「以来、年下の男の愛人を

——」などとはいえなかろう。

納得できないから、『大正ニュース事典Ⅰ』（毎日コミュニケーションズ）を見たら、『時事新報』大正三年五月八日の記事にこうある。らいてうは若い美術家に——ヘルメルを逆に「我が若き燕よ燕よ」と二階から声懸けながら、すこぶるつきの甘い——生活を送っていた、と。

ヘルメルは『人形の家』に登場する夫である。平塚らいてうから『人形の家』という連想に、無理はない。その舞台では、ヘルメルがノラを「わたしのひばり」「小鳥さん」（杉山誠訳）などというわけだ。この夫婦の立場を入れ替え、当時のマスコミが、若い連れ合いをからかった。男だから、燕尾《えんび》服《ふく》でも着ているような「燕」と。——そう考えるのが、自然だろう。

らいてうの引用された文章が、すでに現れた「燕」という語に反発して書かれたものか、あるいは、この「邪魔な燕どもめ」という発言にマスコミの方が反発して、ことさらに「燕」といい出したのか。

——そんな風に、あれこれ推理した。それなりに説得力はあると思う。ところが、当のらいてうの文章を読むと、事情は、全く違うらしい。はたして真相は？——というところで、来週に続く。

燕の謎

年上の女性が持つ、若い男の愛人を「燕」という。広く知られた言葉だ。ところが、そのいわれまで記してある辞典は少ない。前回、書いた通り、『近代作家名文句辞典』（東京堂出版）には説明があった。しかし、腑《ふ》に落ちなかった。平塚らいてうをめぐる一連の出来事から来ているらしい——ということだけは分かった。そこで、らいてうの自伝『元始、女性は太陽であった』を開くと、こう書いてある。

――らいてうが若い画家と親しくなった。らいてうの先輩格の某氏が、それに横恋慕した。やがて若い画家は、手紙をよこし、姿を消す。そこに書かれていたのは、こんな寓話《ぐうわ》だった。「池の中で二羽の水鳥たちが仲よく遊んでいたところへ、一羽の若い燕が飛んできて池の水を濁し、騒ぎが起こった。この思いがけない結果に驚いた若い燕は、池の平和のために飛び去っていく」

らいてうは、これが彼の文章らしくないのに首をひねりつつ、次のように返した。

「燕ならばきっとまた、季節がくれば飛んでくることでしょう」

後に、この寓話は某氏が作り、画家に強制的に書かせたものと分かった。「若い燕」という言葉は流行語となったが、それは某氏の「創作から生まれたことば」である。らいてうは、こう結んでいる。

これなら、よく分かる。また、多くの辞書にいわれが記されないのも分かる。複雑すぎる。辞書の注記として二、三行で説明するのは無理だろう。それにしても、ごく個人的なやり取りの中に現れた「燕」という語が、なぜ、広く世間に知られてしまったのか。らいてう自身が、どこかに書いたのだろうか。

ともあれ、何げなく使っているこんな言葉の裏にも、人の思いの複雑にからんだエピソードがあるのだと、知ることができた。

「グロテスク」の効用――映画と私 「ドリームチャイルド」

先日、あるところで推理作家の集まりがありました。話すべきことも尽き、そろそろ解散という時、貫井徳郎さんが立ち上がり、

「ところで、これ――」

といいながら、映画のちらしを配り始めました。そして、おっしゃるのです。

「たまたま、試写会に行きました。そうしたら、とてもよかったんです。頼まれたわけでも何でもないし、宣伝の言葉を書くわけでもありません。――ただ、どうしても人に教えたくなって、ちらしを持って来たんです」

マーク・フォースター監督の「ネバーランド」という映画でした。こういう風にいわれる映画も、そういう映画に出会える観客も幸せでしょう。行ってみようという気になります。

ちらしを読むと、物語『ピーター・パン』と、その作者ジェームズ・バリ、そして実在の少年ピーターについての映画らしい。そこで、すぐに連想した作品があります。――『不思議の国のアリス』と、その作者ルイス・キャロルこと吃音症の数学者チャールズ・ドジソン、そして実在の少女アリスについての映画「ドリームチャイルド」です。一九八五年の作品で、監督はギャビン・ミラー。

これらは共に、子供向けの物語というだけでなく、心理学的に色々と解釈されたりすることの多い、いわば「裏の心」を読みたくなる作品です。

「ドリームチャイルド」という題は、『不思議の国のアリス』の序にある、アリスを指す言葉、「夢の子ども」（岩波書店　脇明子訳による。以下も同様）から来ています。キャロルが、「金色の光みなぎる　長い午後」、船遊びをしながら、女の子たちに語ったのが、この魅力的な物語の原型です。その聞き手の一人であり、主人公のモデルでもあるアリスが、キャロル生誕百年祭に招待され、アメリカへ向かうところから、映画は始まります。この新大陸訪問は歴史的事実です。時は一九三二年。

アリスといえば、「少女」の代名詞です。その彼女が、まず八十歳の老婆として登場する。ここでもう、勝負あったという感じです。――このアリス役をやるコーラル・ブラウンが、ビデオの解説（冨谷洋）によれば、怪優ヴィンセント・プライスの奥さんだといいます。だからどうだというわけではないのですが、何となく嬉しいですね。

皮肉で、機知に富む脚本作りは、アリスの物語の中心にあるものに、どこか通じます。映画には出て来ませんが、夫を失った七十五歳のアリスは、キャロルから贈られたこの物語の原本――手書きの『地下の国のアリス』を売りに出しています。書籍情報社から出た『不思議の国のアリス・オリジナル』のラッセル・アッシュの解説によれば、それは業者の手を経てＲＣＡビクターの創始者に十五万ドルで買い取られたといいます。

キャロルが手描きの挿絵まで添えた原本は、アリスより一足先に海を渡り、アメリカへと向かっていたわけです。時は全てのものを、変貌させていきます（ただし、『地下の国のアリス』は善意によって、一九四八年、イギリスに戻ったそうですが）。

その移ろいと対比して、輝く永遠の瞬間を見せるのが、この映画です。キャロルは「金色の光」の満ちた世界を、外からのぞく者でしかありませんでした。前記の『不思議の国のアリス・オリジナル』によれば、作中にすでにこの世から絶滅したドードー鳥が登場するのは、キャロルが自分自身をその鳥に譬えたからだといいます。彼は、自分の名を名乗る時、「ド、ド、ドジソン」といっていたというのです。この映画のクライマックスシーンで、キャロルはまさにそのような姿を見せ、少女アリスと、後に彼女と結婚する青年は、こらえきれず、無慈悲に、楽しげに、笑い出します。笑うものたちは、輝くばかりに美しい。その頃のアリスが読んだのは、明るい「不思議の国」の物語だったことでしょう。

一方、この映画で、老婆アリスの妄想に登場するグリフォンやまがい海亀、芋虫などの作り物は実にグロテスクです。実写版「アリス」の映画は他にも観たことがあります。登場するぬいぐるみが、妙に不気味に見えました。確かに、アリスの物語自体がそういうものを含んでいるのです。しかし、そういう映画で行き当たるのは、テニエルの挿絵から、センスを洗い流した、お化け屋敷的不気味さでした。

一方、「ドリームチャイルド」の場合のそれは、明らかに意図されたグロテスクです。そういう醜悪な存在が、老婆アリスを痛烈に罵るのです。グロテスクという名の闇と対置された時、「金色の光」の輝きが、より鮮やかに浮き立つ――そういう仕掛けになっているのです。

押しつ押されつ

うちの猫クンは「ゆず」という。名前の方は和風。そして、肉球の色は洋風にチョコレート色だ。寝転がっている時をねらい、手や足を取り、誰もがするように肉球を押してみたりする。

さて、うちの子が帰って来て、

「ねえねえ、ヨーカドーのUFOキャッチャーで、肉球売っていたよっ！」

何だろう。よく聞いて分かった。買い物の時、一緒にそこまで行ってみた。UFOキャッチャーでは、機械を操作して、品物の入ったカプセルを取る。そのカプセルの中に、肉球の付いた手袋が入っていたのだ。

「可愛いでしょっ！」

機械の操作は簡単ではない。当然だ。楽々と取られては商売にならない。それは分かっている。だが、つい、たまらなくなって一回やってみたそうだ。残念ながら、手袋は落とせなかった。わたしも欲しいと思った。しかし、現実的判断を下し、うまくいかないだろうと最初からあきらめてしまった。

手に入れたかったわけは、それをはめて「ゆず」にこちらの肉球を押させてみたいと考えたからだ。「いつまでも触っていたい」と思い、そうする人はいるだろう。しかし、「猫クンに肉球を押させた人」は、まずいないのではなかろうか。うちに帰ってから「ゆず」に、

「ねえ、いないよねえ」

と話しかけてみたが、気持ちよさそうに寝ているばかりで、相手にしてもらえなかった。

狐に招かれ、末廣へ

三十年ぶりに王子を訪れることになった。訪れるのだから、この「王子」はプリンスではない。地名である。それが次第に「玉子」に見えて来た。筆を持った狐が、にやりと笑って点を打ったのかも知れない。——などと書いても、落語嫌いの方には、何のことやら見当がつかないかも知れない。

現在の王子は、JR京浜東北線に加え、東京メトロ南北線でも都心と繋がり、格段に交通の便がよくなった。しかし、古きよき時代の江戸っ子には、暗いうちに出て日も暮れてから帰るようなところだった。わざわざ出掛けて、明るい間、何をしていたのか。眼や舌を楽しませる所、それから（後回しにして失礼ながら）お参りする所もあったのだ。

何といっても、江戸庶民の大きな楽しみは春の花見。王子の飛鳥山は、上野・向島などと並ぶ桜の名所だった。花見の仮装が禁じられた時分にも、ここはおかまいなし、思うがままに羽を伸ばせた。お江戸の中心から離れていればこそだろう。飛鳥山からの見晴らしはよく、遠くには筑波山が見え、石神井川・音無川の作る渓谷、落ちる滝も見所であった。そして何といっても関東総社といわれる王子稲荷がある。

稲荷といえば、お狐様だ。広重の「名所江戸百景」にも、王子の地に集まる無数の狐を描いた一枚がある。——そして落語の方にも、当然のように「王子の狐」という一席がある。もっとも、この話の狐は人間に、してやられる。

――若い女に化けているところを、男に見られ、王子で名高い料理屋、扇屋に連れ込まれる。飲みつぶされて寝ている間に、男の方は玉子焼の折詰まで土産に持って、立ち去ってしまう。「勘定は連れが心得てるから」といって。狐は目覚めてびっくり。尻尾を出してしまい、「狐だっ!」という大騒ぎ。危ういところを何とか逃れる。男の方は、友達に「狐はお稲荷様のお使い。だますとは何事だ」といわれ、意気消沈して詫びに出掛ける。

ざっとまあ、こんな話だ。扇屋は、徳川三代将軍家光の頃から続くという。この店が現存すると聞き、そこで食事をして王子稲荷に行く――という落語体験ツアーを企画したのが三十年ほど前。扇屋名物釜焼玉子というのを食べたのを覚えている。記憶をたどっているうちに、王子が玉子に見えて来たわけだ。

ところが残念、割烹としての扇屋はすでになくなっていた。江戸の名残が消えるのを目の当たりにした――と思いかけたら、嬉しいことに伝統の玉子焼は今も残っていた。販売所があるという。「それならぜひ」と、王子再訪の運びになった。

ＪＲ王子駅北口から歩いてすぐ、ラブホテルの向かいに、その販売所があった。釜焼玉子の販売は予約の上、三時以降とのことで、厚焼玉子を買った。これも名物である。色といい、名前通りの厚みといい、いかにもうまそうだ。

折よく、扇屋十四代目のご主人がいらしたので、お話をうかがうことができた。

「釜焼の方は、作り方が普通のものと違うのですか」

「はい。日米が条約を結んだ頃、接待であちらの人が扇屋に来たんですよ」

外国の要人を料亭で歓待するなどということがあったわけだ。ご主人は続ける。

「――その時、あちらの人が厨房に入って来て、上火と下火で焼いたらどうだとアドバイスしたそうなんですよ」

「オーブンのようになるわけですね」

玉子を大量に使い、炭火で蒸し焼きにする。材料や手間の問題がある。これは、注文でないとできないわけだ。

「釜焼は、主人だけが焼くことになっていましてね。息子にも伝えてあります」

伝統は受け継がれる。

しかし、釜焼玉子の誕生は時代が新しそうだ。また、落語の主人公は町人、おいそれとそこまでの高級品は注文できないだろう。

ご主人は語る。

「玉子焼自体が、高級品でしたからね。釜焼となれば食べるのは大名でしょう」

江戸とはいわない、わたしが子供の頃読んだ『次郎物語』の中に、主人公が金持ちの家の食卓の玉子焼を羨望と驚嘆の目で見るシーンがあった。一般庶民が、普通に食べられるものではなかったのだ。

「――それに、扇屋は武士を相手にしていましたからね。町人が行くなら海老屋です。経営者が縁続きですが、海老屋の方は先になくなりました」

かつて、「王子の狐」の舞台は海老屋――となっている文章を見た。わたしが聞いた限りでは、どの演者も扇屋にしていたので、はてなと思った。なるほど本来は、そちらだったのだろう。現存する店の方が通りがいい。そこで、扇屋の名が使われるようになり、「お土産の玉子焼」などという要素が付け加えられたのではないか。

そこから歩いて王子稲荷に向かう。参拝の後、裏手の狐の穴にも手を合わせた。現代人は、狐が人を化かすなどということは頭から信じていない。岡本綺堂は、次のように「父は常に語っていた」という。

——日暮れの田圃道で同道していた叔父がよろけ出す。どうも様子がおかしい。見ると田圃の向こうに狐がいる。「狐は右の前足をあげて、恰《あたか》も招くような真似をしているのである」。刀を振りかざすと狐は逃げ、叔父はよろけなくなった。（『江戸に就ての話』岸井良衛編・青蛙房）

これは疑いのない事実として語られている。確かに、江戸の狐は特別の力を持っていたのだ。

王子稲荷では江戸から伝わる土産ものとして、「暫狐《しばらくきつね》」が売られている。三十年前にも買った。今もあるのが嬉しい。狐が歌舞伎の「暫」の扮装をして、竹の棒を動かすと腕を振る。しかし、この説明書に——江戸時代、名優九代目団十郎が、歌舞伎狂言「暫」の上演に際し、王子稲荷に祈願して大当りをとった、という故事に因み、当時流行のからくり仕掛けを応用して作った玩具です——とある。九代目団十郎だとしたら、いうまでもなく明治を代表する名優である。「暫」は彼の演じたものが、今の型になっている。浅草公園にも、かつて有名な九代目の扮した「暫」の像があり、これが昭和六十一年に復元され話題にもなった。九代目とこの演目は、無理なく結び付く。だが、そうなると「江戸時代」という言葉に首をかしげざるを得ない。山本二郎氏によれば、江戸歌舞伎でも、十一月の顔見世狂言には必ず「暫」が演じられたそうだ。もっと前の団十郎ではなかろうか。

いずれにしても味のある細工ものだ。昔の雑誌『太陽コレクション　日本百景と土産品』には「江戸期の暫狐」という写真も載っていた。そちらはさらに素朴に見えた。復刻版を出してもらいたいと思う。

王子稲荷近くの、名主の滝公園にも行ってみた。記憶通りの、落ち着いた空間が広がっていた。緑の間を歩き、滝に手を伸ばし、水に触れてみた。

さて、そこから一気に新宿末廣亭に向かった。昼の部の仲入り前に入ったが、かなり混んでいた。これだけ色々な芸が楽しめて、寄席は本当に安いよなあ——と思う。

2

読書

1992-2003

涙の間

わたしのシリーズ物のヒロインは大変な読書好きである。とにかく読んだ本について話したがる。しかも国文科の学生ときている。彼女が『源氏』について語り出すのは時間の問題なのだ。『源氏』とヘミングウェイが軸になる（意外な取り合わせではないだろうか）物語がいずれ書かれる筈だが、その中で彼女はまず、『源氏』で一番印象に残った言葉は何か、と考える。答えは〈つれなし〉である。以下は彼女＝私に語ってもらおう。

〈つれなし〉。現代語なら〈冷ややかである・そっけない〉だが、それに加えて古語では〈表面は何でもない様子〉をも表す。『枕草子』の有名な一節に〈上はつれなくて、草生ひしげりたる〉下に、実は限りなく澄んだ水があったりする。

さて『源氏』だが、私が胸を衝かれたのは『若菜』である。〈かくて如月の十余日に、朱雀院の姫宮、六条院へ渡りたまふ〉。その時の紫の上が〈つれなくのみもてなして〉いるのだ。失望、嫉妬、焦燥を見事に内に隠した乱れぬ様である。

この場面に続いて、源氏が「ゴメンネ」というと「ゴメンですむか」などとは言わない、〈すこしほほ笑みて〉となる。この〈すこし〉などもまさに胸をえぐる言葉だ。私が今まで読んだ日本古典物語中の二大〈すこし〉の一つである。——もう一つが何か、残念ながら今ここで述べる余裕はない。

一方〈つれなし〉はなおも続く。〈さこそつれなく紛らはしたまへど〉である。そのように、何でもないようにふるまっていらっしゃるけれど……。

この〈つれなし〉が宝石のように輝くのも、次の純白の雪の朝、女三の宮と一夜を共にした源氏が帰って来た場面があるからだろう。

源氏が問いかけても答が返って来ない。彼が、掛けているものを引きはがすと、紫の上は〈すこし濡れたる御単衣の袖をひき隠して〉――泣いていたのだ！　その唇はきっと、堅く結ばれていたことだろう。乱れぬ彼女なればこそ、この涙は痛切である。

『源氏』の女性で誰が好きか、などと、よくいわれる。私はもうこの場面だけで紫の上にお手上げなのだ。

おそらく源氏は、〈けなげだ〉と思ったろう、抱きしめたくなったろう。しかし、それはすでに幻を抱こうとする空しい試みに過ぎない。紫の上の涙は、一時の哀しみによるものではない。自分と源氏の道の終わりを知り、そして、こうなってしまった自分達を哀れむ涙である。

思えば、若き源氏が、幼い若紫を初めて見たあの日、彼女は〈雀の子を犬君ちゃんが逃がしちゃったの〉と手放しで泣いていた。源氏は〈可愛い〉と思ったことだろう。しかし、今は声を殺して涙する紫の上がいるばかりである。

共に、見せようと思って見せた涙ではない。女は〈可愛い〉と思われたくて、〈けなげだ〉と思われたくて、泣いたのでは断じてない。しかし、この男に見られた二つの涙の間に、女のこの男と過ごした人生があったのだ。

女とは何か、男とは何か。

いまだ書かれざる物語の中で、やがてわたしのヒロインは、こんな感慨にふけることになるのだ。

その意志と聡明さ

ミステリの世界で、わたしの心に刻まれた人物を一人あげるとなれば、躊躇しない。それはエリナー・メイヒューである。

室生犀星は、『或る少女の死まで』の中に『悼詩』という絶唱を残した。

ボンタン實る樹のしたにねむるべし
ボンタン思へば涙は流る
ボンタン遠い鹿兒島で死にました
ボンタン九つ
ひとみは眞珠
ボンタン萬人に可愛がられ
いいいいいいいいいい
いろはにほへ　らりるれろ
ああ　らりるれろ
可愛いその手も遠いところへ
天のははびとたづね行かれた
あなたのをぢさん
あなたたづねて　すずめのお宿

ふぢこ來ませんか
ふぢこ居りませんか

当然のことながら、わたしにこの筆力はない。かくのごとく見事な詩をもって、エリナーの死を悼むことはできない。
わたしが彼女に出会ったのは、高校生の頃である。『十五人の推理小説』というアンソロジイを古本屋で買った。他の十四の作品は総て忘れてしまった。しかし、マージャリー・アランの手になる『エリナーの肖像』を読み終えた時のことは、今も忘れない。
わたしは手近の鉛筆を取り、その表題の下に《傑作！》と書き入れた。その後、同じ本をカバー付きの綺麗な本に買い替えた。断っておくが、わたしは美本を求めるマニアではない。他の本で、そんなことをしたことはない。これも、《「十九でした」と大佐はいった。「二十の誕生日はとうとう迎えることができませんでした」》というエリナー、五つの時《鉛筆画でもって踊場の壁を飾りたいという、矢も楯もたまらない欲求》にかられ《思う存分に、その芸術的才能を発揮した》後で、時計を置き、《隅っこに行って、忠実に、十五分間立っていた》少女のために、である。

（井上勇訳）

わたしはものごころがつくようになってからというもの、グラマーシーについては、マッジ・メイヒューからよく聞かされていた。

この書き出しを写していても、大袈裟ではなく、胸が痛むのである。

作者の書き振りは不器用というか、不親切である。《わたし》の名がジューディだということも、しばらく分からないし、エリナーが大好きだった乳母がデバラーということも、突然、説明抜きで出て来る。しかし、そんなことはどうでもいい。新婚の《わたし》は新居を求めている。由緒あるグラマーシーの館が友人の口利きで借りられることになる。

なぜ貸してしまうのか。持ち主のメイヒュー大佐にとって、グラマーシーは辛いことを思い出させる家なのだ。一人娘を、すねかじりの甥に託して、外国に行っていた。その間に、愛する娘は二階から落ちて死んでしまったのである。

ジューディたちは屋敷で、そのエリナーの肖像画を見る。ぐうたらの甥、スティーヴンには、偏執狂的なまでに写実的な画を描く趣味と才があったのである。

車椅子に座った、濃いソフト・ブルーの服を着た少女。その目を見た時、《わたし》は肩をつかまれたような気になる。彼女の瞳は、何かを必死の思いで訴えている。

そして彼女の前のテーブルには、絵に描かれるにしては奇妙なものが、一見、雑然と置かれている。陶器の蜂の下にあった本は、書庫を探してみると『ヘブライ語のモーゼの五つの書』であり、雛菊を巻いた冠の下には『ギリシャ語辞典』があった。そして、蛇の腕輪、四時十五分を指す置時計。

少女は、卑劣な男の手にかかり死なねばならぬことを知る。奪われるのが家屋敷、財産だけならそれもよかろう。だが、違う。今の時を、澄んだ朝の空気を、黄昏の色を、そして未来を、俗悪なのらくら者に奪われるのだ。それなのに、無力な彼女には、抗うことも逃げることもできない。

あろうことか、スティーヴンは、素知らぬ顔で、そんな彼女の肖像画を描こうとする。残酷かつ強烈な創作意欲にかられたのかもしれない。その時、エリナーは不可思議な品物を《かたわらに、旗印のように並べ》る。

彼女は《スティーヴンのなかの芸術家が、それを忠実に写すのを知って》いた。苛酷な運命の陥穽《かんせい》に落ちた時、エリナーは不屈の意志をもって戦い、それを告発する。そう、武器は、不屈の意志と――詩的なまでの聡明さなのだ。

グラマーシーの樫とぶなの林、美しき薔薇とラベンダーに囲まれて、エリナー・メイヒュー、永遠《とわ》に眠るべし。

新聞書評　エンターテインメント

そつのない荒唐無稽を「孤独」の一語が動かす

J・S・ヒッチコック著「目は嘘をつく」猪俣美江子訳

さて昨年のベストは？――などと聞かれる頃になった。わたしの海外一位は、J・S・ヒッチコックの「目は嘘《うそ》をつく」であった。電車の中で読んでいたのだが、途中でポケットに手を突っ込み、たまたま入っていたレシートを切り裂くことになってしまった。なぜ、といえば、紙をはさんでおきたいページが次から次へと出て来たのだ。〈粉飾を見抜くのは得意なのだ。結局のところ、それをほどこすのがわたしの仕事なのだから〉〈「なぜチューリップの真ん中に一本だけバラを？」わたしは訊《き》いた。「わたくしは意外性が好きなの」〉――こんな文章があると知ったら、ミステリファンの心はときめくであろう。

女主人公フェイスは、〈視覚をあざむくさまざまな絵を描く〉騙《だま》し絵の画家である。ここからして、すでに魅力的だ。まことに凝った作りの物語は、現代のアラビアンナイトといった展開を見せる。しっとりとして、そつのない荒唐無稽《こうとうむけい》。やがて物語は、そうなるしかないというところに着地するが、それが少しも不満ではない。これでこそ完成だ、と思わせられる。大変な手腕である。

鍵となる言葉は何か。いうまでもない。

〈彼の好む女たちは容姿もタイプもさまざまとはいえ、ひとつ共通点を持っていた。どの女も、心底孤独だった〉――このように、繰り返し出て来る〈孤独〉。その一語が、この物語を動かしている。フェイスは〈孤独と、たんに一人でいることのちがい〉について語る。後者を〈さわやかだ〉といい、〈何はなくとも想像力ひとつで楽しく生きてゆかれる〉と続ける。これは、そういう日々を生きて来た者だけにいえる、時に洗われた、秋のように美しい言葉であろう。そして同時に、用意周到な伏線でもある。ここを踏まえれば、終局近くで彼女に提示される選択は、即ち、孤独に食われる道を採るか否か、だともいえよう。

平凡な事実を超える創意ある誤りの魅力

黒岩涙香著「小野小町論」

前回、昨年度の海外一位をあげたが、実はもう一作、鮮烈な印象を残した作品があった。ただし小説ではない、舞台である。レマルク作、ピーター・ストーン潤色、勝田安彦訳・演出の「フル・サークル」（俳優座による短期実験公演）。〈スリリングな状況設定、意表を突く展開〉という勝田氏の言葉通り。同席した編集者、作家の方々と、〈これは、観たというだけで自慢できるね〉と語り合い、しばらくは興奮が冷めなかった。

さて、本だが、帯を見たら手に取らざるを得ないのが、「小野小町論」だろう。こう書いてある。〈歌と端書きなどを拠りどころに《小町像》に迫る、歴史ミステリの先駆的傑作〉。そして著者は黒岩涙香。

学術的には一刀両断にされている説である。例えば今、思いつくままに手に取った「日本詩人選6　在原業平・小野小町」（筑摩書房）では、目崎徳衛氏が涙香の知識の混乱を語り、その前に〈無理もないことだが〉とつけている。この一言に歴史学者としての矜持《きようじ》が現れている。

それはそうなのだろう。しかし、解説の伊藤秀雄氏のいう通り、創作として読むなら、〈誤りの穿鑿《せんさく》は不粋というものだろう〉。

仮にこれが〈歴史ミステリ〉なら、〈研究〉ではない。正誤は問題にならない。創意ある誤りが、平凡な事実の上を越す。そして、自分の用意した着地点に向かって都合よく資料を揃《そろ》え、新しい〈事実〉を作り上げる、それによって自分の語りたいことを語る手法こそが、〈歴史ミステリ〉の行き方である。事実と違う、あるいは、わたしの見方と違うというのは、創作に対する批評にはならない（世を惑わす、といわれると困るが）。

ただし、この「小町論」において、論旨よりもはるかに面白く、また読むべきなのは、それを操る涙香自身である。その頭の働き、論理への執着、稚気と一所懸命。この人を見よ、なるほど、これでこそ日本近代ミステリの幕を開けた人物だと、膝《ひざ》を打ってしまう。

殺人こそ運命の分岐点　納得いかぬ最初の一歩

スコット・スミス著「シンプル・プラン」近藤純夫訳

急遽《きゆうきよ》、あの「シンプル・プラン」。何を今更とお思いだろう。実はあるアンケートのコメントに〈ちょっとひっかかるところもある〉と書き添えた。すると作品が作品だけに、〈どこが〉と聞かれるのだ。

3章。主人公ハンクは、兄が老人を殺したと思い、事故に見せかけようとする。ところが、いざ偽装工作にかかろうとした時、老人は呻《うめ》きを洩《も》らす。生きていたのだ。そこでハンクは老人を――窒息させる。これが受け入れられない。一歩一歩階段を降りて地の底に行くような話である。その最初の一歩が納得出来ない。――人は一つの道を選んだ瞬間には、〈そこが運命の分岐点だと直観的に気づくなどということは、ただの夢想に過ぎないのだろう〉と続く。こういう言葉は、表面上は何でもない選択の後に置かれるべきだろう。〈直観的に気づく〉も何もなかろう。人を殺すか否かは〈運命の分岐点〉そのものだ。

勿論《もちろん》、これは日常における普通の論理であり、以後の行動を見れば、主人公は深みにはまった普通人などではない。しかし、ハンクの視点で読んで来た読者の多くが、ここでまず、つまずくのではないか。

ハンクは死体を氷結した川に落とす。その場面が、こうであったらと思えた。――実は主人公は、老人が生きているとは気づかなかった。運命の罠《わな》。氷が割れ、水中に落ちた老人はもがきだす。生きていたのかという恐怖。手の届かぬところで、老人は踊りやがて静止する。永遠と思える瞬間。その時、天上で神々は笑う。お前はもう戻れない、と。

さてこれは、わたしの〈ひっかかるところ〉であり、作者スコット・スミスは今そこにあるような心理を、人物を描きたかったのである。

そこで何人かの方々に意見を聞いた。答えは様々であった。「ぼくもそこがひっかかりました」「そういわれれば、そう思う」「まったく気にならなかった」しかし、最も力強かったのは、某氏の発言であろう。

「――俺《おれ》でも殺《や》る」

奇抜なボクサーの最期　ファン期待の探偵小説
レオ・ブルース著「ロープとリングの事件」小林晋訳

信じられるだろうか、――はるか昔ただ一冊の翻訳が出て、しかも世評が芳しいとはいえなかった作家のファン・クラブが作られるなどということが。ところが、そのクラブが生まれて、すでに十二支は一巡りし、クラブの存在は海外にまで知られている。不幸にして幸運な作家の名はレオ・ブルース。

ある青年が〈ただ一冊〉である「死の扉」で、ブルースの名を心に刻み、ついで原書で「ロープとリングの事件」を読んだ。そして、そのユーモア、巧みな伏線の処理、何より探偵小説らしさに魅《ひ》かれた。それが、クラブの始まりだという。青年（もう青年ではないが）の名は小林晋。

以後、同志が次々と集まった。こういう人々の愛に後押しされて、ようやく近年、二冊目の翻訳が現れ、そして今年三月、三番目の本が出た。世界探偵小説全集の最新刊。訳者は前述の小林晋氏、本が前述の「ロープとリングの事件」である。

名門校の学生が何とボクシングの身支度をして首を吊《つ》っている。一方、ロンドンでは不良あがりのボクサーが、これに応じたようにトランクス姿で縊死《いし》する。まことに奇抜な、人を食った設定である。

この出版社（国書刊行会）の本は、このところミステリ好きの心を否応無しにつかんでねじ伏せる。エッセイ集「クイーン談話室」の刊行はまことにありがたいものだった。それに続いてこの全集である。凡打がなく、毎回が楽しみである。製作側の〈これぞ探偵小説。そうでしょう？〉という声が聞こえてくるようだ。月報、解説の充実ぶりも特筆すべきものである。長所も短所も的確に書かれているので、こちらの付け加えることがない。確かに「ロープ」は、幾度となくにやりとさせられ、最後に、なるほど考えたなといわせられる作品である。

さて、ここで願いがひとつ。鬼に笑われそうだが、早くこの全集第二期のラインナップを見たいものである。

「奇想」を生む力も可能性に含まれる

藤山健二著「富士山の身代金」

誘拐物というジャンルがある。その変型として、とんでもないものを押さえ、身代金を要求する――という作品の流れがある。最初に出会った、その手の小説は、エドウィン・コーリィの「星条旗に唾《つば》をかけろ！」だったと思う。先輩が喫茶店で、〈何てったって、マンハッタン島を人質（？）にとっちゃうんだからねー。それで州を一つよこせっていうんだぜー〉と、いかにも嬉《うれ》しげに語ってくれたことを思い出す。

以来、さまざまなものが誘拐され、乗っ取られるのを見て来た。そこへ、この度「富士山の身代金」という本が出た。第六回サスペンス大賞候補作。帯には〈島田荘司氏がその「奇想」を絶賛〉とある。これは手に取ってしまう。

読み終えたところで〈絶賛〉について具体的に知りたくなり、当時の選評に当たった。島田氏は、こう書いている。〈応募作中、最高の作品が、応募作中最高の可能性を持つ人によって書かれているとは限らない〉。「奇想」を生む力は、その〈可能性〉の内に含まれているのだ。さらに氏はいう。〈筆者の目からは最も可能性を持っている人が、誰にも評価されないであろう最もヘタな作品を書いて、五人のうちに混じっていた〉。この選評中の〈最もヘタ〉という言葉には、そういう視点のみに立った読み方への抗議が含まれている――と、思う。そういわしめたとなれば、これも一つの栄光であろう。

未読の方は、以下を飛ばしてほしいが、奪われたものだけでなく、さらに大量の爆薬が眠っていたわけだ。それが政府にまで伝わった方が、より物語の緊張感は高まったのではないか。

さて、題名は「富士山の身代金」である。しかし、首都崩壊の予感におびえる者はいても、外ならぬ富士が、その山容を醜く変える可能性について語る者はいない。現実の前には、感傷の、いかに無力であるかを思う。

〝負のヒーロー〟見事に描く

篠田節子著「夏の災厄」

マキャモンの「少年時代」、篠田節子の「夏の災厄」を読み、共に魅きつけられた。二冊続けて当たると、儲《もう》けた儲けたという気になる。前者は〈人柄のいい〉本、後者は〈芯《しん》の強い〉本だと思った。「少年時代」はまさにその通りとして、さて、「夏の災厄」の〈強さ〉はどこから来るのだろう。

災厄とは——無念なことにタイムリーなものとなってしまったが——死亡率の異常に高い、猛悪な伝染病である。季節の軌道が歪《ゆが》んだように暑い春、奇妙な症状の患者が続出する。「甘い匂《にお》いがする」といって、あるいは「まぶしいよ、目が溶けちゃうよ」と訴えて、次々と人々が死んでいく。

作者は、あとがきで〈ヒーロー不在のパニック小説を書いてみたかった〉と述べている。等身大の人間を〈災厄に向き合〉わせたかったという。一例をあげる。くずのような男が〈のたれ死ぬまでの間に、何か一つでもやりませんか〉といわれ乗り出して来る——という、冒険小説ファンならおなじみの、そして何度出会っても嬉《うれ》しくなる場面がある。しかし、その彼も自分の役割を果たすと、あっさり脇に引っ込んでしまう。みえも切らずに。

巨大な存在、〈奇病〉が、すでにそこにあるのだから、登場人物に大きさはいらない——という見方もあろう。だが実は、侵食するウィルスにも対置されるべき巨大なものが、ここでは見事に描き出されているのだ。

パニックに立ち向かう者としての存在ではなく、逆の働きをする個人、そして組織。ひとりよがりや差別意識、責任逃れ、持ち場意識。それらが、マイナスのヒーローとして、手抜きなく、まことに見事に書かれている。読者は、もどかしがり、憤り、ページをめくる手をゆるめることができない。用意された結びは、こういう物語だからこその必然であり、そして重い。

この姿勢に、わたしは〈芯の強さ〉という言葉を思い浮かべたのである。

論理の網　絞り方鮮やか

ダニエル・ペナック著「人喰い鬼のお愉しみ」中条省平訳

白水社の本が面白い。イタリアのベストセラーだという「復讐のディフェンス」も、帯を――ことに裏の本文引用を――見ると、そのまま読み始めることになってしまった。そして、裏切られなかった(ただし本を閉じてから、引用を先に読まなければよかった、と思った)。そこへ今度は、フランスの一大ベストセラーだという「人喰《く》い鬼のお愉しみ」が出た。ベストセラーの六文字はどうでもいいが、続けて〈ミステリー〉と書かれている。これは気になる。

主人公は、デパートの犠牲の山羊係。苦情を持ち込む客の前で罵《ののし》られ、おびえ、おののいて見せる。それによって激高の矛先を鈍らせるのが役目である。そのデパートで、奇妙な爆殺事件が連続する。

虐殺される無垢《むく》な幼児という、いかにもドストエフスキー的題材が扱われ、一方で〈人喰い鬼〉に対置される主人公は〈罪をひとり背負〉うことを――商売にしている。〈「ああ、ぼくは聖人なんかじゃない、ちくしょう！」〉。そしてまた、この世はその商売を必要としているのだ。まことに一筋縄ではいかない。推理小説としてはどうか。嬉しいことに、この主人公は箇条書きの形で考えをまとめたりする。それはおそらく作者の思考の様式であろう。論理の網の引き絞り方が鮮やかである。その論理と、論理以上に真実である超論理とのバランスが、実にいい。

ただし――、である。饒舌体《じょうぜつ》が好きなわたしなのだが、この作品の、飛躍するかと思えばもってまわる文章は分かりにくく読みにくかった。特に前半は〈頭〉の後を感覚が追いかける感じだった。おかしないい方になるが、自分が楽しんだ以上に実は楽しい本ではないか、と思えたりもした。

ところで、この本に挟み込まれた「新しいフランスの小説」全巻の案内も見逃さずに読んでほしい。本屋さんに走りたくなる筈《はず》である。うーむ、白水社の本がとても面白そうだ。

すべて謎に奉仕する世界

北川歩実著「僕を殺した女」

挑発的な本作りである。――という意味は新潮ミステリー倶楽部の一冊、表紙があまりにも特徴のあるマーク・コスタビの絵、そして〈僕は目覚めた時、若い女になっていた〉という話で、帯には〈超新星誕生！〉と書かれている。となれば、これは五年前、同じ叢書《そうしよ》からやはりコスタビの表紙で出た〈期待の大型新人が放つ快作！〉を連想するなという方が無理だろう。〈彼らは目覚めた時、自分たちが誰か分からなかった〉という話。そう、宮部みゆきの「レベル7」である。

その結果、思う。こうなればどうしても読み始めることになってしまう。気が付いたら何々だった――という一つのパターンから出発しても作家の数だけ物語はある。当たり前のことだが、それがこれほど鮮やかな対比となって現れた例も少ないのではないか。目指す方向がまったく違うのである。「僕を」は〈ＳＦを超える本格推理小説〉だと背に書いてある。〈ＳＦ〉は超える、超えない、というものではないと思うが、後半の〈本格推理小説〉に関しては、まさにしかり。男だったはずの〈僕〉が気が付いたら、時は五年後、性は女になっていた――この状況そのものが、一つの〈密室〉なのだ。不可能を解く鍵はどこにあるのか。果たして〈密室〉は開かれるのか。これをひたすら押していく。

事件の性質上、生理的に気持ちがいいとはいえない展開にもなる。だが、執拗《しつよう》に謎解きにこだわる姿勢の方は何とも快い。つまり、この作者は物語が作り物であるのを隠そうとしないのだ。総てが謎に奉仕する世界がここにある。〈人間〉の設定にしても、まず謎があって、その必要上なされる。潔い。――間違ってはいけない。これは褒め言葉なのだ。

ところが、である。最後に至って、ゲームの駒《こま》のはずの二人が向かい合う時、まことに奇妙な純愛が生まれる。表紙の絵も見事に選んだものだと分かる。この辺が、物語というものの面白さではなかろうか。

次々押し寄せる謎、恐怖

鈴木光司著「らせん」

今月は、これを取り上げようか、という本が何冊かあった。締め切り前日になって「らせん」を手にした。実は帯に引用された部分が気持ちが悪く後回しにしていたのである。読み始めたら、それまでの作品が文字通り〈その他〉になってしまった。

あとがきに作者はこう書いている。〈この小説は「リング」の続編であり、ぼくにとっては四本目の長編書き下ろしにあたる。前作がそこその評価を得たのに気をよくし、二匹目のどじょうを狙って続編を書いたわけではない〉。ここで「リング」（現在は角川ホラー文庫）まで紹介する余裕はない。「恐いよ」「凄《すご》いよ」と伝えられ続け、今なお読者の数を増やし続けている――とだけいっておこう。その続きが最初から作者の頭にあった、ということにまずびっくりしてしまう。前作の細部を忘れていたが、これまでのことは実に巧みに取り込まれ説明されている。ということは、独立した作品としても読めるのだ。しかし、これはやはり「リング」から読み始めてほしい。そうしないと――損をする。

さて、物語は、不審な死を遂げた男が行政解剖されるところから始まる。執刀したのは偶然にも彼の友人安藤である。安藤は術後、縫合された皮膚の間から詰め物にした新聞紙の切れ端がはみ出しているのを見る。そこに読めたのは六つの数字だった。死者が友に、暗号で何かを伝えようとしている！　以降、謎は次から次へと波のように押し寄せて来る。

ぞくりとするところも同様だ。姿を消した女子大生高野舞のマンションで這《は》った形になった安藤の、見えない後ろで笑い声がし、〈それは斜めに移動していった〉。誰もいない舞の部屋の窓が開き、踊っているレースのカーテン。舞の部屋の戸が開き奇妙な女が現れる。安藤がエレベーターに逃げ込むと、〈ドアが閉まりそうになった瞬間、ドアとドアの隙間《すきま》に白い手がニュッと差し込まれてきた〉。「恐いよ」「凄いよ」。

悪ガキの理不尽　懐かしい

阿部夏丸著「泣けない魚たち」

これは〈野原に出〉た〈子供の目〉で書かれた〈きらきらした〉物語集である。

わたしは最初の「かいぼり」の中の一シーンにまいってしまった。その辺りでただ一台の、町長の車が砂ぼこりを立ててやって来る。「はげちゃんだ。はげちゃんだ。かくれろーっ」「コンバット」。車が行ってしまうと、〈あきらとまさあきは、急いで道に飛び出すと、ばん、ばん、ばーん、とピストルを撃つまねをいく度となく続けた〉〈「ばっかやろー。おぼえてろよー」と、あきらが一発石を投げた〉。

〈おぼえてろよー〉！　何という不条理。しかし一方で、そうだ、と思わず膝《ひざ》を打ってしまう。昔の〈ワルガキ〉とは確かにこういうものなのだ。この理不尽は、まことに懐かしい理不尽である。ポイントは一つ、彼らは〈乱暴〉なのではない、ということだろう。さらには柿を盗むような時にも、証拠を残さずにいくのはいけない、と考えるようにフェアな連中なのだ。

本を開く時、矢作川の水がまさに、そこに流れる。「泣けない魚たち」のサツキマス、「金さんの魚」の草魚。それぞれの魚が、作中人物、岩田こうすけ、金作の語らぬ思いを語って巧みである。

いや、あれこれ述べるよりも、「あとがき」の一節を引用する方がよかろう。こういう文章を書く人の手になる本なのだ。

〈小学生のころ、矢作川の土手に生えていたユリの花を、友だち四人で残らず摘んでしまったことがある。花の部分だけ何百も摘んで、布団にして昼寝したのだ。ひどく叱《しか》られた。「もうこのユリは全滅だ」といわれて、ワルガキたちがわんわん泣いた。でも、あのときのユリの鮮烈な香りは今でも忘れていないし、大人になった今、もう一度それをしようとも思わない。なにより驚いたのは、その翌年だ。同じ土手に、もっとたくさんのユリが平然と咲き乱れたのだ〉

「ヒロインの愉悦」は健在

森雅裕著「鉄の花を挿す者」

日本ミステリベスト10を選ぶとしたら、森雅裕は落とせない。長編にしても（たとえば「椿姫を見ませんか」・講談社）、短編にしても（たとえば「平成兜割り」・新潮社）、である。——ただし、この作者は、ミステリという枠も、ベスト10という試みも滑稽《こっけい》以上に不快なものと思っているのだろうが。

森雅裕の新作。その一行一行が読めて、その登場人物に会えるというだけで、喜びである。愉悦である。ヒロイン登場のあたりはこうだ。〈外であらためて見ると、育ちのよさそうな美しさがある。むしろ、その美しさを懸命に押し殺しているようでさえあった〉〈おとなしそうだが、芯《しん》は強いのだろう。それが我儘《わがまま》という芯でなければ、今どき珍しい娘だが——〉。そして今日子はいう。〈「この先に、すごく趣味の悪い喫茶店があるんですけど、寄っていきませんか」〉。

わくわくする部分をあげていけばきりがない。その世界に浸れるだけで嬉しい、という前言に偽りはないのだが、それ以上だった。実に緻密《ちみつ》に作られた傑作だったのである。

自らの道を頑なに守る刀鍛冶《かじ》、角松が老師の訃報《ふほう》を聞くところから物語は始まる。その直後、同門の古志村が、誰にも出来なかった刃文の刀を発表する。それこそ実は老師の遺作なのではないか。疑惑の声の中で、古志村は不審な死をとげる。

角松が最後の危機をどう切り抜けるのか、彼を狙う粟田口は何をしたのか、という二つの疑問が一気に解かれる快感。それが今日子との一体化につながるうまさ。舌を巻くしかない。

いくつかの森作品に現れる、優れて個性的なヒロインと比べた時、今日子に、もう少し前面に出てもらいたかった気もする。しかし、そうならないわけも納得できる。主人公の眉間《みけん》の皺《しわ》が、この物語では正面から描かれている。彼と共に歩く女性は、オペラ・シリーズの鮎村尋深《あゆむらひろみ》（森氏の作り上げた不滅のヒロインの一人）のようには動けないのだ。

チェスと探偵との共通点

A・ペレス・レベルテ著「フランドルの呪画」佐宗鈴夫訳

今年の翻訳ミステリ界の特徴をあげるとすれば、英米もの以外の佳作が、比較的多く訳出されたことではなかろうか。それらは、読み慣れたミステリとの微妙な肌触りの違いで我々を楽しませてくれた。〈知のミステリー〉と帯に謳《うた》われた「フランドルの呪画」もまた、珍しいスペインの作品である。これが、ミステリファンならうならること請け合いの心憎い始まり方をする。

絵画修復家フリアは、十五世紀フランドルの巨匠の作品をX線写真で見て驚く。絵の下にはラテン語の言葉が隠されていた。眠っていた一句は〈誰が騎士を殺害したのか?〉。画面に描かれているのはチェスの勝負をする二人の男と、窓辺で読書する黒衣の貴婦人である。この絵は、五百年前の殺人者を告発しているらしい。盤面のチェスの駒の動きが、それを示しているようだ。

こういったパターンの短編なら他にもあるが、それを長編でやってしまうところが凄い。長編になるわけは、この物語が過去に向かって開いているだけではないからだ。描かれた盤面の、前の局面を推理すれば、過去の犯罪に迫ることになる。しかし、不可思議なことに、競技を先に進めようとすると、それに合わせて次々と現実の殺人が起こるのだ。

登場するチェスの名手が、こう語る。〈言わせてもらえば、すべては論理の問題だと思うね〉〈そこがチェスプレイヤーと探偵の共通点だろうな〉。古来、チェスにまつわるミステリ作品は多いが、ここではそれが徹底している。駒の動かし方と基本ルールさえ知っていれば（その程度でいいのだが）、繰り返し出て来るゲームの変化とその解釈は、まことに面白い。不確かな世界は、白と黒の盤面と重なりだし、自然、〈論理〉も具体を離れ抽象に近づく。

とはいっても、この迷宮は怪物的な大きさを持ったものではない。けなしているのではない。むしろ意外なほどに、端正だと思う。

人と時代の空気を伝える

なぎら健壱著「日本フォーク私的大全」

当然のことながら、同じ本であっても、その読み方は人によって違う。前回、今年は英米以外の秀作が多く訳出されたと書いたが、その一つ、J・J・フィシュテル「私家版」（東京創元社）の結末について、賛否、二つの声があるようだ。わたしはといえば、途中までは〈面白いが型通り〉と感じ、あの結びに至って〈これで小説になったな〉と思った。

さて、今回の本は、テレビのフォーク番組で、その存在を知った。出演者が「なぎらさんのあれは、いい本ですね」と、にこにこしながら話していた。いかにも仲間ぼめらしく、うさんくさい。翌日、たまたま見かけたので手にとった。そうしたら、これが、やめられない、とまらない。「疑ってすみません、名著でした」と一人であやまってしまった。

内容は、列伝体による日本フォーク史。第一章「高石ともや」に始まり、十六章「なぎら健壱」に至る。一行一行から、フォークに対する〈愛〉が伝わってくる。だが、その一方で、これはフォークを知らなくても（わたしがそうだが）面白過ぎるほどに面白い本なのだ。

例えば、〈七一年ジャンボリーを加川良の人気、拓郎の《人間なんて》の盛り上がりに終始した、というようなことを書いている文章が多々ある〉そうだが、わたしは実は加川良という名すら知らなかった。それでも、〈またそれを神話化している人までいるが、若干それは違うのではなかろうか〉と続けられると、身を乗り出さずにはいられない。筆者が、人を描き、空気を描き、時代を描いているからだ。

ただ、八十五ページの〈「そんなにいうなら、あんた自身が歌えばいいじゃないか」と評論家の一番弱いところを突いた〉という一節だけは、気になった。評論という歌を歌うのが評論家である。そこに弱みがある筈《はず》はないし、あると考えるようなら評論家ではなかろう。

長大、重厚な〝至福の時〟

京極夏彦著「鉄鼠《てっそ》の檻《おり》」

昨年末に北村想の「怪人二十面相・伝」が文庫化されたことを喜ぼう。ハヤカワ文庫JAである。乱歩の少年探偵団ものを幼き日に読みながら、もし、この傑作の方は手にしていないという人がいたら、その人は大変な損をしている。今すぐ、本屋さんに走ろう。

そして子年の年頭。でき過ぎた話だが、「鉄鼠の檻」（京極夏彦）が刊行された。八百二十六ページという目を疑うような厚さである。雪に閉ざされた山深い温泉宿。白一色の庭に、座禅の姿のまま忽然《こつぜん》と現れた黒衣の僧の死体。山深く眠る、どのような記録にも残されていない不可思議な寺。京極夏彦にしか描けぬ世界がここにある。そしてそれは、まぎれもなく小説のみが描き得る世界なのだ。

冒頭に〈鼠が牛を殺した〉という奇怪極まる会話がある。終わってみれば、何と、――その通りなのだ。長大な全体は、少しのごまかしもなく整理される。

ただし、これはシリーズ第一作「姑獲鳥《うぶめ》の夏」を先に読んでから開くべき書であることを、老婆心ながら書き添えておこう。結び近くの、（誰の台詞、と書くわけにはいかない）「あるんじゃ山下君。そう云うことはな」という言葉に、うむ！と膝《ひざ》を打てる読者なら至福の時を過ごせること請け合いである。

作者は登場人物に、こういわせる。〈殺人事件は許せないですが、少なくとも戦争の大量殺人よりは個人の尊厳があった〉〈しかし何だか今回はそれがないんですよ〉。ここで、その尊厳を奪うものとして現れるのは「観念」であり、「脳髄」である。タイムリーなテーマといえるが、それが決して付け焼き刃のものでないことは明らかである。

うかつなことに人にいわれるまで気づかなかったのだが、この厚い本の奇数ページから偶数ページへの文のまたがりが、ただの一か所もない。それがどうと説明はできないが、ただ、実に京極的だと思う。

ホームズに娘がいた！

アビイ・ペン・ベイカー著「冬のさなかに」高田恵子訳

名探偵や怪盗の二世・三世ものも、今や一つのジャンルになったかのようだ。「冬のさなかに」では、こうなる。ホームズと、彼が〈あのひと〉と呼んだアイリーネ・アドラーとの間に女の子がいた。

時は一九一八年のアメリカ、婦人解放の集いに出席した女子大生フェイは仲間達と共に留置場に入れられる。そこで、誤って一緒に投獄されそうになった背の高い女性を見る。〈顔は鋭くとがっており〉〈その不遜《ふそん》さが魅力的だった〉。フェイは、翌日の講義で、彼女が新任の博士、マール・アドラー・ノートンであることを知る。専攻は論理学。彼女は枕《まくら》をして寝ない。なぜなら、〈「血が頭から足へ流れてしまうのが嫌なのよ」〉。

これがマールとフェイの最初の事件であり、原稿はベイカーにより偶然発見されたものという。ありふれた形式のようだが、それがここでは実に効果的なのだ。夏の終わりの、しかも黄昏時《たそがれ》から幕が開く。そのせいでもあるまいが、「冬のさなかに」を読み進む我々なのに夏を、昼を、振り返る思いをさせられる。ベイカーは原稿編集者としていう〈二人は、非凡な女性が、過去の支持もなく未来はぼんやりとかすんだなかで孤立状態に置かれていた時代に生きた、非凡な女性だった。彼女たちは時代を越えて生きたのだ〉。この言葉が、その通りに響いてくる小説なのだ。また、フェイが、後年マールに先立たれ〈悲しみに耐える準備がほとんどできていないままとり残された〉自分について語り、ホームズに逝かれたワトスンのことを思う場面は、今を生きる有限の存在である我々の胸をうつ。

帯には〈謎解きの醍醐味《だいごみ》!〉とあるが、正直なところをいえば、読み進むうちに謎などどうでもよくなってしまう。事件に関していうなら、被害者の女性を剝製《はくせい》にしてしまう(犯人ではなく)作者の感性の方に興味をひかれる。こういう作者だから、運命の子マールを、ここまで魅力的に描けたのだろう。

ゲーム感覚でも破滅は現実

中村有希著「万引き日誌　女性保安員の奮戦記」

ホワイトデーのお返しにぴったりの本を見つけてしまった。「風のけはい・いがりまさし写真集」（二一〇〇円・文一総合出版）。あとがきによれば、「撮れたての自然」という手作りのポストカードを通信販売していた方の傑作選。野草のキンエノコロを縁取る光、落ち葉を抱く霜など実に美しい。瀟洒《しょうしゃ》な、素敵な本である。

さて、これをエンターテインメントといったら怒られるかもしれないが、楽しんでしまったのが「万引き日誌」。その前に海外ミステリ数冊を読み、どれもページをめくるのがつらかっただけに驚異的な面白さだった。著者中村有希さんが、銀座のデパートで大金の入ったバッグを置き引きされた。その後、縁あって保安員の道に入ることになる。

実に様々な事例、人間が現れる。白衣の背中に同じ学術書を三冊も隠した大学のセンセイ（一冊は友達に売るつもりだったという）。愛犬のために肉を万引きする元ヤクザ。そうかと思えば、保安員をも罠《わな》にかける凄腕《すごうで》の相手もいる。

著者は〈万引きは職業、性別、年齢に関係ない〉という。捕まると途端にぼけたふりをする九十三歳のご隠居さんもいる。だが、それよりも恐いのは幼児である。三歳でも意味が分かってやるという。〈こんな小さな子どもに、そんなことを教えたのは、いったい誰なのでしょう〉。面白さを越えて、最後に痛感するのはここである。それが、どのようなことかを、子供には伝えねばならない。そこで、自分にとってマイナスだからというのは筋が違う。しかし、逃げようとして店の人にけがをさせれば強盗傷害罪となることや、万引きをする女の子を専門に狙うヤクザがいることなどは、若い人も、学校の先生も、きちんと知っておいてほしい。ゲーム感覚でやっても、破滅は現実のものだと中村さんは言うのだ。だから二度とあやまちをさせない、〈それこそが、本当の保安員の仕事だ〉と。

本の話題満載のミステリ

ジョン・ダニング著「死の蔵書」宮脇孝雄訳

立体写真というのがある。それなら、美術館にあるような名画が浮き出たらどうなるか。技術の進歩で、それを可能にしたのが、「3D　MUSEUM—3D美術館」(杉山誠著、小学館、三六〇〇円)。私はまず、実演販売(?)を本屋さんで見て、あっと叫んだ。これを言葉だけで説明するのには無理がある、口惜しい。しかし、スーラの「グランド・ジャット島の日曜日の午後」の奥行きや、シャガールの「私と村」の〈視線〉の存在等々、まさに驚異の書である、といっておこう。

ミステリの方でも実に面白い作品に出会えた。J・ダニング、「死の蔵書」。こういう一節があった。〈誰も本を読まなくなったんでしょうな。というより、昔なら出版されなかったような本をありがたがっている。(中略)最近の本は読めたものじゃない。あなた、読めますか?〉

題名やこんな台詞で分かる通り、本の話題が次々に出てくる。その部分だけでも、十二分においしい。最初に殺されるのが〈古本掘り出し屋〉、捜査にあたるのは愛書家の刑事。めでとを起こした彼は、途中で退職し、何と古書店を始めるという嬉しい展開。敵役が、本を二冊破き足で踏んだりする。この野獣のような男が案外もろいのには、いささか拍子抜けだが、のさばらせて本に火でもつけられたら困るからだろう。あとがきで訳者の宮脇孝雄氏が、〈文章のスタイルは、タフガイ・スクール（いわゆるハードボイルド）のそれに近いのに、結末が近づくにつれてエラリー・クイーンばりの複雑な伏線が生きてくる〉とおっしゃっているが、そのあたりはまことにフェア。また最後の一文の扱いなど、「フランス白粉の謎」を思わせる。楽しみなシリーズだ。

さて、最初の問いに対する主人公の答えはこうである。〈たまにはいい本が出る。それに、偉大な本が出版されるだけでも驚きなのに、ちゃんと読者がつくんです。大勢の読者が〉。

新聞書評　ミステリーエンターテインメント

理系的作品のすごい設定　それでも責任持ってなぞ明かす

森博嗣著「すべてがFになる」

「彗星との日々」という写真集が出た（本多正一、光村印刷、二〇六〇円）。副題に「―中井英夫との四年半―」とある通り、彗星とは「虚無への供物」の作者を指す。その星が別の銀河へと移らんとする晩年の日々が、レンズによって切り取られている。百人が百の思いを持つであろう。

さて、昨年からの話題作には、理系的という言葉の冠される本が多い。「すべてがFになる」もまた、工学部助教授によって書かれたミステリである。

幼稚園の時、三乗根の暗算が即座に出来た真賀田四季《まがたしき》。成長と共に〈日本人として初めて「天才」〉の名〈に相応しい人物〉といわれる――そういう観点からは、過去現在のありとあらゆる日本人が四季に及ばないことになる、この設定の凄《すご》さ。彼女は十四歳で、両親惨殺の疑いで逮捕される。真相不明のまま無罪となった四季は、孤島の研究所に入る。十数年間、その一室から一歩も出ず、誰とも会わず、研究施設の脳髄として生きてきた。

冒頭の場面は（作者は何ものをも引き合いに出してほしくないだろうが）「羊たちの沈黙」の出だしのように強烈であり、また魅力的である。それを受けるからこそ死体登場の部分が、本当に怖い。

本格ミステリ伝統の大道具小道具は、ここでは最先端の研究所であり機器となっている。〈平らなところには——〉と書かず〈床や天井と平行な平面には必ず何かが置かれている〉と書く文章が、その世界を支える。通常の意味での〈納得〉という言葉が無価値になるような展開の中で、作者は提示された謎を責任を持って解き明かして行く。つまり、大太刀小太刀が、きちんと使い分けられるのだ。

同じノベルスで京極夏彦の作品を読んだ時には本が軟らかな何かに感じられたが、こちらは硬質な何か。嬉しい驚きと、多作の人らしいと知ってときめいた点が共通する。

文豪の隠された恋を探究　知の喜びあふれる「ザ・英国小説」

A・S・バイアット著「抱擁」栗原行雄訳

原語による海外ミステリの読書家、森英俊氏に、アメリカのベストセラーばかり見て〈海外では本格は時代遅れ〉と断ずるのは、おかしな思い込みだ、と教えられ、目からうろこだった。フランスではJ・D・カーのような作風の新人が現れ、イギリスでも本格ものの人気は根強く、その退潮を予言した評論家などが、新版で前言を撤回しているそうだ。

イギリスの小説で、面白くてたまらなかったものをあげると、ハックスレーの「恋愛対位法」やD・ロッジの諸作などが、すぐに浮かぶ。これらには、趣向を凝らす精神、知の喜びが溢《あふ》れていた。本格ミステリを愛する心に通ずる。「抱擁」は、そういう意味で、実にイギリス的な作品である。

たまたま見いだされた手紙の下書きから、文豪の隠された恋について探る話である。そして、探偵役となる学者達が自らの恋を探る物語でもある。謎という餌《えさ》は実に周到に撒《ま》かれ、読者を引き付ける。手掛かりとなるのは、十九世紀の作家の、架空の作品や書簡で、これが見事に作られている。過去は総て、その〈資料〉によって語られると思い込んでいた。ところが、神の視点で小説的に語られる部分がある。著者によれば、それは〈せっかくの工夫を自分の手でだいなしに〉することだという読者の非難があったという。しかし、わたしには、この〈割り込み〉が、――それが実に意外であったからこそ――作家の特権の行使と感じられ、小説の魔術を眼前に見る思いがした。

多義的な原題を「抱擁」としたことも、読み進むにつれ、なるほどと頷《うなず》ける。これは、かつて生きた者と今を生きる者とが、過ぎ去った時と現在とが相抱く、そして、小説と読者が相抱くことになる、巧みで、魅力的で、美しい小説である。前述の書の他にも、読みながら、例えばふと「トリストラム・シャンディ」から、ラスト近くでは「嵐が丘」まで連想させられるのだから、こういうしかないではないか。――英国小説万歳！、と。

登場人物の中身が入れ替わる　ヘンな本格派の雄

西澤保彦著「人格転移の殺人」

取り上げたかった本は多い。D・ハルバースタムの「さらばヤンキース」（水上峰雄訳、新潮文庫）は、無敵球団がその玉座から降りる時を描いた〈神々の黄昏《たそがれ》〉であった。同じく野球がらみでは「さようなら紅梅キャラメル」（澤里昌与司、東洋出版）。巨人軍の選手カードを集めると豪華賞品が貰えたお菓子の話。ところが水原監督のカードがなかなか出ない。「ないのだろう」と噂《うわさ》になり、主人公の少年が発売元の会社まで調べに行く。この辺り、実にそそる。なぜ、それだけの人気を誇った会社が短期間でつぶれたのか、など謎の示し方もうまい。

しかし、そそる〈ミステリ〉が出たら、やはりそちらをメインにするべきだろう。西澤保彦「人格転移の殺人」である。作者は、奇想天外な設定の推理物を次々と発表し、北上次郎氏をして〈今後もこの路線でヘンな作品を書き続けていただきたい〉といわしめた。いうなれば、ヘン本格の雄。今回も、ごひいき筋の期待を裏切らない。

簡単に説明など出来ないが、題名通り、登場人物たちの人格が、あるきっかけから入れ替わってしまう。しかも、それが不定期に繰り返されるようになるのだ。誰が誰だか外見からは分からない。つまり、そこで殺人事件など起ころうものなら、〈殺そうとしているのは俺《おれ》（の姿をしているやつ）だが、殺されようとしている俺（の気持ちの入っている肉体）は一体誰だろう〉的状況なのだ。ここで実際、連続殺人が起こってしまうのだから、もう大変。

大森望氏が熱のこもった、そして的確な解説でいう通り、〈特殊ルール下でしか実現できない本格ミステリを鮮やかに決めてしまう〉〈「芸」〉がここにある。

あっと驚く謎を提出し、なるほどと思う解き方をしてみせるのが本格の本道なら、このヘン本格こそ、実は最も正統的な道を行くものともいえるだろう。

クールべの傑作を巡る人間模様　平板な筋書き補う絵画描写

フィリップ・フック著「灰の中の名画」後藤安彦訳

お宝ブームが続いているようだが、作者は絵画鑑定のプロ。知り尽くした分野を描いている。しかし、取って置きの詐欺の手口も、怪物的なコレクターも出て来ない。主人公にも格別魅力はない。物語は直線的でひねりもない。ことの次第は、最後に、ただ説明されるという芸のなさである。噴飯物ではないか、といわれそうだが、これが、妙に忘れ難い。

美術商オズワルドは名画を売りたいという手紙を受け取る。同封されていた写真は、ドレスデンの大空襲で焼失したとされるクールベの傑作「石割り人夫」だった。その価値は計り知れない。オズワルドは、ブエノスアイレスに向かう。

主要登場人物の一人が、冒頭のまだ若い時代に、気色ばんで〈主義か、芸術か〉と口走る。要するに、人は何によって満たされるのか、という問いに外ならない。作者は、ドレスデンの大惨劇に対し、相手によって主張をかえる主人公の態度等々を通し、〈ありふれた人間〉の卑しさを、皮肉にサディスティックに強調する。これは、おそらく自虐であろう。卑しさの罰として、彼は満たされることはない。つまり、この作品の主題は〈失意〉なのだ。そのままでは、みもふたもない。みすぼらしい物語になるだけだ。そこを救い、哀しみを普遍的なものにしたのが、まさに名画の力である。

失われたクールベに対し、存在するものとして再三、執拗《しつよう》に、そして見事に描写されるのが、風景で悲劇を描いたといわれるフリードリヒの作――これは明らかに「エルベ川の夕暮れ」あるいは「大狩猟場」として各種の美術書に登場する絵だろう。東京の展覧会で、この絵の前に立った能弁なドイツ人が「ああ、ドイツ……」といったきり絶句したという挿話を、大原まゆみ氏が伝えている（「ドイツ・ロマン派画集月報」国書刊行会）。

小説の外にある絵が作品を支えている。これは、そういう不思議な作品なのだ。

「記録」と「小説」交互に名女優を陥れたのはだれか

ミヒャエル・ユルクス著「ロミー・シュナイダー事件」平野卿子訳

ロミー・シュナイダーといえば、中学生の頃、洋画劇場で若き日の姿を観た。後年、アラン・ドロンとの、結ばれることのなかった熱烈な恋愛関係を知った。この本は、その死を起点として書かれている。残されているはずの巨額の財産が消えていること。あられもない姿をビデオに撮られ、恐喝されていたこと。この二点の犯人は誰かという謎が、まず提示される。それが現実の事件であるため、著者は〈記録〉と〈小説〉の章を交互に配置する。〈事実を知っていながら証拠を挙げることができないことは物語部分で述べてある〉そうだ。

しかし、提示された事件は、ロミーを蝕《むしば》んだものの内、犯罪だと分かりやすい例にすぎない。同様に女優を追い込んだ相手は、まずマスコミである。彼女が愛児を事故で失い悲嘆にくれた時、死んだ子の写真が密かに撮られ高値で取引される。哀しむロミーの姿をとらえようと、木の枝に自動カメラまで取り付けられたという。さらに祖国ドイツが彼女を愛してはくれなかったという問題も見えてくる。

恐喝者の名前は、ことが微妙なだけに、作中では暗示されるのみ。独仏の読者には、これで自明なのだろう。だが、わたしには分かりつつも、もどかしかった。だから、訳者あとがきの〈(ロミーの死後、そのことを知った)アラン・ドロンは(青春の日、愛を傾けた彼女のために)、報復として、撮影したビアシーニの弟を襲撃させ、彼の経営するビデオショップを全焼させた〉と実名の出るくだりは、まさに「ボルサリーノ2」の後半を観るようであった。現実の事件としては、これもまた犯罪だが、ロミーを取り巻く醜悪な狼《おおかみ》達の姿を見せられてくると、つい喝采《かっさい》したくなってしまう。

とにかく、読み終えた時、時と人に翻弄《ほんろう》されつつもロミーは確かに名女優だったと頷《うなず》け、若き日、絶賛されたという彼女の舞台(ヴィスコンティ演出!)に心ひかれ、また映画を観ようと思う――そういう本である。

パッチワークようの様々な魅力　真相に迫る手順は正統派

トニー・ケープ著「殺人定理」加藤洋子訳

スパイについての小説だが、主役は彼らではない。国事犯としての彼らを追う側に立った物語だ。英国の中枢に複数のソ連スパイがいた、彼らはケンブリッジ出身のエリート達だった――という歴史的事実がある。作者は、時代をフォークランド紛争当時に置き、スパイの仮面を剝《は》ごうとする者たちの姿を描く――と書くと、何を今更という感じだが、これが面白い。古色蒼然《そうぜん》たるスパイものにならなかったわけは、ミステリーの様々な魅力をパッチワークのようにつなぎ合わせたところにあるだろう。

まず冒頭で「かれらが戻ってきた。耐えられない」というおかしな遺書を残して死ぬ学生は、純粋数学を学び、ケネディ暗殺の謎を、資料のみを見て〈論理的頭脳と強力な技術と直感力〉によって解き、ついでケンブリッジのスパイの謎に取り組んでいた男。まさに本格推理の名探偵である。

その死に疑問を持つのは、大学に関して複雑な感情を抱いている巡査部長スメイルズ。これは警察小説の主人公だ。ありがちな話だが、離婚していて、砂を嚙《か》むような毎日を送っていると、心を開いてくれる女性――〈ビートルズを好きになるには、きみはちょっと若すぎないかい〉と言うと、ビートルズを好きになるのに、若すぎるなんてことはないわよ〉と〈即座に〉いってくれる相手が登場したりする。

一歩一歩、真相に迫って行く手順は、正統的なミステリーであり、最後には英国おなじみのスパイ小説の霧が流れ、世界を覆う。

具体的には書けないが、二転三転する事態に対する主人公の心情的反応の中で、納得できないものもある。それでも最後は一気に読ませてしまう。

要するに、これは、新人らしく盛りだくさんにカードを用意し、しかも、そのシャッフルの仕方がまことに巧みな作品なのだ。

内務大臣はなぜ歴史から消えた？　ナゾの正体に挑む元教師

ロバート・ゴダード著『千尋《ちいろ》の闇』幸田敦子訳

エドワード七世時代、異例の若さで内務大臣となったエドウィン・ストラフォード。彼はわずか二年在任しただけで、歴史の表舞台から姿を消す。元歴史教師マーチンは、発見された回顧録を手掛かりに、その謎に立ち向かう。そこには不思議なことが書かれていた。――過激な婦人参政権運動家エリザベスと恋に落ちたエドウィンは、首相に辞表を提出し、彼女のもとに走る。だが、愛する人は会おうとはせず、いつも歓迎してくれた家人も、虫酸が走るという目で見る。取り敢えず辞表撤回に行くと、首相はいう、「君の名誉を守るためには辞任しかない」。なぜという問いに、誰もが「自分の胸に聞いてみろ」と答える。エドウィンは叫ぶ。「私がなにをしたというのだ？」

解説に「読み始めたらやめられない」と書かれている。本当だった。この種のたまらないもどかしさを与えてくれる古典的短編がすでにあるが、本書のストレスもそれに匹敵する。これは大変なことだ。ただし、このストレスは、〈謎の正体は何か〉と〈なぜ、皆はそれを教えてくれなかったのか〉の二つの答えがきれいに出た時、完全に解消される。謎が大きすぎるものの常で、特に後者については、うまくいっていない。しかし、この闇夜《やみよ》を行くような不可解さを味わえるだけでも、絶対に読んで損はしない。

また、これは結ばれなかった純な恋人たちの、そして、老境に至って生き損なったと気づいた人間の物語である。結び近くのエリザベスの言葉「あなたを見ていると、たまらなくエドウィンを思い出すわ。今度こそ、あなたを見放しはしない」は、読者の胸を揺さぶる。ここに至るために読む本といってもいい。

乱歩の〝未収録文〟丹念に拾う編集者の偏執ぶりにただ脱帽

江戸川乱歩著「日本探偵小説事典」新保博久・山前譲編

〈江戸川乱歩著〉という広告を見て、大げさにいうなら何事が起こったのかと思った。ほとんどが単行本未収録の文章だと書かれている。乱歩の未刊行の文が、一冊にするほど残っているものだろうか、と首をひねった。種明かしは、こうだ。乱歩は、ミステリ専門誌だった頃の「宝石」の編集をし、掲載される作品には、〈ルーブリック〉と呼ばれる紹介文を付けた（その言葉の意味も、この事典、横溝正史の項を読めば分かる）。本の中心は、それなのだ。

正直なところ、やられたと思った。乱歩のルーブリックが埋もれているのは勿体《もったい》ない、と常々思っていたからである。それを付けた短編集を――とまでは考えたが、こういう形で本にできるとは想像もしなかった。コロンブスの卵だが、その立ち方が見事である。ルーブリックに加えて、実に丹念に、片々たる小文までもが集められている。例えば甲賀三郎の項では、乱歩が戦前の読売新聞に書いた寸評から、今は入手困難な「甲賀三郎全集」の、それも内容見本に寄せた辞までが載っている。編集というより偏執というべき作業が行われているわけで、これほど有り難く、便利な本はない。

一方で、春山行夫の項には、広く知られた「幻の女」をめぐる文章を採るようなところに、日本ミステリの瑞々しい青年期と、その育ての親である乱歩の姿を、事典の形で描き出そうという編者の意図は明らかである。乱歩について語る作家達の文章も集められている。そのそれぞれが花であり、愛と情熱に満ちた花園の主と過ごした、空青き日々について溢《あふ》れるばかりの思いを述べている。これは感動を引く事典でもあるのだ。

最後に一言。〈大乱歩が自分で紹介文まで書くまい、代作では〉という声もあったらしい。それが、乱歩自身によって、いかに真心をこめて綴《つづ》られていたかを語る星新一の文章もまた、ここに収められているのである。

チャンドラーも眼中になし　「本格推理」追いつづけた生涯

ダグラス・G・グリーン著「ジョン・ディクスン・カー〈奇蹟を解く男〉」森英俊、高田朔、西村真裕美訳

年末年始、本格ミステリ好きの人達と会うと、どちらからともなく〈あれは面白かったですねえ〉と、温泉がわき出るように温かく心地よく話題になったのが、この本である。芸がないが、内容紹介としては帯にある〈不可能な夢と失われたロマンを追い続けた偉大なミステリ作家の生涯〉という言葉を引くのが一番ではなかろうか。

この本を読んで教えられたこと、確認できたことは多々ある。カーター・ディクスンという別名の由来等々の事実、一貫したリアリズムへの嫌悪といった、作家の姿勢などなど。それらが、この上なく嬉しかった。しかし、あれこれいうより、この本を楽しめるかどうかは、次の一事がリトマス試験紙になるだろう。カーは、書評で、チャンドラー君も精進すればもう少しいい小説が書けるようになるだろう、とやって、「長いお別れ」の作者を激怒させたのだとい

う。逆だったら、面白くもなんともない。わたしは、これを読んで一週間ぐらいは、幸せな微笑が口元を去らなかった。〈うちの親分もやるじゃないか〉という気分である。

逆だったら面白くない、と並んで、誤解を招きやすい表現をもう一つしてしまおう。カーが〈ミステリ〉に占める位置についてである。人情噺《ばなし》だけで落語全集を作るのは、いかに聞きごたえがあろうと間違い——というより犯罪であろう。与太郎の巻のない落語全集など、この世にあってはならない。こういうと本格好きの人から〈カーは与太郎か〉と怒られそうだ。これについては短いスペースでは、真意は尽くせない。ただ、〈右というのは飯を食う時、箸《はし》を持つ方だ〉といわれ、すかさず〈ライスカレーはしゃじで食う〉と切り返す与太郎は、実は——おそろしく頭がいいのだ、とだけいっておこう。

日本版としての本造りは実に丁寧に、愛情をこめてなされている。特に、長文の「訳者あとがき」は必読である。

無農薬米にかける人間と虫の闘い　農村舞台にした珍しい切り口

永井するみ著「枯れ蔵」

正直なことをいうと、プロローグを読んで、先に進む気をそがれた。なぜかを理屈で説明すると、これまた簡単に論理で反論できる。となれば、《損な始まり方に思えた》というしかない。また、そこで提示された謎が最後に解けた時にも、素直に膝は打てない。読者として、どう立ち向かっていいのかが、実に難しいプロローグだ。

しかし、ページをめくり第一部に入ってからは、堂々たる書き振りに感嘆するばかりだった。冷夏で多くの米作農家が壊滅的打撃を受けた年にも、独自の自然農法で収穫をあげた米作り名人、大下義一。稲自身の持つ力によって虫がつきにくい筈《はず》の彼の田にも、今年はおびただしい数のトビイロウンカが見られた。次第に発生区域を広げるそれは変異種であり、従来の農薬が効かない。

食品会社で新製品の開発を進める女主人公は、材料となる無農薬米の危機を知り、富山に向かう。

珍しい農業ミステリとして話題になっているが、米作り以上に、農業と産業の結び付きを、広がりをもって描いたところが値打ちだろう。

ひっかかるところはいくつかある。例えば、何もかもが女主人公に繋《つな》がってくること、また最後の解決の一つ前に、化学企業社員の若牧とその義父友之倉の対決がなくていいのか、などなどだ。しかし、そういうひっかかりがあるにもかかわらず、これだけの枚数を一気に読ませてしまうことの方を、むしろ評価すべきだろう。

これは、一瞬、姿を見せる子供達でさえ、次のように書かれる物語である。《「こんにちはあ」と言った。語尾を引き延ばして言うのは母親の真似だろう。二人とも頬がほんのりとピンク色で、出来たてのすあまのようだった》。つまり、この本は、葉先の何箇所かに気になるところはあっても、豊かな実りを穂の内に秘めた稲なのだ。

アゴタ・クリストフも舌を巻く　したたかな作者の力技

ブリジット・オベール著「マーチ博士の四人の息子」堀茂樹、藤本優子訳

宣伝文句の「誰々氏絶賛」よりも、知り合いの「あれ、面白かったよ」に信を置く人の方が多いだろう。しかし、この本の、帯の両面に、そして裏表紙にまで〈〜も舌を巻いた〉〈〜を

感心させた〉〈〜が絶賛〉と、繰り返し書かれている名は、アゴタ・クリストフだ。これでは買ってしまう。ほとんど暴力といっていい。

物語は、犯罪の衝動とその実践について語る「殺人者の日記」、それと交互に出て来る「ジニーの日記」からなる。ジニーはマーチ家のメイドであり、殺人者はその家の子供たちの一人らしい。だが、四人のうち、誰が日記を書いているのか、見当がつかない。ジニーは弱みを抱えていて、警察に駆け込むことができない。〈殺人者〉は、ジニーを嘲弄《ちょうろう》し、残虐な事件が、次々と起こって行く。

こっているだけに、いかにもありそうな設定だ。また、こういう話だと、読者が読みながら、あらゆる〈意外な結末〉を先に考えてしまう。読者の関心が、そちらに向かい、十の値打ちのあるものでも五にしか読んでもらえない、つまり、労多くして功少なしという結果になりがちだ。

しかし、この作品は、そうならない。「若草物語」――〈マーチ博士の四人の娘の話〉だという――を踏まえて題とするような、したたかな作者は、そんな読者をもねじ伏せる。これは大変なことである。

結末を明かせないので、暗示的ないい方をするしかないが、一家は〈アブノーマル〉を袋の内側に隠そうとしていたと分かる。そこで、もとに返り三百六ページの〈微笑み〉で、我々は即ち、その袋全体がぐるりと裏返るさまを見せられたのだ、と了解する。この辺りも、読み所のひとつだろう。

他に、話題の芭蕉自筆本に関連して、高橋輝次編「古本屋の蘊蓄」（燃焼社）が目についた。個人の回想記ではなく、全国各地の古本屋さんの文章が収録されている。前編の「古本屋の自画像」と共に面白く読んだ。

新聞書評　新刊　私の◎○　単行本

◎①『世界ミステリ作家事典【本格派篇】』（森英俊編著、国書刊行会）
◎②『道頓堀の雨に別れて以来なり』上・下（田辺聖子著、中央公論社）
○③『大江戸視覚革命』（T・スクリーチ著、田中優子・高山宏訳、作品社）

①ミステリーファンとしては、この本が出るまで生きていてよかったと思う。大げさではない。翻訳ミステリーがあふれている一方で、希望しても得難い果実のような本である。万巻の原書を読み、これを編まれた森氏は、巨人だと思う。

②雑誌掲載時に終章を読み、刊行を心待ちにしていた。生きた現代川柳史であり、魅力的なアンソロジーである。川柳まがいは、こう呼べばいい、と「雑俳・冗句」から「騒句・歓句」まで実に三十の語をあげたくだりは、小気味よい啖呵《たんか》を聞く思いだった。その真っすぐな愛情が胸をうつ。

③江戸におけるオランダ的なものの浸透ぶりが、よく分かる。黄表紙は、小さいころから親しんでいたので愛着がある。情報の宝庫であるそれを中心に、一つのテーマを決めて読み解くという視点が面白い。

◎①『ラ・ロシュフーコー公爵傳説』（堀田善衞著、集英社）
◎②『三原脩の昭和三十五年』（富永俊治著、洋泉社）
○③『恋するコンピュータ』（黒川伊保子著、筑摩書房）

①殺戮《さつりく》と陰謀の時代が背景となっている。治世の民にとっては、ロシュフーコーの「マキシム」も、身も蓋《ふた》もないことや、洒落《しゃれ》たことにさえ思えたりする。だが、そこにあるのは、天の用意した比喩《ひゆ》のように、戦乱の中で失いかけ、また与えられた、ロシュフーコーの目だ。世を、人を、じっと見つめる瞳そのものだ。

②リーグのお荷物だった最弱球団大洋ホエールズが、日本一になった年を描いた胸躍るノンフィクション。盗塁日本新記録を目前にしながら、新聞に「ねらっている」と書かれると、走るのを止《や》めてしまう選手がいたりする。そんな男達の話が面白くない筈《はず》がない。

③初めて会うとき、「どんな人かしら」ではなく、「どんな脳かしら」と思う――という筆者のものの見方、さらに、そのお子さんのエピソードが興味深い。

◎①『ひたくれなゐに生きて』（齋藤史著、河出書房新社）
◎②『出会いと物語』（工藤直子著、岩波書店）
○③『恋愛小説のレトリック』（工藤庸子著、東京大学出版会）

①対談集。「ほんと言うと、一生しゃべれないことがまだあるんです」という歌人齋藤史に、俵万智、佐伯裕子、道浦母都子が聞く。齋藤史は昭和初期の『新風十人』の一人だが、《新世

代十歌人の成果を問う》として、『新星十人』（立風書房）が出たことも付け加えておこう。

②『シリーズ・生きる』の一冊。詩人・童話作家、工藤直子が、自らの人生と仕事について語る。同時に工藤作品の格好のアンソロジーにもなっているので、まだ読んだことがないという方がいたら、ぜひ手に取っていただきたい。

③副題が「『ボヴァリー夫人』を読む」。「何々したのは、この小説が初めて」——というところも素直に、この作品で我々は何を獲得したのかと読める。フランス語の部分が分からなくとも、とにかく面白い。

◎①『**絵のまよい道**』（安野光雅著、朝日新聞社）
○②『「**草枕**」**変奏曲**』（横田庄一郎著、朔北社）
○③『**衣食住**』（中田雅敏著、飯塚書店）

①帯に「あの頃《ころ》のことを思うと、わたしはわけもなく涙が出てくるよ」とある。読み進んで、本文中の、その部分に至った時、多くの人が、胸に響くものを感ずるだろう。人は誰も、若き日に「あの頃」を持っているからである。なお、この本の読者なら誰でも欲しくなるであろう画家タピエスの「見事なカタログ」だが、嬉しいことに、群馬県立近代美術館に問い合わせたところまだ残部があり、買えたことを書き添えておく。

②グレン・グールドの死後、ベッドのそばからみつかった本は二冊。聖書と漱石の「草枕」だった。そこから、この特異な天才ピアニストの像を描いていく。

③「俳句創作百科」の一冊。まずは「食」に関する句で、蕗味噌《ふきみそ》、木の芽あえなどから始ま

る。句とその鑑賞を読んで行くと実においしい。

◎①『今様こくご辞書』（石山茂利夫著、読売新聞社）
◎②『鮎川哲也読本』（芦辺拓・有栖川有栖・二階堂黎人編、原書房）
○③『六番目の小夜子』（恩田陸著、新潮社）

①ごく分かりやすい例をあげる。長嶋は「巨人軍は永遠に不滅です」といったのか。違う。それだけでも面白い。著者は、そこから先に進む。この辺の呼吸は、二十年以上前の名著『日本語の現場』（読売新聞社会部編）を思わせる。あとがき（これもまた、素晴らしい）を読めば、石山氏がその担当の一人だったらしいと分かるのも嬉しい。

②移ろいやすい流行に左右されることなく、本格推理の道を一筋に歩んできた鮎川哲也。若い読者が、その永遠に残る作品群を読もうとする時の、絶好の案内書であり、また鮎川を熟知する者にとっての、愉悦の書でもある。

③文庫で入手困難になった話題作が、同じ出版社からハードカバー決定版となって出た。クライマックスの体育館の場面は、なるほど凄い。

◎①『年譜制作者』（山本恵一郎著、小沢書店）
◎②『江戸の女俳諧師「奥の細道」を行く──諸九尼の生涯──』（金森敦子著、晶文社）
○③『賭ける魂』（月本裕著、情報センター出版局）

①著者は、小川国夫の年譜作りを担当していた方。文学者は多くの場合、それぞれの年譜を持つ。その比較と考察は、視点自体が新鮮で興味深い。年譜作りの裏話も面白い。しかし、最も肝心なのは次の一点。ここにあるのは、仮に「小川国夫」が架空の作家であったとしても成立する、山本恵一郎自身の物語なのだ。

②「朧夜《おぼろよ》の底を行くなり雁の声」の俳人、有井諸九は、江戸時代の女性としては、まことに波乱に満ちた人生を送った。この人について、入手しやすい本が出てくれることを切望していたので、実に嬉しい。

③テリー・ラムズデン——競馬で賭《か》け続け、負けた額が二百億円というのだから、想像を絶する。彼のことをもっと知りたかったとは思うが、ラストシーンの爽《さわ》やかさにより、満足して巻を閉じられる。

◎①『木の葉の美術館』（群馬直美著、世界文化社）
○②『芸の秘密』（渡辺保著、角川選書）
○③『石田天海　奇術五十年』（石田天海著、日本図書センター）

①テンペラ画の技法による、木の葉百七十枚の美しい画集。なぜ木の葉を描き始めたかという文章が心に残り、いろいろなことを考えさせる。それ自体、自然の作品である「葉っぱ」が画家の眼を通り手により「ありのまま」に描かれた時、画家自身を語るものとなる。ここにある一枚一枚の葉が、それぞれ見事な短編小説のようだ。

②江戸歌舞伎の名優五十人の逸話、芸談が紹介されているだけで十二分に面白いのに、それをまとめて一つの論にしてしまうのだから、さすがというしかない。ファンとしては、「渡辺屋！」と声をかけたい。

③波瀾《はらん》万丈の自伝。明治期日本各地の奇術師の名前など、聞くだけで嬉しい。曰《いわ》く、帰天斎ジョン、旭マンマロ、木鼠マボロシ、テレジア宝一、ワンダー正光、万国斎ヘイドン……。

◎①**『蕁麻《いらくさ》の家　三部作』**（萩原葉子著、新潮社）
◎②**『この闇と光』**（服部まゆみ著、角川書店）
○③**『林檎の礼拝堂』**（田窪恭治著、集英社）

①あれこれいうこともなかろうが、朔太郎の娘、葉子の自伝的長編小説。その三部作が一冊本となって刊行された。手が入っている箇所《かしょ》があるので、これが決定版といえる。未読の方は、ぜひ、この機会に通してお読みいただきたい。

②闇《やみ》と光はどちらが明るいのか。高踏的神話的なるものと、日常的なるものは、いかに対峙《たいじ》するのか。多くの人が持つであろう、自らの黄金時代への懐旧と、現実との遭遇による挫折を見事に描ききった。海外文学の翻訳を読むような、日本では珍しいタッチの物語である。

③フランス、ノルマンディーの礼拝堂を、現地に移り住み、美術作品として再創造しようという試みの記録である。多くの写真、図版によって計画の進行が、分かりやすく、興味深く説明されている。

◎①『仙人の壺』（南伸坊著、新潮社）
◎②『看板描きと水晶の魚』（西崎憲編、筑摩書房）
◎③『かぼちゃと風船画伯』（吉田和正著、読売新聞社）

①中国の短い物語を、例えば岡本綺堂が文章で語り直してくれるというのは、大変な贅沢《ぜいたく》だ。ここでは著者が、それを絵でやってくれる。初めて本になる作品、そして文章と共に、旧作も多く収録されている嬉しい一冊。

②「英国短篇小説の愉《たの》しみ」の第一回配本。編者の個性のよく出た、宝石箱のような名アンソロジー。入手困難だったカーシュの傑作「豚の島の女王」（これを単なるグロテスク趣味の物語と読むのは誤りだろう）から始まる。次の配本が実に楽しみである。

③版画家、谷中安規の生涯が語られている。谷中は、内田百閒の本の挿絵などを作り、終戦後、困窮の中で餓死した。その残した歌に曰く「さながらにお伽《とぎ》ばなしの旅のごとき一生をおくるわれを描かむ」。激しい、満ち足りた一生だと思う。

◎①『女子中学生の小さな大発見』（清邦彦編著、メタモル出版）
○②『「とんち教室」の時代』（青木一雄著、展望社）
◎③『本格ミステリーを語ろう！【海外篇】』（芦辺拓・有栖川有栖・小森健太朗・二階堂黎人編著、原書房）

①広告を見て、すぐに出版元まで買いに走った。簡単にいえば、理科の自由研究の本だが、普通のそれではない。先生の働きかけ（実にいい意味での、そそのかし）に、見事に生徒が反応している。人は睡眠中にどれだけ歩くか、歩数計をつけて寝てみたり、エレベーターの中に体重計を持ち込んで乗ってみたりする。そういう、きらきらした「研究」が何百例も載っているのだ。読んだら人に話したくなること請け合いである。

②「とんち教室」と聞いて、それが何か分かる世代は、思わず手に取りたくなる。昭和二十四年から二十年間続いたラジオ番組である。当時の世相が生き生きと浮かんで来る。

③一年前、『世界ミステリ作家事典【本格派篇】』から、始めさせてもらった。本格推理について熱く語るこの本で、幕を閉じたい。

宝石探し

1

皆さんには、まだ字が読めない頃の読書体験がありますか。いや、これは矛盾していますね。字を知らなければ、読書はできない。いい直しましょう。字が読めないことを意識しつつページをめくり、《ここには何が書いてあるのだろう》と思い、もどかしい興奮を覚えたことがありますか、——ちょうど開《あ》かずの間《ま》の戸を見るように。

わたしにはあります。

雑誌だったか、その付録だったか、とにかく兄の本です。そこに『漫画の描き方』のようなものが載っていました。しかし、字は読めない。だからこそ、想像を絶するほどに面白かったのです。——で、また矛盾したことを申し上げましょう。その面白さを、想像してみて下さい。

そこにあったのは、実に不可思議な世界です。技法説明のため、脈絡なく、さまざまな表情や姿態が並んでいました。かと思うと、それらを生み出す、裏方のペンやインクの絵が描いてあったりします。

わたしが一番強烈に覚えているのは、こういう場面です。古い漫画の手法では、人が歩いた後に、マッシュルームを横にしたような印が、次々についていきます。砂ぼこりの象徴なのでしょう。さて、その本の中の人物は、ほこりマークを《現実にあるもの》のように扱っていた

でした。

置いていったのかもしれません。そうやって、描き方を説明していたのです。何とも奇妙な絵のです。手に持っていたのかもしれません。拾い集めていたか、あるいは、歩く人物の後ろに

《ここに書いてある字が読めたらなあ》と強く思いました。どういう部屋のどの辺りに座っていたかも含めて、その時の記憶が鮮やかにあるのです。小学生になってからも、時々、あの漫画にもう一度会いたいと思いました。『ターヘルアナトミア』を訳そうとする、杉田玄白や前野良沢の話を、教科書で読んだ時には、《これこれ》と思いました。彼らは内臓の絵を見つつ、その説明を解読したわけです。レベルも志《こころざし》もまったく違いますが、そこにある探求心の在り方は、似ているといってもよいでしょう。

さて、『漫画の描き方』はシュールリアリズムの画集とは違いますね。本来の目的からいえば、鑑賞のためにあるのではなく、実用のためにあるものです。しかし、わたしにとって、それは謎に満ちた物語、通常の音階を持たぬ歌だったのです。これこそ、本というものの持つ力ではないでしょうか。

例えば、夏目漱石の読み方に、これという絶対の正解があるのなら、我々は、その答えを人から聞けばいい。しかし、漱石への対し方は読者の数だけあります。

下手な手品は一方からしか見られないといいます。しかし魔法は、上から下から斜めから見ても、人の後ろに立って見ても、遠く離れて望遠鏡で見ても魔法でしょう。ある人には、胸のポケットから取り出したものが蝶と見え、またある人には蜂鳥と見える。しかし、そのどちらもが真実なのです。『漫画の描き方』が、わたしにとってマックス・エルンストのコラージュのように感じられたとしたら、そういうものがそこに内包されていたのです。それは不正解といった類いのものではありません。

つまり、本を読むというのは、そこにあるものをこちらに運ぶような、機械的な作業ではない。場合によっては作者の意図をも越えて、我々の内に何かを作り上げて行くことなのだと思います。

しかし、仮にあげた例は、あくまでも例なので、今、あの時の『漫画の描き方』が手に入ったとしても、それは昔の輝きを持ったものではないでしょう。幼い日に読んで血を沸かした本が、後年読み返してみると、思いの外につまらなかったりすることは、間々あるものです。けれども、砂時計を手に取り引っ繰り返すように、ある時からは、また新しい砂が積もり出すものです。中学生の時、読んで少しも面白くなかった本の妙味が、年を重ねることによって分かるようになったりもします。そういう読みにたえられる、厚みを持ったものが、古典です。

手ごわい相手、理解できない書に行き当たると、文字の読めない幼児のように——その昔に返ったようにもどかしく、「この本が読めたなら」と足摺《あしず》りしたくなります。歯の立たないものを噛んだようなつもりになって、見当違いの解釈をすることも多い。だが、わたしにとっては、それこそが読書の楽しみなのです。

2

もう二十年以上も前のことになります。東京の下町を歩いていて、たまたま入った本屋さんに岩波文庫の棚がありました。わたしがその前に立ち背表紙を眺めていたら、小学校高学年ぐらいの女の子がやってきて、隣に並びました。この年頃の子が岩波文庫というのは珍しいと思いながら、横目でうかがっていると、手に取ったのが『史記列伝』。何となく嬉しくなってしまいました。その子も、もう三十前後のはず、本の好きな大人になっていることでしょう。

さて、わたしが一番最初に岩波文庫を買ったのも小学生の時ですが、この子よりは可愛い。

関敬吾編の『日本の昔ばなし』全三巻です。各県別の民話集のようなものを一、二冊読み、全巻ほしいなと思った。勿論、そんな贅沢は許されない。その時に、本屋さんで見たのがこれです。とても面白かった。とんち話などは、友達にも話しました。最近買った岩波文庫の中に『ハンガリー民話集』がありますから、この辺は首尾一貫している（というのも変ですね）。

それからも、《こんな本がほしいな、あの作家の本はないかな》と思うと、岩波文庫にあったという経験は数多くあります。大学の時に、先輩がワイルダーの『サン・ルイス・レイ橋』の話をしてくれました。「現代アメリカ文学選集」にあるといわれたのですが、古本屋さんで岩波文庫版を入手。また、品切れ状態だった『海舟座談』が、ちょうど先輩の話を聞いた後で、重版されて嬉しかったりと、個々の本に対する思い出もつきません。

懐の深さ、幅の広さは、驚くばかりです。いつだったか、地下鉄の車中に、《紙幣になった文学者》という広告がありました。お金のことですから、多分、銀行か何かの宣伝だったと思います。紙幣に刷られた三人の顔と、簡単な説明が出ていました。二人は誰もが知っているような人物でした。

それを見上げながら、わたしは思わず、口走っていました。

「この三人の作品、一冊ずつでも、そろって読んでる奴は少ないだろうなあ！」

いうまでもなく、《俺は読んでいるゾ》というわけです。軽薄ですねえ。

第三の作家はドロステ＝ヒュルスホフ。日本で必ずしも著名でない文学者が、自国では周知の人なのは、珍しいことではありません。《しかし、お札にまでなっているのかねえ》と、ちょっとびっくりしたのです。わたしが嫌みなことをいえたのも岩波文庫のおかげ、『ユダヤ人のブナの木』という作品が文庫番号32‐447‐1に、ちゃんと入っています。本当に《何でもある》という感じですね。

それだけの深い海ですから、傑作が《わたしを読んで下さい》と眠っていることも多々あるわけです。『日本童謡集』を読んだ時には、衝撃を受けました。金子みすゞという聞いたこともない詩人の「大漁《たいりよう》」という作品が胸に突き刺さったのです。

朝焼小焼《あさやけこやけ》だ
大漁だ
大羽鰮《おおばいわし》の
大漁だ。

浜は祭の
ようだけど
海のなかでは
何万の
鰮のとむらい
するだろう。

ポジからネガに替わるような転換の妙。しかし、それはあくまで技巧から出たものではなく、作者の胸の内から出た、必然の表現です。《いったい、どういう人なのだろう。他にどんな作品があるのだろう》と思いました。さっそく図書館に出掛け調べてみましたが、はっきりしたことが分からない。わたしは、この女性を傑作「大漁」一編の作者と決め込み、心の中のアンソロジイにこの詩を飾りました。

それから十年ほど経って、矢崎節夫《やざきせつお》氏による、金子みすゞ作品の発掘を新聞で読みました。矢崎氏が金子みすゞを知ったのも、やはり『日本童謡集』によるようです。さらに十年以上経った現在、彼女の作品は広く読まれ、教科書にも採用されるようになりました。

　矢崎氏がいらっしゃらなかったら、と思うとぞっとします。沈もうとした星を、氏が拾ったのです。遺稿が散逸する前にこういう方が現れたというのも天の配剤なのでしょう。そして、ことの出発点はといえば、一冊の文庫本なのです。

　わがままなもので、「大漁」が自分だけのものではなくなったような寂しさもありました。しかし、人があまり話題にすることのない宝石なら、わたしは岩波文庫の中に、まだまだ持っています。そして、その何十、何百倍の宝が、そこに眠っていることも確かでしょう。

　おそらくはこれらこそ、最も安上がりで、しかも若さに最も似合う宝石だと思います。

ミステリー通になるための100冊（日本編）

序　謎を愉しむ本を

本格ミステリファンには、リスト作りの好きな人が多い――と思います。わたしも高校生の頃、受験勉強の一番忙しい最中に（そういう時に限って、別のことをやりたくなるものですが）、専用のノートを作り、読んだミステリ名を書き抜いて寸評をつけたり、これはという作品の選出に頭をひねったりしていたものです。

ベスト一〇〇作りは学生時代にもやりました。一〇〇というのは、好きなミステリを選ぶのには多すぎず少なすぎず、ちょうどいい数なのです。

この企画を聞き、これは楽しみながらできる仕事だと喜んで引き受けました。機会があったら取り上げたかった作品がいくつかあります。《川辺豊三の『私は誰でしょう』は、確か角川文庫のアンソロジイに昔入っていたな》とか《山沢晴雄の『扉』は講談社文庫『密室探求』の第一集だったな》あるいは《渡辺剣次編の『13の凶器』は文庫になっていたかな。いたとすれば海野《うんの》十三《じゆうざ》の『点眼器殺人事件』は落とせないぞ》などと舌なめずりしていたら、《絶版本は一割程度に抑えてください》というご命令。

分かります。《文庫本で一〇〇》ということの意味は、《今、街の本屋さんで手軽に手に入る本で》ということなのでしょう。

あまりマニアックになってはいけないようなので、ごく常識的なものを並べ――ようとしたら、何と今度は常識が通用しませんでした。鮎川哲也『黒いトランク』がありません。笹沢左保『招かれざる客』がありません。などなど……。

というわけで、思ったよりは苦心しつつ、作り上げたのが以下のリストです。しかし、《品切》となっていなくても、それが本屋さんですぐに買えるとは限りません。いや、ほしい本というのは、（かなしいことながら）街の本屋さんにはない方が普通なのです。とりあえず手に入るものを買い、入らないものは同時に版元に注文して取り寄せてもらいましょう。手持ちを読み終えた頃、探求書が届くという寸法です。お急ぎ、もしくは品切なら、もよりの図書館に足を運んでもらいたいのです（ついでにリスト外の本も借りてきましょう）。それで駄目なら、古本屋さんを何軒も何軒も何軒も、小まめにまわりましょう。

要するに何がいいたいのかといいますと、本が読みたかったら動いて下さい、ということです。そこに楽しみがあるのです。

さてリストに入る前に、今回は《謎を愉しむ》ということで、ハードボイルド・冒険系の作品は対象外となっていることを、一言付け加えておきます。そちらの企画もあるようです。読者として楽しみにしています（ただし、ハードボイルド系は本格以上に絶版が多く、作成は非常に困難なようです）。

また、新しい作家の場合、リストアップしたのに、まだ文庫になっていない本がたくさんありました。たとえば、有栖川有栖『双頭の悪魔』、山口雅也『生ける屍の死』、我孫子武丸『殺戮にいたる病』、法月綸太郎『二の悲劇』などなど（一九九五年当時のことです。その後、これらの作品の文庫化も進んでいます）。

そこで、新しい方の作品は、綾辻行人、宮部みゆきのお二人をあげるのにとどめておきました（ただし例外が一人、くわしくは《時代もの》の項をお読みください）。

1　まずは本の謎

梶山季之『せどり男爵数奇譚』（河出文庫・品切）
高橋克彦『盗作の裏側』『北斎の罪』所収（講談社文庫）
野呂邦暢『本盗人』『素敵な活字中毒者』所収（集英社文庫）
出久根達郎『神かくし』『古本綺譚』所収（中公文庫）
紀田順一郎『古本屋探偵の事件簿』（創元推理文庫）
都筑道夫『猫の舌に釘をうて／三重露出』（講談社大衆文学館）
服部まゆみ『時のアラベスク』（角川文庫・品切）
阿刀田高『ナポレオン狂』（講談社文庫）
阿刀田高『夜の旅人』（文春文庫）
ますむら・ひろし『未来圏からの質問／文庫版あとがき』『銀河鉄道の夜』所収（扶桑社文庫）

本を選ぶということで、自然、本にまつわる話というのが、浮かんできました。『二冊の同じ本』を松本清張だから、文庫になっていない筈がないと確認を取らずに入れてしまいました。そうしたところが、文庫版の存在がつかめない。意外でした。梶山季之『せどり男爵数奇譚』と、さしかえたいと思います。こちらなら最近、文庫でこそありませんが、夏目書房から出ましたので入手は容易です。『盗作の裏側』は、フランス推理小説大賞をとったフィシュテルの『私家版』を読んでいて連想しました。『私家版』とは逆のサイドから書いていて、それだけ不可能興味濃厚な作品。『本盗人』は、この集英社文庫で読み、《これはミステリだ、これに眼をつけているミステリ・ファンは少ないだろう》と思っていたら、新保博久氏が発表当時からアンソロジイ向きだとチェックしていた作品だそうです。『神かくし』もまた、大変なミステリ。発端の不可解極まる謎が実に合理的に解かれる快感は何ともいえません。『古本屋探偵の事件簿』は、まさに本のミステリ。『猫の舌に釘をうて／三重露出』は、天才都筑の代表作。『時のアラベスク』の世界も魅力的な、存在しない本によって彩られます。さて、『ナポレオン狂』が、ここにあるのに驚く人もいるでしょう。——わたしは星新一『進化した猿たち』の愛読者でした（現在は新潮文庫、これも必読書ですね）。その本で、《ナポレオン》というのが誇大妄想患者を表現する時の、決まり切ったパターンである、というのをたたき込まれていました。何しろ、繰り返し読んだ本なのですから。そこで、『ナポレオン狂』も、発想はそういうところから来ていると思ったのです。ですから、『夜の旅人』を読んで、本当にびっくりしました。後者は、間違いなく本に関する話ですし、その本への執着からどのような話が書かれたかが、『ナポレオン狂』なのです。さて『未来圏からの質問／文庫版あとがき』の宮沢賢治の星に関する考察は素晴らしいものでした。今年（一九九五年）、一番印象に残った推理の一つです。

2　密室・アリバイ

横溝正史『本陣殺人事件』（角川文庫）
高木彬光『人形はなぜ殺される』（光文社文庫）
鮎川哲也『死のある風景』（青樹社文庫）
鮎川哲也『憎悪の化石』（双葉文庫）
泡坂妻夫『亜愛一郎の狼狽』（創元推理文庫）
島田荘司『北の夕鶴2／3の殺人』（光文社文庫）

島田荘司『奇想、天を動かす』（光文社文庫）
笹沢左保『招かれざる客』（角川文庫・品切）
土屋隆夫『天国は遠すぎる』（廣済堂文庫・品切）
葛山二郎・大阪圭吉・蒼井雄の諸作『日本探偵小説全集12名作集2』所収（創元推理文庫）

本格もので、ということになると、どうしても、この項目は作りたくなります。しかし、困ったことがあります。密室ものというのは、十中八九つまらないのです。当然でしょう。もともと無理なことをやるわけですから、解決まで聞いてしまうと快感は起こらないのが普通です。そこで、ここには広い意味の密室、密室的状況まで含めてあります。その密室ものの古典的作品の中では、初読の時にはそれほどとは思えなかった『本陣殺人事件』をあげました。読み返した時、やはりたいしたものだと思ったのです。あるいは密室ものはトリックを知ってから読んだ方が味わい深いのかもしれません。さて、次は鮎川哲也『赤い密室』をあげ、高木彬光『人形はなぜ殺される』と対比させたかったのですが、文庫本が現在ないということであきらめました。前者では、鮎川的に密室が解かれ、後者では高木的にアリバイが崩されます。そこが面白い。あわせて鮎川のアリバイもの、高木の密室ものも読んでみてください。ということで、その鮎川の二作、出版社をかえて、『死のある風景』、『憎悪の化石』としましたが、『黒い白鳥』でも可。また『黒いトランク』や『砂の城』が出れば、そちらでも可です。現代では、トリック小説は難しいといわれてもいますが、そう思ってお嘆きのあなたには『亜愛一郎の狼狽』、天下無敵のトリックのデパートです。さて、出ました、『北の夕鶴2／3の殺人』、『奇想、天を動かす』。天をも動かすといわれては、もう仕方がない。実際動かしてしまうんですからね、島田先生は。そこで、昔にかえりますが、笹沢左保を落とせない。いかにも本格らしい本格ということでいえば『霧に溶ける』なども浮かびますが品切、どうせ品切なら、やはり『招かれざる客』をあげましょう。他に『空白の起点』は犯人とトリックと動機のからめ方が秀逸。個々の要素云々より、そのまとめ方が見事です。また個人的に、あまり著名でない作品をあげるとすれば、作品としての仕上がりは今一つですが『炎の虚像』。そのトリック（結局、『空白の起点』の発展ですが）に奇妙な面白さを感じたものです。ところで、土屋作品までも、手に入りにくいというのですから、困ってしまいます。ここには最初『赤の組曲』を入れたのですが品切。発行日が後の『天国は遠すぎる』にしました。少しは手に入りやすいでしょう。戦前の作家では特に大阪圭吉が注目に値します。また、葛山二郎は（鮎川先生は他の作品にも眼を向けろとおっしゃいますが）、やはり『赤いペンキを買った女』の作家だと思います。

3　どうしてそんな

東野圭吾『眠りの森』（講談社文庫）
江戸川乱歩『化人幻戯』『日本探偵小説全集2江戸川乱歩集』所収（創元推理文庫）
島田荘司『斜め屋敷の犯罪』（講談社文庫）
島田荘司『占星術殺人事件』（講談社文庫）
笠井潔『バイバイ、エンジェル』（創元推理文庫）
竹本健治『囲碁殺人事件』（角川文庫）
綾辻行人『殺人方程式』（光文社文庫）
黒川博行『切断』（新潮文庫）
横溝正史『獄門島』（角川文庫）
笠井潔『サマー・アポカリプス』（創元推理文庫）

現代の本格の行く道は、ハウダニット（その犯罪は、どのようになされたか。つまり密室ものなど）よりもホワイダニット（なぜ、そんなことが行われたのか）だと、――実は二十年も前からいわれています。そこで、こういう項目を設けてみました。『眠りの森』を読んだ時には、思わず膝を打ち、これこそ新本格の代表的作品だと思いました。犯人はほぼ分かっている。それなのに、どうして皆がかばうのかが、強烈な謎となり、またそれが物語そのものを動かし、人物をも語っているのです。さて、なぜ、のパターンの一つに《異様な動機》があります。つきつめれば、現代の異常心理ものにもつながるような着想を、巨匠乱歩は『化人幻戯』で、いかにも彼らしく扱っています。ところで、なぜというなら『斜め屋敷の犯罪』の《どうして、この屋敷は斜めなのか》、また『占星術殺人事件』の、《どうして死体はバラバラにされたのか》は、まさしく？？？。そして！！！。あっといってしまいます。《バラバラ》という言葉が出たところで、首を切る作品を三つ。それぞれ、なぜ切ったかが違います。読み比べてみましょう。『バイバイ、エンジェル』、『囲碁殺人事件』、『殺人方程式』。続けて読めば、目の前に生首がちらつきそう。なぜ切る、となれば『切断』も落とせませんね。さて、なぜ、のジャンルの代表的パターンの一つに見立て連続殺人があります。横溝の童謡殺人、『悪魔の手毬唄』が有名ですが、妙味という点では何といっても『獄門島』。それに対するは『サマー・アポカリプス』です。いや、実に見事な重量級の対決ではありませんか。

4　時代もの

岡本綺堂『半七捕物帳』（光文社文庫）

久生十蘭《ひさおじゅうらん》『顎十郎捕物帳』（朝日文芸文庫、創元推理文庫『日本探偵小説全集8久生十蘭集』

所収）
坂口安吾『明治開化安吾捕物帖』『坂口安吾全集12・13』所収（ちくま文庫）
都筑道夫『捕物帳もどき』（文春文庫）
泡坂妻夫『砂絵くずし』（中公文庫）
山本周五郎『びいどろの筆』（徳間文庫）
山田風太郎『その木戸を通って』『おさん』所収（新潮文庫）
加納一朗『山田風太郎明治小説全集　警視庁草紙』上下（ちくま文庫）
松尾由美『ホック氏の異郷の冒険』（天山文庫・絶版）
『バルーン・タウンの殺人』（ハヤカワ文庫）

続いて、時代もの。《今ではない時》が舞台になっている作品群と解釈します。かつて、日本の代表的ミステリ全集の一つである東都書房の日本推理小説大系が編まれた時、捕物帳はその枠からはずされました。乱歩は第一巻の解説で、《五人の編集委員の合議の席で、この大系に捕物帳を入れるかどうかについて論議をしたが、結局、プロットやトリックに創意の要求せられる普通探偵小説とは、おのずから性格のちがうものとして、捕物帳は入れないということに落ちついたのである》といっています。外ならぬ『半七捕物帳』を初めとして、いくつかの優れたミステリが、この形で書かれていることを思うと、これは無理な説明であり建前、本音はその後に続く《非常に多くの時代小説作家が捕物小説を書いている。そういうわけで、この大系に捕物小説を入れるとなると、一巻以上の増巻をしなければならないという事情もあったわけである》という言葉の方にあるでしょう。しかし都筑道夫によって『なめくじ長屋』のシリーズが書かれてしまった今では、ミステリの全集から捕物帳をはずすことは考えられない。

『顎十郎捕物帳』のない十蘭の巻、『明治開化安吾捕物帖』のない安吾の巻、などというのはナンセンスです。その都筑の『捕物帳もどき』は捕物帳案内としても読め、作者の芸もまた満喫できる快作。しかし、肝心の『ちみどろ砂絵』『くらやみ砂絵』が文庫にないというのも、驚きです（その後、光文社文庫に入りました）。ここでは選集の『砂絵くずし』をあげました。新しいところでは『びいどろの筆』。捕物帳を離れると、謎の物語として『その木戸を通って』を逸することができません。解決がないのに――といわれるかもしれませんが、やはりこれは第一級のミステリだと思います。山田風太郎の明治ものから『警視庁草紙』をあげるのは無難だと思います。誰からも文句は出ないでしょう。風太郎なら、総て傑作なのですから。ただし、個人的には『明治断頭台』に愛着があります。これが現在文庫にないのが残念です（その後、廣済堂文庫、ちくま文庫等々で山田風太郎のほとんどの作品が文庫化されました）。『ホック氏の異郷の冒険』は、これを出版社に渡さずに、素知らぬ顔で乱歩賞に応募し、取ってもらいたいと思った作品。こういう洒落た、ミステリらしいミステリが乱歩賞から出てほしいなあ、と思ったのです。『バルーン・タウンの殺人』は現在ではない《未来》という時点でのミステリ。最初にいった《新しい方の作品――》の例外の、ただ一冊です。最初から文庫ですし、この設定は、おそらく世界でも類例のないものでしょう。

5　歴史もの

松本清張『Dの複合』（新潮文庫）
松本清張『陸行水行』『万葉翡翠』『駅路』所収（新潮文庫）
高木彬光『成吉思汗《ジンギスカン》の秘密』（角川文庫）
織田正吉『絢爛たる暗号』（集英社文庫）

井沢元彦『忠臣蔵　元禄十五年の反逆』（新潮文庫）
高橋克彦『写楽殺人事件』（講談社文庫）
都筑道夫『森の石松』『犯罪見本市』所収（集英社文庫・品切）
戸板康二『團十郎切腹事件』『昭和ミステリー大全集〈中巻〉』所収（新潮文庫）
海渡英祐『伯林《ベルリン》―一八八八年』（講談社文庫・品切）
佐野洋『10番打者』（角川文庫・品切）

時代ものと歴史ものの違いは何かといいますと、こちらは、伝説、あるいは実際にあった事件、人物等を素材としているものですね。『Dの複合』は、雑誌『宝石』が光文社に移っての初連載という意味でも印象深い作品。雲をつかむような話をいったいどう終わらせるのか、終わることができるのかと思いながら読み進んだ記憶があります。『陸行水行』『万葉翡翠』、他にも数多くの名作がありますが、とりあえず、この辺りをあげておきましょう。さて、『成吉思汗の秘密』は、このジャンルの代表作。一方で、南條範夫『三百年のベール』が文庫にないのが残念。織田正吉『絢爛たる暗号』が出た時にはびっくりしました。『忠臣蔵　元禄十五年の反逆』は、面白くて面白くて。人に《読め読め》とすすめたことを覚えています。『写楽殺人事件』も新鮮でした。『森の石松』は、いかにも都筑らしく遊んだ一篇。『團十郎切腹事件』を読んだのは、かなり昔でした。最後の、いかにも見え透いたどんでん返しを余計だと思い、せっかくの作品なのに――と残念だったのを覚えています。今、読んだらどうでしょう。ともあれ戸板でなければ書けない、嬉しい作品であることに間違いありません。それからこれの入っているのは『昭和ミステリー大全集』。傑作集ですから、他の作品も勿論粒ぞろいです。『伯林―一八八八年』も密室があるのでつまらなくなっていますが、鷗外でベルリンという趣向は忘れがたいものです。佐野作品は、かなり文庫になっているのですが、その分、絶版も多い、ということになります。誰もがあげるようなものをとらず、読んだ時に《あー、面白かったっ！》と叫んだ作品を、ここに記しておきます。『10番打者』。ジャイアンツV9の時代が《歴史》となった今、これもこの分野に入れてよいでしょう。個人的なことながら、あの頃の野球は本当に面白かった。

6　少年少女

坂口安吾『アンゴウ』『坂口安吾全集6』所収（ちくま文庫）
久生十蘭『母子像』『昆虫図』所収（現代教養文庫）
夢野久作『犬神博士』『夢野久作全集5』所収（ちくま文庫）
土屋隆夫『危険な童話』（光文社文庫）
天藤真『遠きに目ありて』（創元推理文庫）
陳舜臣『炎に絵を』（文春文庫・品切）
筒井康隆『母子像』『革命のふたつの夜』所収（角川文庫）
森村誠一『魔少年』（角川文庫・品切）
戸板康二『グリーン車の子供』（講談社文庫・品切）
宮部みゆき『魔術はささやく』（新潮文庫）

実はこれ、この企画を聞いた時に、即座に浮かんだジャンルです。そして、子供向け、ということもその中に含んで朝日ソノラマ文庫の作品をあげたかった。東京創元社の戸川氏にすすめられた都筑『蜃気楼博士』、瀬戸川猛資氏が《面白いぞー》といった高木『白蠟の鬼』、そしてあの辻真先の『仮題・中学殺人事件』。ね、大変なものでしょう。ところが、これらが総て手に入らないようです。あきらめて、題名をここにあげるだけにとどめました。《とほほ》ですよ、本当に。さて、それでも印象に残る少年少女は目白押しです。まずは、安吾の『アンゴウ』、洒落ではない。これを採ったのは東京創元社『日本探偵小説全集』の手柄の一つだと思っています。安吾の短篇ミステリの代表作といっていいでしょう。十蘭の『母子像』をあげましたが、これだけでなく、短篇集をいくつか読んでみてください。『犬神博士』の主人公は、まさに物語というものの精のような存在だと思いました。『危険な童話』については、どうしてここで取り上げるかは、くわしく書けません。こういう項目を作ったら、はずすことのできないのが『遠きに目ありて』でしょう。中途半端な気持ちで書いているのではないことが、ひしひしと伝わってきます。『炎に絵を』のラストは、はるか昔に読んだのに、今でも鮮やかに浮かんで来ます。落とせない作品。筒井『母子像』は、読んだ時に《神の手になるような作品だ》と思いました。子供に比重があるとはいえませんが、十蘭『母子像』と題が重なることを思うと、ここに置きたくてたまりません。『魔少年』には、ぞっとしました。親になってから読むと、さらに恐い。『グリーン車の子供』は、題名からして《子供》の出てくる上質にして上品なミステリ。『魔術はささやく』の少年の魅力にも抗しがたいものがあります。最後に一言、文庫版がないことはないのに、どうして乱歩の『少年探偵団』シリーズがあがらないのだ、といわれるかもしれません。しかし、あれは昔の光文社の版で、あの挿絵入りで読むべき本だと思います。勿論、巻末の作品紹介の名文句も、その大きな要素の一つです。

7 誘拐と詐欺

高木彬光『誘拐』（光文社文庫）

都筑道夫『誘拐作戦』（中公文庫）
天藤真『大誘拐』（角川文庫）
岡嶋二人『あした天気にしておくれ』（講談社文庫）
岡嶋二人『99％の誘拐』（徳間文庫）
『宇治拾遺物語』（角川文庫）
中島敦『牛人』『ちくま日本文学全集　中島敦』所収（ちくま文庫）
高木彬光『白昼の死角』（角川文庫）
松本清張『眼の壁』（新潮文庫）
小林信彦『紳士同盟』（新潮文庫・品切）

このジャンルは、特に『誘拐』と題名につく作品が多く連想ゲーム式にあがってきました。残念なのは、土屋隆夫の『針の誘い』です。学生時代、雑誌『推理』の発売を待ちに待ち、ようやく出た時の嬉しさ。謳い文句がこれです。《解決不可能な幼女誘拐事件をテーマに、作者が汲めども尽きぬ創造力を縦横に駆使して事件の核心を衝く！　今夏最高の長編本格推理》。作者が事件の核心を衝くのはおかしいと思うけれど、本格の衰退がいわれていたあの頃、どうだ、という編集部の意気込みが伝わってきます。しかし、これも現在、品切れのようです。『誘拐』は高木の代表作の一つ。考えてみれば、これも自信満々の凄い題ですね。『誘拐作戦』は受験直前、大学の下見と称して東京に出掛け実は古本屋さんまわりをし、土屋の『影の告発』と一緒に買い、二冊続けて深夜まで読みました。至福の時でした。『大誘拐』はコメントの必要なし。『あした天気にしておくれ』、『99％の誘拐』、岡嶋ミステリの楽しさを満喫しましょう。そこで詐欺になりますが、こういう機会に『宇治拾遺物語』。その巻《まき》九の八『博打の子聟《むこ》入りの事』は、実に見事なコンゲームものだと思います。パターンといえば、『銀の仮面』ものというジャンルがあります。ヒュー・ウォルポールの作品がその代表ですが、要するに奇妙かつ理不尽な乗っ取りものです。詐欺の項目に入れていいかは、ちょっと問題ですが、これには名作が多い。『牛人』をあげておきます。他にも、ミステリ作家以外の手になる傑作がありますが、文庫化されていないようなので、これだけにしておきます。誘拐ものに続いて、高木彬光。『白昼の死角』です。巨大な作品で、細部の仕上げの粗さなどはまったく気にならない。『眼の壁』では出だしの、詐欺にひっかかる場面が印象的です。『紳士同盟』も、このジャンルの代表作なのですが、現在は品切のようです。残念。

8　短篇集

江戸川乱歩『D坂の殺人事件』（創元推理文庫）
木々《きぎ》高太郎《たかたろう》『柳桜集』『日本探偵小説全集7木々高太郎集』所収（創元推理文庫）
小栗虫太郎『人外魔境』（角川ホラー文庫）
松本清張『黒い画集』（新潮文庫）
泡坂妻夫『妖盗S79号』（文春文庫）
筒井康隆『富豪刑事』（新潮文庫）
井上ひさし『十二人の手紙』（中公文庫）
山田風太郎『妖異金瓶梅』（廣済堂文庫）
連城三紀彦『運命の八分休符』（文春文庫）
宮部みゆき『我らが隣人の犯罪』（文春文庫）

乱歩の短篇は、中学生の頃、わざわざ隣町に行って買ったことを思い出します。表紙が裸の絵だったから。うぶでしたねえ。『D坂の殺人事件』をあげましたが、これは『日本探偵小説全集2江戸川乱歩集』との重複を避けるためです。江戸川短篇は、総てが必読といっていいでしょう。『柳桜集』は、短篇集の在り方そのものにドラマがあります。木々が転載した乱歩の文が、実にいいのです。短篇集そのままの形で、文庫版に入っています。ところで、小栗虫太郎『人外魔境』のどこが本格なのだといわれると困ってしまいますが、今なら手に入るのです。ホラー文庫です。この機会に買っておいて下さい。『黒死館』と並ぶ傑作。もし最初の三、四篇だけが残され、後が散逸していたなら、さらに傑作だったでしょう。そう考えただけでわくわくしてきます（変な話ですね）。清張は、前にも書きましたが短篇は傑作揃い。ここでは『黒い画集』をあげておきました。『妖盗S79号』については、今となっては手に入らない日販の『現代人気作家がすすめる私自身の一冊』から、著者自身の言葉を引用しましょう。《この短篇探偵小説シリーズを書くについて次のような掟を作りました。1. 血腥い殺人事件は起こさない。1. S79号が盗み出すのは美術品、宝石。現金には手を出さない。1. S79号の犯行は全て斬新なトリックを使う。1. S79号は衆人環視のうちに消え失せるように逃亡する。1. S79号の正体は最後の一篇で明らかになるが逮捕されない。1. フィナーレにはこれまでの全員が一堂に登場し、華やかなうちに幕が下がる。などなどで、いずれも悩乱するほど難しい仕事でした。ために、完成まで十年の歳月が流れ、作者自身が楽しんでしまった代償として生活は少しも楽にならず、それでも部数が伸びるのを期待するのは欲深というものでしょうか》。この引用が載っただけでも、この企画は意味があったと思うのですが、いかがでしょう。『富豪刑事』、『十二人の手紙』という、うなるしかない傑作に続き『妖異金瓶梅』もまた、世界に類のないミステリ。そして『運命の八分休符』も新本格の優れた作品。表題作よりも、それに続く作品に驚かされます。こういうことを、とっくにやっているんだ、連城三紀彦は凄いっ、という感動があります。宮部みゆき『我らが隣人の犯罪』には現代本格の代表作の一つ『サボテンの花』が《咲いて》います。

9　さまざまな試み

小泉喜美子『弁護側の証人』（集英社文庫・品切）
鮎川哲也『死者を笞打て』（講談社文庫）
飛鳥高『細い赤い糸』（双葉文庫）
広瀬正『マイナス・ゼロ』（集英社文庫）
赤川次郎『マリオネットの罠』（文春文庫）
筒井康隆『家族八景』（新潮文庫）
逢坂剛『百舌《もず》の叫ぶ夜』（集英社文庫）
折原一『倒錯のロンド』（講談社文庫）
綾辻行人『霧越邸殺人事件』（新潮文庫）
泡坂妻夫『生者と死者』（新潮文庫）

奇想といいましょうか、何らかの意味であっといわせてくれた作品群です。ところが、ぜひにと意気込んでいた山田風太郎『太陽黒点』に至っては、何と一度も文庫化されていないのです。『十三角関係』もそうではないでしょうか（山田風太郎の作品については前述の通りです）、ああ！　さて、『弁護側の証人』ですが、これは学生時代、先輩から教えられた作品、仲間内の話題作でした。『死者を笞打て』は、《えっ、あの鮎川先生がこんなことを？》と驚く作品。

しかし、あの頃はさすがに実在人物までは殺せなかった。『細い赤い糸』も新鮮でした。『マイナス・ゼロ』がミステリかといわれると困りますね。しかし、ちゃんと謎があって解明がありますよね。そして、何より強いのは傑作である、ということです。『マリオネットの罠』の出現にはびっくりしました。大変な作家が出て来たと思いました。『家族八景』については、『マイナス・ゼロ』と同じです。仕方がないでしょう、傑作なんだから。『百舌の叫ぶ夜』、うーん、超絶技巧。お見事。『倒錯のロンド』も快感。まさにミステリ。折原ミステリは、読めば必ず何かがあるので損をしません。『霧越邸殺人事件』はミステリの新しい地平をめざす作品です。綾辻行人よ、どこへ行く。『生者と死者』も世間をびっくりさせました。わたしが、この本をレジに持って行ったところ、店のおじさんが眉間に皺を寄せて、ページの間に指を入れそうになりました。思わず《破かないでくださいっ！》とさけんでいました。これこれしかじかと説明すると、おじさんは感心して、《ふーん、近頃はいろんな本があるんだ》。

10　忘れ得ぬ人々

中井英夫『虚無への供物』（講談社文庫）
小栗虫太郎『黒死館殺人事件』『日本探偵小説全集6小栗虫太郎集』所収（創元推理文庫）
夢野久作『ドグラ・マグラ』『夢野久作全集9』所収（ちくま文庫）
夢野久作『少女地獄』『夢野久作全集8』所収（ちくま文庫）
甲賀三郎『支倉《はせくら》事件』『日本探偵小説全集1黒岩涙香・小酒井不木・甲賀三郎集』所収（創元推理文庫）
大下宇陀児《うだる》『虚像』『日本探偵小説全集3大下宇陀児・角田喜久雄集』所収（創元推理文庫）
坂口安吾『不連続殺人事件』『日本探偵小説全集10坂口安吾集』所収（創元推理文庫）

夏樹静子『天使が消えていく』（講談社文庫）
森雅裕『椿姫を見ませんか』（講談社文庫・品切）
江戸川乱歩『幻影城』（双葉文庫）

『虚無への供物』は、読むことの喜びに溢れていました。麻薬的でした。そして、その物語があの結末に至るのです。ミステリで一冊あげるとなったら、やはりこれになってしまいます。『黒死館殺人事件』も同様の麻薬でした。高校生の夏休み、何と面白いのだろうと読み耽ったことを思い出します。『ドグラ・マグラ』にも引きずり回されました。この三作はどこに入れるのにも困るのですが、ここであげておきましょう。さて、『少女地獄』は天才夢野の数多い傑作の一つ。そのヒロイン像は強烈です。強烈といえば『文倉事件』の文倉のような人間には、生涯めぐりあいたくないものです。大下宇陀児の作品で一作となれば、迷うことなく『虚像』でしょう。ミステリ的な部分で話が壊されますが、それでもなお輝きを失わないだけのものがここにあります。『不連続殺人事件』は、海外の《あの作品》とそっくりさんですが、そのトリックゆえに、必然的に愛の物語となります。『天使が消えていく』、一度読んだら一生忘れることの難しい作品ですね。乱歩賞を取れなかったのですが、二作同時受賞になぜならなかったのかと、いまだに残念です。そして森雅裕のオペラシリーズ、鮎村尋深《あゆむらひろみ》の記念すべきデビュー作『椿姫を見ませんか』、これを読んだら、このヒロインに肩入れするしかありません。森雅裕は短篇『平成兜割り』も入れたかったのですが、まだ文庫化されていませんでした。そして、最後に、ミステリ界の忘れ得ぬ人、乱歩の評論集、『幻影城』。これは、文字通り《幻》の本でした。探し求めて、神田の街を歩いた頃のことが懐かしく思い出されます。

こうして見てみると分かりますが、この一〇〇選は、いわゆるベスト一〇〇ではありません。

ぜひ採るつもりだった作品で、終わってみたら、入れる場所のなかったものもあります。

ジャンル分けがかわれば選ばれる作品も違ってきます。例えば、《小説を》ということでしたので《ミステリに関する本》という項目は作りませんでした。しかし、評論、案内、文壇史のような周辺書はかなりあります。ちょっと考えても『深夜の散歩』（福永武彦・中村真一郎・丸谷才一　講談社文庫）や『紙上殺人現場』（大井廣介　現代教養文庫）などなど、意外なほど多数の本が文庫化されています——ただし、小説以上に絶版の多いのが残念ですが。それを、最後に『幻影城』一冊で代表させたわけですが、これで一ジャンルを作るのも興味深い。

他にも、アンソロジイが数多くありますので、それから一〇採るというのも楽しそうです。犯人当て、などという分野も考えられる。トラベルものもある。

さらにジャンル分けということにこだわらないなら、『百人一書』という形式も考えられます。

——というわけで、リスト作りを、人にだけ楽しませておく手はありません。次には、御自分でなさってみることをおすすめします。

付記　入手可能な作品を中心に——という条件で、数年前に選びました。現在とは状況が変わっていますので、（品切）という注記は、ほとんど当てにならないとお考え下さい。これは難しい問題なので、例えば、昨年（一九九七年）、刊行されて我々を喜ばせてくれたばかりの講談社大衆文学館の『猫の舌に釘をうて／三重露出』（都筑道夫）でさえ、一年も経たないのに、わたしが見た本屋さんのどこにも見つかりませんでした。

それだけ、変化が激しいのが実情なのです。ここにあげさせていただいた作品は、そういう流行とは関係なく、不易の価値を持つ作品ばかりだと思います。

付記の付記

右の付記は一九九八年に書いたものです。《書店で入手可能かどうか》について記すことは、現実問題として不可能です。時々刻々、変わっているからです。変わらないのは、《それは記せない》ということです。お許し下さい。

作者の顔を忘れた――『島崎藤村全集』推薦のことば

大谷《おお》崎や鏡花の本を開くと、どの行もどの活字ひとつも谷崎であり鏡花です。そこに喜びがあります。藤村の場合、わたしはまず小学生の時、児童向けの全集で、『伸び支度』を読み意味が分からず、『千曲川のスケッチ』の解説に、これは小説を書くための練習だ――とあるのを見、用意周到な人だと感じ入りました。そこをスタートとし、「遂に、新しき詩歌の時は来りぬ」と言挙げする詩人藤村、「あゝ、自分のやうなものでも、どうかして生きたい」という私小説家藤村に接して来ました。しかし、『夜明け前』に至った時には、作者の顔を忘れたのです。時代と人が眼前に現れるこの小説に感嘆し、その世界に没入しました。どんな娯楽作品よりも面白かったのです。巻を閉じて初めて、「晩年にこの作品を置く凄さこそ、冷徹といっていいほど緻密な藤村らしい」と思う余裕が生まれました。『大黒屋日記抄』をも含む全集版で、改めて、この人の大きさに触れてみたいと思います。

付記　『大黒屋日記』は、藤村が『夜明け前』を書く際、資料としたもの。

楽しみの年輪

《創作》とは

この本を手にし、この文を読んでいる今、あなたは、どこにいるのでしょう。学校の図書室でしょうか。本屋さんの棚の前でしょうか。それとも、もう借りるか、買うかした後で、自分の家にいるのでしょうか。いずれにしても、『読書を楽しもう』という本を手に取るのですから、読むことが嫌いではありませんね。

ところが世の中には、趣味の欄に《読書》と書くと、「暗い」とかいう人がいます。スポーツの方が、能動的だと考えるらしい。これは大変な間違いです。読書は、実に能動的な行為です。

書くことばかりを《創作》だと考えてはいけません。本は書かれて、半分でき上がる。残りの半分は、あなたが読むことによって完成するのです。ページをめくる時のあなたは、創作者なのです。

あなたは、自分の好きなコミックがアニメ化された時、違和感を覚えたことはありませんか。登場人物がしゃべるのを聞いて、こういいたくなりませんでしたか。

「こんな声じゃないぞ！」

なぜ、そうなるか。これは、コミックを読みながら、人物の声を――それと意識しなくても――感じているからですね。つまり、声優さんがいて演出家がいて作っている部分を、我々が担当しているのです。プロ何人分もの仕事ですから、お金にしたら大変でしょう。我々の頭は、それだけ働いているのです。

さらに、これが小説だったらどうか。コミック化された時、こういう言葉が出たりします。

「イメージじゃないよ、あの絵！」

つまり、——何となく、だとしても——我々は小説の文字を通して、コミックならあちらから与えられる登場人物の姿、アニメならその上にプラスされる声まで創造していることになります。人物とは限りません。背景までも、アシスタントなしに作画しているのです。これだけ人件費のかかることを、たった一人で自由にできるのです。読書というのは、実に贅沢《ぜいたく》な行為だと思いませんか。

勘違いしないでいただきたいのですが、これはジャンルの性質の違いをいっているのです。優劣をいっているのではありません。作者の創造する部分の多いところが、まさに映像作品の味です。

さまざまな解釈

ところで、あなたは、テレビの人気番組、『古畑任三郎《ふるはたにんざぶろう》シリーズ』を知っていますか。田村《たむら》正和《まさかず》さんが、《うっふっふっふ》と笑って肩をすくめたりしながら名推理をしていますね。わたしは遅まきながら、ごく最近、ビデオ屋さんから借りて来て、全巻観ました。面白かった。あのシリーズを書かれているのが、劇作家の三谷幸喜《みたにこうき》さんです。

和田誠《わだまこと》さんと三谷幸喜さんの、映画に関する対談集に、『それはまた別の話』（文藝春秋）という本があります。これを読んでいて、《おおっ！》と思ったことがあります。

三谷さんの戯曲の一つに、映画にもなった『十二人の優しい日本人』（映画版は脚本＝三谷幸喜と東京サンシャインボーイズ、監督＝中原俊《なかはらしゅん》）という傑作があります。これは、アメリカ映画『十二人の怒れる男』（脚本＝レジナルド・ローズ、監督＝シドニー・ルメット）の設定を敬意と愛情をこめつつ借り、三谷流に作り替えたものです。

『十二人の怒れる男』は、日本でも何度かテレビで放映されています。裁判の話で、冒頭に一瞬、被告の少年が顔を見せます。要するに、彼が無罪なのかどうかを、陪審員《ばいしんいん》達が論じ合うというドラマです。

これについて、以下のような会話が交わされます。Mが三谷さん、Wが和田さんです。

M　本当は、被告はああいう少年じゃなくて、アーネスト・ボーグナインみたいな犯人顔の方が良かったかも知れないという気がするんですけれど（笑）。

W　あれはものすごく気の良さそうな少年でしたものね。

M　殺《や》ったように見えない。あれがすごくふてぶてしい奴だったら……。

ここを読んで、実に面白いと思ったのです。わたしは、確か、淀川長治《よどがわながはる》さんが解説をしている、テレビの洋画放送で観たと思います。あるいは違っているかも知れませんが――ともかく誰か解説の方が、最後に現れて、こういう意味のことを話しました。

「冒頭に映し出される少年の顔が実に無垢《むく》である。そこに監督の意図があり、以降の物語の運びを説得力のあるものにしている」

ところが、わたしは、その少年の顔を、《いかにも小狡《こずる》そうだ》と思いました。簡単にいえば、気持ちが悪い。顔に関する好みはさまざまだと思いました。しかし、凶悪というイメージではなく、歌舞伎でいうなら白塗りタイプでしたから、《監督の意図としては、善人に見せたいのだろうな》と考えました。

この辺は、小説と映画の違いです。小説なら、被告の少年の外見が清らかであるように描写できます。仮に、――プロの作家ならこんな紋切り型は使いませんが――《天使のようだ》と書かれていたらどうでしょう。《いかにも小狡そうだ》とは思えません。そういうことも含めて、面白く感じました。

それから長い年月が経ちました。その末に、お二人のこのご意見に巡り合ったのです。なるほど、こういう方法も《あり》でしょう。その被告が有罪なのか無罪なのかは、映画を観た時のお楽しみに残しておきます。ここでは触れません。ともあれ、和田さん、三谷さんのお二人の意見には唸《うな》ってしまう。名監督シドニー・ルメットを前にして何ですが、《すごくふてぶてしい奴》を出す方が玄人《くろうと》っぽい作り方のようにも思えてしまうのです。

観巧者のお二人が、ルメットに（そして、テレビの解説者にも）真っ向から異をとなえました。これが面白かったのです。だからといって、もちろん、従来の解釈が間違いというわけでもありませんね。

ここです。ただ、受け身の立場で眺めていれば通り過ぎてしまう画面からも、見つめ方しだいで、色々なことが浮かんで来る。作品というのは鉱脈で、掘るのは映画なら観客であり、本なら読者です。同じ山から、黄鉄鉱《おうてっこう》が出たり、金《きん》が出たりするわけです。また、金の種類も一つではなく、さまざまな輝きがあるわけです。

あなたが同じ本を読んでも、何かつらいことがあった時と、そうでない時では感じ方が違うでしょう。夏休みの読書感想文を書かされたりすると、文庫本の後ろの解説を、そのまま書き写すような人もいます。しかし、別人の意見に、ただ、うんうんと頷《うなず》く必要もないのです。今の話を聞くと、むしろ、《解説》に対して《ぼくは、こう思う》と、いった方が、面白い感想文が書けそうではありませんか。

国語の授業は本の敵か

さあ、こうなると、あなたが学生さんだったら、疑問がわくでしょう。してみると、国語の授業で小説などを取り上げ、《この作品のテーマはこれだ》などと決めつけるのは、おかしくはないか。

これに関して、わたしは、小学校の時、衝撃の体験をしています。《テーマ》という言葉を先生が持ち出して来たのですね。先生はいいました。
「どんな作品にもテーマというものがある。この作品のいいたいことは何か」
実に味気《あじけ》無い気分になりました。楽しく遊んでいたのに、それが演技だったと知らされたようでした。わたしは、小学校低学年の時、子供版の『三国志《さんごくし》』が大好きでした。ああいう本を読み、その世界に浸りきっている時も、ふと姿勢を正して、《作者は何をいいたいのか》などと考えなければいけないのでしょうか。

今となれば、作者の作る世界そのものがテーマといえるのだし、いいたいことなど数行にまとめられるものではないと分かります。ただもう面白い、というのも作品の持つ、大事な輝きの一つです。

また、作者の意図したことが必ずしも正解ではないこともあります。親の知らない美点を、子供が持っていることはいくらもありますよね。つまり、生まれた作品は、読み巧者によって育てられるものなのです。

さらに、こんなこともありました。新聞に、女子高校生か中学生かの投書が載りました。――宮沢賢治《みやざわけんじ》の詩「永訣《えいけつ》の朝」を読んで、深く心をうたれた。ところが、それが授業で取り上げられたとたん、実につまらないものになった、というのです。

こう並べると、授業は本の敵なのでしょうか。いえ、実はそうではないと思うのです。

『女うた　男うた』という本があります。菜の花、駅、春彼岸《はるひがん》などという言葉をあげ、道浦母都子《みちうらもとこ》さんがそれにまつわる短歌を、坪内稔典《つぼうちとしのり》さんが俳句を紹介する、という内容です。今度、平凡社ライブラリーというシリーズに入り、手に入りやすくなりました。その《本》というところを見ると、坪内さんは、こういう句を引いています。

遺品あり岩波文庫「阿部一族」

作者は鈴木六林男《むりお》。紹介には《掲出句は太平洋戦争での兵士の死をうたったもの。一冊の文庫本もときにこんなふうに重い》と書かれています。

ある程度以上の年代の人間には、説明のいらない句です。《岩波文庫「阿部一族」》が《遺品》だったら、これはもう《太平洋戦争》です。しかし、現代のあなたがそう感じるとは限らないのです。となったら、そこに《授業》の必要性があるといえませんか。

少し慣れた先生なら、のっけから結論をいったりはしないでしょう。まず、《遺品》はどんな人が、どういう状況で遺《のこ》したのかを聞くでしょう。山で遭難した人のリュックから出て来た、あるいはおじいちゃんの愛読書だった——などという意見が出て来るかも知れません。

次に先生は、『阿部一族《あべいちぞく》』とは何かと聞くでしょう。小説だとなったら、誰の書いたどんな内容のものか調べるようにいいます。その辺りから、次第に示された道筋が見えて来ます。さらに、《岩波文庫》という言葉のイメージの問題になって来るでしょう。ことさらに、そう書かれることにどういう意味合いがあるのか。《岩波文庫》というものが、ある世代にとって、どういう存在であったかが教えられ、それについて語った文章のコピーなども配られます。さらに、戦死者の遺した文章なども幾つか紹介されます。そして、内容について討議される。最後に出て来るのは、いうまでもなく当時の岩波文庫です。都合よく『阿部一族』とはいかなくとも、昔の本であればいい。現代の、印刷された紙カバーのかかったそれではない。形も微妙に違う、あの当時の岩波文庫です。

そういう授業の後に、もう一度、句を読み返せば、最初とは違ったものが見える筈《はず》です。見えないものを見えるようにしてくれる——ここに授業の値打ちがあります。

自分自身に向かっての授業

こういうとあなたは、矛盾していると怒るかも知れません。「さまざまな解釈のあるところが、作品に接する面白さだといったではないか」と。

確かにそうです。ただ、忘れてならないことがあります。《さまざまな解釈》には、価値のあるものとないものがあるのです。わたしは、さきほど、文庫の解説に立ち向かった感想文の方が面白そうではないかと、いってみました。これは、若者ならそれぐらいの《自己》を持った方がいいという意味なのです。実際に、そういうことをした場合、たいていは、壁に向かってぶつかるのと同じような結果になるでしょう。だって、相手はプロですよ。あなたが野球部に入っていたとして、プロのエースには太刀打《たちう》ちできないでしょう。——でも、ある程度以上の力があったら、何十回もバッターボックスに立てば、絶対にヒットが打てないとはいえませんね。それをまぐれでなくするのが、トレーニングです。

学校で、多くの人が経験していることですが、ある教科を好きになるというのは、多くの場合、その先生を好きになるということです。学校の授業は、学校の授業であるというだけで、すでに大きなハンデを負っています。強制されてやることは、それだけで輝きを失います。人間の心理とはそういうものです。それなのに授業を面白いと感じさせてくれるなら、その人の力は大変なものです。そういう先生は、実際にいますね。

魅力的な先生は、その教科の魅力を引き出してくれます。手を引いてくれる先生の存在はありがたい。しかし、いつもそういう人がいてくれるとは限りません。

結局のところ、よい授業とは、我々が自分で、自分自身に向かって授業をするための予行演習なのです。このように歩め、このように見よ、という方法の提示なのですね。そうでなかったとしたら、ある一つの文章をつつきまわすだけのことで終わってしまいます。

岩波文庫のことが話に出ましたが、ちょうど、わたしはその『迷路』を読み終わったところです。野上弥生子《のがみやえこ》の作品です。中に、こんなところがありました。ある登場人物のノートの一節です。《今日も『アミエルの日記』、佐野からこれももたらされた光線なる『パンセ』に比べれば、そう困難なしに読めておもしろい。が、十分正しい理解はおぼつかないらしい。この書を読むまえに、準備さるべき哲学的な思考力や、知識、教養を、僕が欠いているからである。》

何も哲学的な本に限ったことではありません。わたしは、『アミエルの日記』も『パンセ』も読んでいません。しかし、同様の体験なら、後から自分の至らなさを知るという形で何度もしています。

つまり、若い頃に読んだ本を、大人になって読み返し、まったく理解できていなかったと気づくようなことです。無味乾燥に思えた本が、年を重ねてから開くと、実に面白くなったりもします。それだけ自分が成長したわけでしょう。本は口にくわえても、噛《か》めたか、噛めなかったか、なかなか分からないものなのです。

これは別に、難しい教養を身につけなければ、本が読めないという意味でもありません。さまざまな経験を重ねることが、自分に対する授業になり、多くの見えなかったものがしだいに、自分の目で見えるようになるという、――ごく当たり前のことなのです。

それによって、自分の大切な本が、木が年輪を重ねるように増えて来る。ここに、大きな楽しみがあると思うのです。

〈若い人にぜひ読んでもらいたい本〉

『星を継ぐもの』J・P・ホーガン（創元SF文庫）　無条件に面白い本は何かと、考えてこれを選びました。

『月に吠える』萩原朔太郎《はぎわらさくたろう》　高校生の頃、友達と、「あの詩が面白い」「この詩がいい」と、テレビの番組の話をするように語り合いました。一番よく読んだのは、やはり朔太郎です。

『アンチゴーヌ』ジャン・アヌイ（白水社）　戯曲もあまり読まれないのですが、よいものが色々あります。鮮烈にして清冽な作品。

『20世紀イギリス短篇選　上・下』小野寺健編訳（岩波文庫）　短編小説の楽しみ、ということで選びました。

『夜明け前』島崎藤村《しまざきとうそん》　一方、大長編では、当たり前の選択になってしまいますが、これ。海外なら『アンナ・カレーニナ』トルストイ、『従妹ベット』バルザックをあげたいと思います。『月に吠える』と『夜明け前』は、さまざまな版がありますから、実際に手に取ってみて、自分に合いそうな本を選んで下さい。

読書日記

6月×日　数年前から、一年の内、何ヵ月か咳が続くようになった。そういう状態で、父の日記を解読していたら、昭和八年十月十九日に、祖父が喀血している。咳をしながら読むところではない。

さて、日記ではないが、ちょっと変わった記録が出版された。江戸川乱歩の『貼雑《はりまぜ》年譜』（東京創元社　三十万円）である。乱歩が、新聞記事から広告等々、自分に関するあらゆる資料を整理し、スクラップし、要所に解説までつけたものだ。

わたしの高校時代の愛読書に、乱歩の回想録があった。個人の記録であると共に、日本探偵小説史となっていた。乱歩がそれを書く際、基本資料としたのが、自らの手になる『貼雑年譜』であった。戦争になってから、探偵小説が書けなくなり、その「ひまにまかせて古手紙や古反古の整理をして」作った、と乱歩は記していた。天下に一冊しかない本だ。見たいが無理だろうと思っていた。そうしたところが、東京創元社の社長、戸川安宣氏が、これを元の形のまま、復刻本として出すことを考えた。例えば凹凸のある点字タイプで打たれた紙もそのままに作って貼り付けるという凝り方。これはもう、仕事というよりはロマンである。無事に完売したというから、めでたい。手に取ると、そこから、わたしの父が学生であった頃の世相まで見えるようだ。

ところで、乱歩と古今亭志ん生というと不思議な取り合わせだが、記録によれば二人は座談会で何度か同席している。どんな話を交わしたのか知りたいものである。

それはともかく、『背中の志ん生』(うなぎ書房　一八〇〇円)は、身近にいた弟子、古今亭圓菊が師匠について、愛情をこめて語る一冊。あの志ん生が、テレビの戦争ドラマ『コンバット』が大好きで、お盆で坊さんが来てお経をあげているのに、消さずに見ていた——などと書いてあるのだから、たまらない。

オラシオ・キローガ探索

読みたいなあ――という気持ちになって本を探し、手に入って読める、というのは至福の喜びです。昔はコンピューターなどというものがなかったから、この読みたくなってから見つかるまでの間が長く、何とももどかしい。そこに味がありました。

数年前、友達に、

「最近、デュ・モーリアに興味持って、作品集探してるんだけど、見つからないんだ」

といわれました。デュ・モーリアは、いうまでもなく『レベッカ』の作者。作品集は三笠書房から全十巻で出ていました。あの赤い背表紙なら、実によく見かけたものです。しかし、そういわれてみると確かに、近ごろ少なくなった。

その時は、

「神田の何々書店の入って右の棚の、上の方に揃いが置いてあるよ」

と即答することが出来ました。こういう時には、何となく誇らしい気分になりますね。友達は、無事にそれを手に入れました。

これが昔流のやり取りです。コンピューターを使っている人だったら、ポンとクリックして見つけてしまうのでしょう。

デュ・モーリアの揃いを、数日前にまた神田で見つけたものですから、そんなことを思い出しました。

さて、ごく最近、わたしが探し求めたのがキローガです。その顚末を書きましょう。

まず、『幻想小説大全　鳥獣虫魚』（北宋社）という本を買ったところから始まります。題名で分かる通り、アンソロジーです。三部に分かれています。それぞれの解題を書かれている蜂巣敦、さたな　きあ、岡田夏彦の三氏が編者なのでしょう。六五〇ページある厚い本で、二十九編も収められている。読んではいるが、記憶の朧ろになっている作品も多い。《この機会にまとめて読み返してみるか》——と思いました。

魚やら虫やらの怪談が続くので、一編一編単独で読んでいるよりもムズムズします。確かに読んだ筈の話も、偉大なる忘却の力によって、新鮮に感じられました。

さて、オラシオ・キローガ作、安藤哲行訳「羽根枕」というところまで来ました。馬鹿に短い。……読み終えて、うわあ、といってしまいました。イメージの恐ろしさ。そして、淡々と書かれた結びの三行。実に嫌でした。

どれぐらい嫌だったかというと、すぐにコンビニに行ってコピーして来て、某氏にファックスしたぐらいでした。嫌さのおすそ分けですね。ただし、こういうことは相手を選んでやらないと、とんだことになります。

返事が来るまでの間、ひょっとして番号を間違えていたら……と、思ってしまいました。ガガ……と、ファックスが動いて見知らぬところから、とんでもない話が送られて来る。これも、ひとつの怪談になってしまいますからね。

幸い、番号は合っていました。翌日、某氏からファックスが来ました。

……もう、羽根枕は絶対に使わない。蕎麦殻の枕で寝るのも嫌だ。

電話して、《羽根布団ならどうでしょう?》と聞いてみましたが、とんでもないようです。

そこで、当然のことながらキローガの別の作品を読みたくなりますね。著者紹介にウルグアイの作家だと書いてあったので、書棚の『ラテンアメリカ怪談集』(鼓直編、河出文庫)を開く。「彼方で」という作品が載っている。読んでいると思うのですが、まったく記憶にありませんでした。

ここで手詰まりになり、冒頭に書いたもの、今までは本探しに使わなかった、コンピューターというものに頼りました。わたしは触らないのですが、子供が動かしている。頼んで、《オラシオ・キローガ》という項目を探してもらったのです。そうしたら、拍子抜けするぐらいあっさりと色々なことが分かりました。

まず、問題の「羽根枕」もうちにあったのですね——というと、怪しい枕があったようで怖いけれど、これはお話の「羽根枕」です。『美しい水死人　ラテンアメリカ文学アンソロジー』(木村榮一ほか訳、福武文庫)に入っているのです。この本は確かに買ってあった。そのまま、どこかに隠れてしまった本です。きっと、《キローガには北宋社のアンソロジーで出会うものだ》と、決まっていたのでしょう。

それから、しばらく前に出た『小説幻妖』という雑誌が、創刊号で「オラシオ・キローガ珠玉選　甕由己夫訳」というのをやっていたのです。作品は「羽根まくら」「野性の蜜」「呼び声」の三編です。この雑誌は記憶にあります。三省堂あたりで手にして、

「ほう、こういうのが出たのか。三十年前なら買ったろうな」

と思ったのを、はっきりと覚えています。どうしてかというと、その創刊号に、フォードル・ソログープの『毒の園』が載っていたのです。三十年前は、これを一所懸命さがしていました。念じていれば、大抵の本はいつか手に入るもので、『毒の園』はもう、うちの書棚にあ

ります。『小説幻妖』を手にした時には、キローガのキも意識していませんでしたから、《『毒の園』なら、もう持ってるぜ》と、内心ほくそ笑んで、そのまま棚に戻してしまいました。あの時に帰ろうとしても、そうはいきません。

とほほ、と思いながら、次の情報を検索します。そこで、キローガが児童文学も書いていると知りました。

さて、まずわが家の『美しい水死人』を探して、見事に（？）発見。解説の木村榮一氏は、何とラテンアメリカで《短編というジャンルをこの上もなく愛し、その完成を目ざした最初の作家と言えば、やはりウルグアイのオラシオ・キローガを挙げなくてはならないだろう》といい、キローガの「完璧な短編を書くための十戒」という一文を紹介することから話を始めています。

名前も知らなかったけれど、南米文学では有名な人だったのですね。

数日後、キローガを求めて神田へと出掛けました。子供が昆虫採集に行くような気分です。

まず某書店で、『小説幻妖』の第二号を見つけましたが、創刊号はなし。何軒か見ましたが、それ以上の発見はありませんでした。

三省堂に入って、ラテンアメリカ文学のコーナーを見ると、『ラテンアメリカ短編集』（野々山真輝帆編、彩流社）という本がありました。さして期待もせずに、開いてみると、オラシオ・キロガとして、「息子」（野替みさ子訳）、「流されて」「日射病」（田中志保子訳）の三作が収録されていました。コンピューターでなく、実際に手に取って見つけたところが嬉しい！

多分、《キローガ》で探したから《キロガ》が出て来なかったのでしょうね。

どれも短いものなので、移動の電車の中で、「息子」を読みました。岩波文庫にも入っている、ある作家の非常に有名な短編と同じ方向に行くのだな——と、途中で見当がつきます。この辺が難しい。まだ読んでいない人のために、つい表現がもどかしくなってしまいます。

最後まで読むと、確かにそうなのですが、（分かりにくいまま、書き進めます）死の対象が、その作品と違うため、同じ仕掛けであっても作品の色合いが変わっています。その作品が、生死の境の微妙さ、存在というものの不思議さを感じさせるのに対し、こちらは、死が一方にとって不確定であり、客観的には確定であるということによって、悲劇の色を濃くするのです。意識の流れによって周囲を埋める。——それにより、中央にその哀しみを屹立させるような行き方なのです。

その夜、会った方にこれまでのことを話すと、幻想文学に詳しい千街晶之氏に伝えて下さり、千街氏から『小説幻妖』の「キローガ珠玉選」を見せていただくことが出来ました。「呼び声」などは、「息子」に響くようなところもあり、また「彼方で」も近くに置けそうな短編です。要するに、キローガの作品は、ここまで見たところ、《死》が大きなテーマになっています。それは、解説をする方々が一様に触れていることです。

キローガは肉親の多くを事故や自殺といった、普通ではない形で失っています。自分自身も自殺しています。そういうことから、必然的に死を見つめざるをえなかったのでしょう。となると「羽根枕」も、奇談であるというより、待ち受けて我々の存在そのものを吸い取る、運命について語っているように思えます。

その後、児童文学の方の翻訳も何編か読みました。中には、《やはり、これは一筋縄ではいかない人だな》と思わせるものがあります。

彼の短い物語は、それぞれ奇妙な余韻を残します。木村榮一氏によれば、キローガは《数多くの短編集と数編の長編を残している》とのことです。タッチから見ると、本領は、やはり短編にあるのでしょう。ラテンアメリカ短編文学の祖の、一冊の傑作集を、どこかで出してくれることを切望します。

大きな本――『日影丈吉全集』推薦のことば

中学生の頃、遠くの街の、ある書店に入った。棚の高いところから『恐怖博物誌』という背文字が見下ろしていた。語感と、黒い蜘蛛が這ったような独特の字体に、禁断の書かと思った。辺りを見回しつつ手を伸ばし、紙箱から紅色布張りの本を引き出す。ページをめくる。青いインクで刷られた文字の列は、魔術的な魅力を湛えていた。

実際に『恐怖博物誌』を買えたのは大学生になってからだ。普通の判型の本だった。それをわたしは週刊誌大――と記憶していた。手に取って、ずっと不思議な夢でも見ていたような気がした。垣間見た言葉に力があったのだろう。

以来、故瀬戸川猛資氏の絶賛の声を差し向かいで聞いたのも懐かしい『吉備津の釜』から、後期の『ひこばえ』などなど、日影作品からは、読むことの喜びを与えられて来た。緻密に描かれた絵の、どこかがふっと揺らぎ、見ているうちに、くらくらするような醍醐味がある。

今回の全集では、入手困難な作品やエッセーまで幅広く収められるという。楽しみでならない。

私の本棚にある文春文庫三冊

①「中国任侠伝」陳舜臣
②「同日同刻」山田風太郎
③「東西ミステリーベスト100」文藝春秋編

①友達から、読め、という電話がかかってきた。無類の面白さ、とはこういう本のためにある言葉だろう。②《誠文堂新光社の社長の小川菊松は——》といった切り取り方の妙には唸るしかない。③私事ながら、東西それぞれ一位について原稿を書かせてもらったので印象深い。私はともかく、著名人が何人も匿名で書いているのが面白い。

冴子の東京物語　氷室冴子／集英社文庫

私事であるが、諸般の事情から、数年の間、本名も経歴も明かさないでいた。そうしたところが、《北村薫さん、あなたは誰々ですね》というお手紙を何通かいただいた。《誰々》は当然、名のある方ばかり。光栄であった。そのお一人が、恐れ多くも氷室さん。で、これはその氷室さんの、まさしく、やめられないとまらない本。

「一子相伝の美学」で、『北斗の拳』から木遣歌になり、果てはヨーカンへと進んで行く呼吸には、ただもう《あれよあれよ》というばかり。凡人に出来る技ではない。

氷室さんの語りの流れには、快い速さがある。そして、更に肝心なのは、そのよどみない言葉に余分や嘘がない、ということだろう。

脇役の登場人物達の印象も、まことに鮮やかである。かなり忘れっぽくなっている私だが、「番外篇の女」の《色気たんぽぽさん》のイメージなどは、足を持たれ逆さにされて振られても頭からこぼれ落ちそうにない。

ショージ君の「料理大好き！」　東海林さだお／新潮文庫

この本はおいしい。

以前、別の調べ物をしていて雑誌『太陽』を開き、偶然「料理大好き！」の連載を見つけた。

「サバ鮨の巻」だったと思う。

その結果、前後の号も探すこととなり、連載の最後で平凡社から一冊になって出ていると知った。

注文した、待った、やっと届いた本を読んだ。やりたくなる。

一例をあげれば、「焼鳥の巻」の立田揚げ。

《たいていの本には、鶏肉をタレにひたし、小麦粉をまぶして中温で揚げると出ているのだが――》

だがしかし、という教えにしたがうと、おっしゃる通りの《実にいい味》であった。ただし、秘伝のミソにまでチャレンジする甲斐性はなかった。我と思わん方は、どうか試みていただきたい。

いうまでもないが、名人東海林さんの文章である、手は動かさずとも、読んでいるだけで実に楽しい。

紆余曲折を経て手に入れた本が文庫で出てしまうのは何となく残念なものである。しかし、出てしまったものは仕方がない。口惜しい、いやグヤジーといいつつ、おすすめするしかない。

眠りの森　東野圭吾／講談社文庫

ラストは、人にすすめた一番新しい本『フーミンのお母さんを楽しむ本』(柴門ふみ、ＰＨＰ文庫）にしようと思っていた。『誰々の何々』という本を三冊揃えようとしたのである。

ところが、ここまで書いて、ふと新聞を開くと新刊広告に『眠りの森』。おすすめしたくなった。となれば、こちらの方がそんな気持ちになった最も新しい文庫、ということになる。

さて、『眠りの森』は、書き下ろしの当時から好評だった。多くの人が東野さんの筆力をあげていたが、私はそれに加えて、本格ミステリとしての新しさ見事さにうなった。快作『密室宣言』で旧態依然たる本格を手玉にとった（そこには裏返しの愛情もあると思うが）才人東野さんだが、ここでは、《誰が殺したか》以上の謎を提出する。

《いかにもこの人が犯人らしい、しかしそれなら周囲はなぜこう動くのか？》

いうなれば心理の密室である。それが最後で、鮮やかに解決される。幕が切って落とされると、事件の全貌は一瞬にして明らかになる。

そして、忘れてはならない、その《謎》は、物語と密接に結びついている。いや、その《謎》こそが物語そのものなのだ。

見事ではないか。ここに、現代本格ミステリの一つの理想の形があると思う。

ミステリマガジン

一九九二年の三冊

①『エリー・クラインの収穫』ミッチェル・スミス
②『ゴールド・コースト』ネルソン・デミル
③『嘘、そして沈黙』デイヴィッド・マーティン

①期待しないで読んだら傑作だった、という最良のパターン。(逆が『偽りの街』で、期待した分だけ印象が悪くなって、×。)見事な、鎮魂と成長の物語である。

②『誓約』とのタッチの違いに驚いたが、その軽さゆえに、かえって最後の白々とした荒涼が際立つ。ありふれた《お芝居ゲーム》も、ラストに至って、夫婦の、あるいは男と女の関係そのものの虚構性を示すように思えて来る。

③この手の血みどろ本は、嫌いなのだ。しかし、それを否応無しに読ませてしまう、巧みな構成。そして何よりも、《汚らしい》全体を神話的、寓話的に包み込んでしまう結びには脱帽せざるを得ない。

一九九三年の三冊

①『ストリート・キッズ』ドン・ウィンズロウ
②『長く冷たい秋』サム・リーヴズ
③『音の手がかり』デイヴィッド・ローン

今年は、なかなかベスト1といえる作品にめぐりあえなかったが、ゴール間近で①が待っていてくれた。めくるページめくるページに、読む喜びが溢れていた。それまでの一位が②、この感触も捨て難い。③は、最後の最後まで〈音の手がかり〉で押してくれなかったのが残念。

①と同じく東江さん訳の『ストーン・シティ』は別格。ことの契機となる〈交通事故〉からして、実に周到。それへの構え方の変化を通して、主人公を描く。この縦の線は、『エリー・クラインの収穫』に通ずる。要するに物語の始まった時、主人公は駄目な人間だったことを読み落としてはなるまい。ところで、その線の行き着く先について、耐えられるか、と問われれば、わたしには耐えられなかった、と答えるしかない。

また合作『完璧な殺人』の後半は、アイデア賞ものだったし、それをあそこまで〈やってしまった〉のはお見事。

一九九四年の三冊

①『目は嘘をつく』ジェイン・スタントン・ヒッチコック
②『暗闇の薔薇』クリスチアナ・ブランド
③『シンプル・プラン』スコット・スミス

①は何とも魅力的な世界を作り上げていた。〈そうだよ、そうなる筈だよなあ〉――というところに落ち着くのに、そこに不満はなく、むしろ完成があった。一方②の場合の不満は、作者と解説者の心意気が、それを雲散霧消させてくれた。③は、何冊か入れ替えてみたが、結局これになってしまった（実は、話の運びの上で、ちょっとひっかかるところもあるのだが）。ところで、『必殺の時』の〈感情のない人間〉の説明には、異界を見せられる恐さがあったが、逮捕されたくない、あるいは死にたくない、というところに感情の断片はないのだろうか。

一九九五年の三冊

『復讐のディフェンス』パオロ・マウレンシグ
『人喰い鬼のお愉しみ』ダニエル・ペナック
『私家版』ジャン＝ジャック・フィシュテル

今年は「ベスト1！」といえるものに、めぐりあえなかったので、最後まで迷いました。『少年時代』を――、いや、いっそ鬼手を用いて、『ヘミングウェイ全短編1』をトップにしようかなどと思いましたが、結局、英米以外の作品を刊行順に三作あげました。

一九九六年の三冊

順位なし。

『死の蔵書』ジョン・ダニング
『私が愛したリボルバー』ジャネット・イヴァノヴィッチ
『千尋《ちいろ》の闇』ロバート・ゴダード

今年は、この他にも面白く読めた本が多くて、落とすのに困った。たとえば、『真実の行方』（W・ディール）は、三部作の第一作だという。まとまった時、三位一体で入れようか――などと理屈をつけて落とした。入れなかったもので特筆すべきはやはり、『ジョン・ディクスン・カー〈奇蹟を解く男〉』（D・G・グリーン）だろう。某社のミステリ全集がチャンドラーやロス・マクなどに一巻を与えながら、カーの巻を作らなかったのは、ミステリの冬の時代の到来を告げる何とも（本格ファンにとっては）暗い鐘の音であった。あの時の憤激は生涯忘れることはできない（といいながら、買ったのはクイーンとチャンドラーとロス・マクの三冊でしたけれどね）。

一九九七年の三冊

『グリーン・マイル』スティーヴン・キング
『赤い右手』ジョエル・タウンズリー・ロジャーズ
『マーチ博士の四人の息子』ブリジット・オベール（順不同）

『グリーン・マイル』について、《普通の長篇に書きかえたら、また別のものになる》というキングの言葉は、その通りだと思います。その辺の妙味も加味して選びました。

『赤い右手』は、その後、自分の家に原書があるのを発見。《なるほど、忘れていたけれど、昔、評判になった本なのだな》と思いました。どこまで意図しているのか、いないのかについて、あれこれ話の種を作ってくれました。

『マーチ博士の四人の息子』は、オベールの登場を祝って入れました。

一九九八年の三冊

①『猿来たりなば』エリザベス・フェラーズ
②『五輪の薔薇』チャールズ・パリサー
③『ナイン・テイラーズ』ドロシー・L・セイヤーズ
①まごうかたなき本格を、ここにあげられるのがうれしい。E・フェラーズに、こんな作品があったとはおどろきです。「埋もれた名作」というのは、一種の「夢」だと思っていましたが、それが「現実」にも存在することを示したまれな例。
②「物語を語る」ということと「時代」について考えました。バースの大長篇を連想しまし

た。
③初訳ではないので迷いましたが、やはり、これが出たことは九八年のミステリ界の「事件」の一つだと思います。
※小説以外では『世界ミステリ作家事典〈本格派篇〉』と甲賀三郎の復刻本が、うれしい驚きでした。

一九九九年の三冊

①『三人の名探偵のための事件』レオ・ブルース
②『悪魔に食われろ青尾蠅』ジョン・フランクリン・バーディン
③『悪魔を呼び起こせ』デレック・スミス
順位付けがどうこうというより、「お懐かしい」という作を三つ選んだ。②は中学生の時、中島河太郎先生の『推理小説ノート』に『青い尾の蛾を悪魔がつかまえろ』（未訳）としてあった。どんな本だろうと思ったものだ。この年になって読めるとは思わなかった。その他では、『エミリー・ディキンスンは死んだ』（ジェーン・ラングトン）が印象に残った。

創元推理文庫わたしの十冊

ポーから入れたら切りがない。ドイルは——といえば、実は私は小学生の頃、ホームズよりもルパンのファンだった。では、どこから始めるか。クイーン、カーである。これは落とせない。

①『**シャム双子の謎**』は悲劇物四部作と並んで、クイーンの精神を最も徹底させたもの。——どういうことか説明するには原稿用紙が何十枚も必要。

②『**緑のカプセルの謎**』持っていないカーを、古本屋の棚に見つけると、胸がときめいたものである。

③『**世界短編傑作集**』（全五冊）アンソロジイをどれか、と考えて、結局、原点ともいうべきこれにした。

④『**まっ白な嘘**』ブラウンにも高校時代、舌をまいた。機略縦横。一冊となれば、迷わずこれ。楽しめるという点からいえば『**未来世界から来た男**』など、こんなお徳用な本があるかと思ったものである。

⑤『**試行錯誤**』作家、ということなら、この人もはずせない。作品は実はどれでもいい。

⑥『**メルトン先生の犯罪学演習**』何年経っても、いやあ、あれを読んでいた間は楽しかったなあ、と思い出すような本。

⑦『**赤毛の男の妻**』《仕掛け》をこのような形で《物語》と連動させうるのかと感心した。

⑧『星を継ぐもの』これは読むとしゃべりたくなる。そして、しゃべってしまい、人に迷惑をかけた。王様の耳はろばの耳本。

⑨『招かれざる客たちのビュッフェ』出るべき本だったと思う。これが読めることを読者として喜ぶ。

⑩『ストリート・キッズ』きずがきずにならない清新さ。《シリーズものか、後はもう駄目だろうな》と思えるようなよさがあった。《後》もよかったら謝るしかない。

次点は、パトリック・クェンティン『二人の妻をもつ男』か、ジョン・D・マクドナルド『夜の終り』、あるいは乱歩の紹介文こみで『赤毛のレドメイン家』、または創元らしく、クロフツかフランスものという手もあった。そう、別枠だからと、超絶技巧でバーナビー・ロスを入れ、ほくそ笑んでもよかった。

感動の理由《わけ》

▼文庫本ベスト3（発行日順）
① 高田 衛『新編 江戸の悪霊祓い師《エクソシスト》』ちくま学芸文庫
② M・トウェイン『アダムとイヴの日記』大久保博訳　福武文庫
③ ますむら・ひろし『銀河鉄道の夜』扶桑社

①歴史の謎を解く妙はいうまでもない。それに加えて、ちょうど京極夏彦『姑獲鳥《うぶめ》の夏』を読んだところだったから、《水子と捨子》のあたりはぞっとした。また、小松和彦氏の解説が《私ならば、むしろ――》といった具合いに自説を展開しているところがいい。それを載せる高田氏もいい。

②この作品に関しては旺文社文庫版の絶版が残念だった。それがそのまま福武文庫に入った。嬉しかったが、訳者あとがきの追記を読んでさらに嬉しくなった。《ぜひ出版したいとのお話がありましたので、事情をうかがったところ、じつは福武書店出版部の吉田元子さんが社内の編集会議で熱心に推薦した結果であることを知りました。元子さんは中学生のとき、たまたま本書を旺文社文庫版で読み非常に感動して深く心に記憶していたのだそうです》。その中学生が大人になり、その本の再生にかかわる！　ほっと胸が暖かくなる話だった。

③あとがきの「銀河鉄道」の星の謎をめぐるますむら氏の考察に、感嘆し、感動した。

▼ノン・セクションベスト10（思いついた順）
①ワスレナグモの穴
②守先生の『果汁１００％』
③「フル・サークル」再演決定
④謡口早苗の「時」
⑤パ・リーグ開幕の西武対ダイエー戦
⑥行けなかった「クレー展」
⑦裏磐梯の人と自然
⑧ＮＨＫ人形劇「三国志」何度目かの再放送
⑨宮代町立図書館
⑩「フラカッソ」のナプキン立て

埼玉で生活しているものでローカルな話題が多くなるが、ご容赦願いたい。

①地面に穴を開けて住むクモである。ジグモとは違う。今年は庭に土を入れたので、どうなることかと心配していたら、例年通り、小さな穴が開いた。これは本当に嬉しかった。②下の子（小学校三年生）の学級通信『果汁１００％』が、とても面白い。愛読していますよ。守先生。③レマルクの劇。去年、実験公演をやった俳優座が、好評に応えて再演するらしい。皆で観に行こう。④たまたま入った版画屋さんで出会った。今、食堂の壁にかかっている。⑤これは凄かった。今年のパ・リーグは面白い、と誰もが思ったのではないか。⑥クレーは好きで、いつかの大きな展覧会は前売り券を買っておいたのに行けなかった。今回、出掛けたら大丸が

休みの日だった。しばらくは立ち去りがたく、しかしながら、巡り合わせとはこういうもの。これもまた味わいがあると思った。⑦アロマテラスというお店の人達やよしおかペンションのお父さんが親切にしてくださった。アロマテラスから見た桧原湖が美しかった。夕暮れの中瀬沼も。⑧《姿》ということでいえば、この人形達は、わたしが少年の頃抱いたイメージに非常に近い。毎回、子供達が楽しみにしているため、ビデオ録画して観せている。⑨隣町に図書館が出来た。今までは春日部市立図書館まで出掛けていたが、今年あたりから、自転車で楽に行けるそちらも利用するようになった。助かっている。⑩ファミリーレストランである。この間まで、「サンデーサン」という店だったのが、模様替えしてイタリア料理の「フラカッソ」となった。同系列なのかどうか知らない。ただ、テーブルの上のナプキン立てを見ると、前の店の名前が入ったものをそのまま使っている。微笑ましい、というか、頑張っている、というか、とにかく好感が持てる。

一九九六年単行本・文庫本ベスト3

単行本

①関容子『花の脇役』新潮社
②花田昌子『聞き書き　尾上九朗右衛門』朝日新聞社
③松尾貴史『折り顔』リトル・モア

文庫本

①澁澤龍彦『唐草物語』河出文庫
②エルンスト『百頭女』巖谷國士訳　河出文庫
③与謝野晶子『私の生ひ立ち』学陽書房女性文庫

『花の脇役』は絶品。関さんのいつもの本と同じく、実に、楽しく嬉しく読んだ。関さんの語り手たちへの愛、それに語り手たちの歌舞伎と師匠への愛が重なって、まことに快い。

この後に、御曹司の語る『聞き書き　尾上九朗右衛門』を読み比べると、実に複雑な気持ちになる。九朗右衛門は、わたしの記憶違いかも知れないが、遠い日に、忠臣蔵大序の足利直義役をやっていた。その時、父が、どういう人か説明してくれた。

さて、高校生の頃、テレビで中村（当時）錦之助主演で『真田幸村』というドラマをやった。

作品としては凡作だったと思うが、キャスティングが凄かった。北政所を、東山千栄子。こんな存在感のあるおばあさんだったのだろうな、と思った。神山繁の石田三成も一筋縄ではいかない感じだった。秀吉が東野英治郎、天海僧正が石山健二郎というのだから、贅沢過ぎる！というしかない（三十年近く前の話なので違っていたら、ごめんなさい）。そんなくせ者揃いの中で、断然光っていたのが、徳川家康の中村勘三郎だった。敵役を実に気持ち良さそうに演じきっていた。山形勲の実直な片桐且元を罠にかけ、悦に入って「馬鹿め、馬鹿めっ」とせせら笑うところなど、よくてよくて。で、その家康の《出来の悪い息子》、秀忠を九朗右衛門がやっていたのだ。何という非情な配役だろうと思った。彼は、錦之助の幸村にはめられ関ヶ原決戦に間に合わず、勘三郎の家康に、馬鹿者と面罵されるのだ。その平伏し叩頭する姿に、また一つの役者魂をみる思いがした。

『折り顔』は、さっそくウルトラマンを折った。

文庫はすべて、よく出してくれたと喜んだもの。特に『唐草物語』は大好きなのに、文庫化が遅れていた。出てすぐに、すすめて何人かに買わせてしまった。

気持ち良くだまされたい

①『**死の接吻**』アイラ・レヴィン（中田耕治訳、ハヤカワ文庫）
②『**うまい犯罪、しゃれた殺人**』ヘンリイ・スレッサー（高橋泰邦ほか訳、ハヤカワ・ミステリ）
③『**赤毛の男の妻**』ビル・S・バリンジャー（大久保康雄訳、創元推理文庫）

意外性のある作品を紹介する時、一番してはいけないのが、前もって〈びっくりしますよ！〉と言ってしまうことだ。そういうものこそ、先入観なしに読まなくてはいけない。その辺にも配慮しつつ、海外ものから三冊選んでみた。

①は古典中の古典。作者二十三歳のデビュー作。わたしは、寝ながら読んでいて、途中で起き上がってしまった。②は短編集。結末に意外性の用意された短編というのは、古来、星の数ほど書かれて来た。モーパッサン、O・ヘンリー、サキ、フレドリック・ブラウン。名手は大勢いるが、ここではミステリ関係から、才人中の才人、スレッサーをあげる。同じ作者の『夫と妻に捧げる犯罪』（ハヤカワ文庫NV）も、おすすめ。③は、あることに気づいた時、物語全体を覆っていた色調の意味が分かる。人間の業、孤独を、こんな技法を使っても表現できるのだと思わせられる作品である。

自分の作品だったらよかったのにと思うくらい好きな文庫

『真田風雲録』福田善之
『怪人二十面相・伝』北村想
『エリー・クラインの収穫』ミッチェル・スミス／東江一紀訳

《好きな》本がそのまま《自分の作品だったら、と思う》本に重なるかといえば——そんなことはない。だから、「自分の作品だったら、と思うくらい好きな」という聞かれ方をされると（真剣に）困る。「と思うタイプの好きな」本をあげる。

うなるような着想、設定、書き方の作品に会うと、《これを自分の頭が思いつき、自分の手が書けたらなあ》という嫉妬、羨望を感じる。古いものなら目白押し、しばらく前からなら、《よくもまあ、ぬけぬけと書くなあ》と感心したブルックスの『魔法の王国売ります！』（ハヤカワ文庫ＦＴ）、《やられた》と思ったグリムウッド『リプレイ』（新潮文庫）、最近では、ご存じウィンズロウの『ストリート・キッズ』（創元推理文庫）、また旺文社文庫版でなければ駄目、という限定条件のつくマーク・トウェイン『アダムとイヴの日記』が福武文庫版で復刻されたが、これ、などなど。

なかでも『真田風雲録』、いうまでもなく戦後日本の生んだ傑作。超能力者——人の心の読めるものの哀しみが描かれる。ある時、ふと、宮部さんの『龍は眠る』に通ずるものがあると気づいた。そこで、文庫版の方は宮部さんに進呈し、現在、手元にあるのは三一書房のハードカバー。こちらの方はまだ注文すれば入手可能だと思う。

さらに『怪人二十面相・伝』。これが書けたら、どんなに嬉しいだろう。二十面相ストーリーという謎に挑んだ、という意味では、快い本格でもある。戦後ミステリー・ベストテンに入れたい作。

『エリー・クラインの収穫』は、その前か後に、警視庁と周辺県警の境界をカバーするような特別隊のことを新聞で読んだ。そこを舞台に、日本で、この鎮魂と成長の物語を書けたら、と思った。登場人物の死がこれほどつらいミステリーも珍しい。また、それを乗り越えるヒロインの姿が輝くラストも素晴らしい。こういうところを自分の文章にできる、翻訳者という仕事が、実に羨ましい。

創元推理文庫　北村薫が選んだベスト5

①日本探偵小説全集2江戸川乱歩集　江戸川乱歩
②亜愛一郎の狼狽　泡坂妻夫
③ブラウン神父の童心　G・K・チェスタトン
④招かれざる客たちのビュッフェ　クリスチアナ・ブランド
⑤まっ白な嘘　フレドリック・ブラウン

数ある創元推理文庫の中から、五冊だけ選ぶというのは難しいことです。奇をてらわず、あくまで正攻法で行こうと決め、さらに枠を狭めるため、個人短編集に的を絞ってみました。

というと、《①には長編も入っているぞ》といわれそうです。しかし、これを落とすわけにはいきません。日本ミステリの父にして母、江戸川乱歩の、決して古びることのない作品がここに集められています。小説『陰獣』に、形と影のように寄り添う、竹中英太郎の挿絵も必見。

暫く前、一時、老化したかに見えた日本ミステリに、再び春の兆しを見せてくれた作品の一つが②です。泉から水のわき出るように、まさに、惜し気もなく読者の前に供される物語には、ただただ感嘆するのみ。

さて、海外に行けば、古典の中から、当然、ポオの短編集を選ぶべきところです。しかし、どの巻にするかが難しい。結局、今世紀（残り少ないですが）になってからの③にしました。

十九世紀の終わりには、ベーカー街の探偵ホームズが現れ、続く我々の世紀の初めには、ブラウン神父が登場しました。

黄金時代の作家達からは、何をおいてもクイーン、そしてカーを選ぶべきところですが、彼らは別格と考えましょう。巨匠達の中では、若い世代にあたるブランドの④は、その独特の切れ味、短編集としてのレベルの高さ――つまり、粒の揃い具合ですね――などから、迷うことなく推せるものです。

ところで《創元推理文庫》で《短編》といわれて、わたしが素直に連想する作家は、F・ブラウンです。その脳髄は、奇想の宝庫といっていいでしょう。《よくこんなこと考えるよ》というアイデアを思いつき、しかも書いてしまう凄い人です。

以上五冊、《正攻法といいながら、あれが落ちているぞ、これが落ちているぞ》といわれそうですが、並んだ顔触れを見れば、間違いなく一騎当千の強力メンバーだと思います。

翻訳ミステリー　マイベスト7

①『シャム双生児の謎』エラリー・クイーン
②『三つの棺』ディクスン・カー
③『ブラウン神父の童心』G・K・チェスタトン
④『招かれざる客たちのビュッフェ』クリスチアナ・ブランド
⑤『毒入りチョコレート事件』アントニイ・バークリー
⑥『大あたり殺人事件』クレイグ・ライス
⑦『名探偵オルメス』カミ

1位2位の作家は不動なので、それを示すために順位をつけた。作品は、それぞれ、最もクイーンらしく、またカーらしいものを選んだつもりである。以下、本格の傑作を並べた。冒険やサスペンスのジャンルでどれほど面白い作品が現われたところで、それはそれ、推理小説のベストとなれば、こうするしかない。カミには「あれっ？」といわれるかも知れない。しかし、そこまでが、わたしにとっての本格推理なのである。

美しいものを見たい人におすすめ

一九九八年の単行本ベスト3

『織と文』① 志村ふくみ／求龍堂
『黄昏かげろう座』② 久世光彦／角川春樹事務所
『時計ネズミの謎』③ P・ディッキンソン E・C・クラーク絵 木村桂子訳／評論社

単行本①とは、まったく偶然の出会いでした。美術書の棚を見ていて、志村さんの名前に気がつきました。自然に手に取り、開いたとたん、《ああ、これを見逃さずにすんだのだ》という気持ちになりました。ほっとした、という表現が近い。《美しいものを見たい》という人がいたら、これをお薦めします。②《そうか》と思うところは多々ありました。一例をあげれば、映画と芝居についての指摘です。今年は『五輪の薔薇』（早川書房）という大長編が話題になりましたが、あれを読んで思ったのは、バースの『酔いどれ草の仲買人』でした。そのことと、この一節が重なりました。形式と、形が内包する力、そして時代といったことを考えたのです。③ミステリの世界では英国難解派とも呼ぶべき作家がP・ディッキンソン。今年は、長編『毒の神託』（原書房）だけでなく、こういう絵本まで出ました。ダールやブランドなどにも、いかにもその人らしい児童書があります。この本もそうです。勿論、ディッキンソンを知らなくても読めるのですが、《それにしても、著者紹介ぐらいは付いていてもよかったのになあ》と思いました。

一九九八年の文庫本ベスト3
『宇野重吉一座　最後の旅日記』①　日色ともゑ／小学館文庫
『古本探偵の冒険』②　横田順彌／学陽文庫
『Yの悲劇』③　E・クイーン　平井呈一訳／講談社文庫

文庫本①宇野重吉の『チェーホフの「桜の園」について』は、とてもとても面白かった。池田健太郎の『「かもめ」評釈』も、そうです。ところが、ある傑作戯曲についての同趣向の本を読んだら、読み進むことさえつらくて出来ませんでした。宇野重吉は本物だった。この本で、彼の戯曲への向かい方を読んで、改めてそんなことを思い出しました。②一番忙しい時に、ふと読み始め、止められなくて困りました。罪作りな本です。③《かつての講談社文庫版『Y』はオモシロイ》と聞いていました。ある必要から、借りて読んでみたら、さすがは平井訳、何と主役のレーンが《私》でも《わたし》でもなく、《あたし》と自称するのです。やはり、奇書といえるでしょう。

不景気ビビビ

《ビビビ》は、この場合、いい意味に使うのでしょうね。でも、今年は、不景気を《ビビビ》と感じてしまいました。

夏に家族旅行の計画を立て、一泊は豪華なところにも泊まろうと、某旅館に白羽の矢を立てました。数年前の案内に、《一泊二万五千円〜六五万円》と書いてあります。《冗談みたいだな、一番高い部屋に四人で泊まったら二六〇万か》などと思いつつ、清水の舞台から飛び降りた気になって、電話しました。勿論、一番安いところをとるつもりでした。すると様子がおかしい。《二万》などといっている。《おかしいな》と思いつつ、予約しました。

着いてみて、旅館の廊下を歩いて行くと、飾り物が場所によって置かれていなかったりする。夜、豪華絢爛なロビーに降りて行くと、照明が半分ぐらい落としてある。——などなど。入れ物の立派さに比べて、何とも不景気が《ビビビ》と来ることばかりでした。《こんな時だからこそ、泊まりやすいんだよ》などといいながら、帰って来ました。

ある人に、この話をして、《いや〜、あそこも経営が苦しいんでしょうねえ》といったら、《苦しいどころじゃないよ、つぶれたんだよ》。聞くところによると、現在は会社更生法の適用を受けているそうです。何も知らずに、そこに行ったというわけ。これは苦しいなんてものじゃあない。そこでまた改めて、《ビビビ》でした。

活字で「芸」を見てみれば

一九九九年の単行本ベスト3（順不同）
『芸づくし忠臣蔵』　関容子／文藝春秋
『今日も映画日和』　和田誠　川本三郎　瀬戸川猛資／文藝春秋
『郭公　カッコウ――日本の托卵鳥――』　吉野俊幸　写真・文／文一総合出版

他で書いた本以外をあげる。

『芸づくし忠臣蔵』は、芸談の楽しさから、歌舞伎への愛が滲み出る。五段目、二つ玉の解釈について、「こうではないか」と考えたら、一七五ページで菊五郎が、まさにその意見を述べていた。嬉しい。一方、『今日も映画日和』には、映画への愛がこぼれそうなほど詰まっている。中でも、今春、あまりにも早く亡くなられた瀬戸川猛資氏の言葉を、玉を拾うように読んだ。例えば「僕の記憶では、昔は一人で観てた人が多かったような気がするんですよ。最近は二人連ればかりでしょう。映画館に「孤独」がなくなったと思います」。そして、つい数日前、見たのが『郭公』。「托卵」は広く知られている行為だが、一部始終を写真で見るのは初めてだった。一三年前、その現場に遭遇した著者が、托卵を追った成果である。誰に教えられたわけでもないのに、孵ったばかりの侵入者の雛が、本来の子である卵を巣から捨ててしまう光景や、自分より大きなよそ者の雛がかっぽりと開いた口に、懸命に餌をやる小さな親鳥の姿には、背筋の寒くなるような恐怖を感じた。

一九九九年の文庫本ベスト3

『圓生の録音室』　京須偕充／中公文庫

『古書店めぐりは夫婦で』　ローレンス・ゴールドストーン　ナンシー・ゴールドストーン　浅倉久志訳／ハヤカワ・ノンフィクション文庫

『牧野植物図鑑の謎』　俵浩三／平凡社新書

『圓生の録音室』の面白さは無類。柏木の師匠のレパートリーのほとんどは、ライブで聴いて来た。スタジオ録音は、型を残すために必要であり貴重だが、「落語の台本」だと思って来た。その気持ちに変わりはない。だが、高座とは別の優れた話芸として『百席』を聴き直してみようと思った。『古書店めぐりは夫婦で』は、題名通り。気になるところはあるが、あちらの古書ファンの様子が興味深い。文庫の「本に関する本」では、昨年刊行の『読書談義』渡部昇一・谷沢永一（徳間書店）、一昨年刊行の『書物』森銑三・柴田宵曲（岩波文庫）も読んだ。どれも取りたい。ここでは、ただ今年の本を優先した。楽しみな本が多かった新書の中からは『牧野植物図鑑の謎』をあげた。

今世紀、来世紀

昭和五十二年十月三日、『圓生百席』の最後の収録が終わった。右にあげた『圓生の録音室』によれば「この最後のスタジオには、ＮＨＫのニュース・ワイド番組『ニュースセンター９時』の取材が入り、「三遊亭圓生、レコード百席を完成――のニュースは全国に流れたのである」。わたしは、このニュースを見た。いや、見たどころではない。古いベータのビデオで録画したものだ。しばらくぶりで見返した。圓生は、「お客様が大勢でわぁーっと笑いますとね、どうしても、笑っている間は、間を待たなきゃあならない。一人でもってちゃんとやればですね、間は狂わないんです。妨げるものがないから」といっている。圓生にしかいえない、そして、圓生だから許される、凄い言葉だと思う。スタジオに向かう圓生は、グレン・グールドのようだ。違うのは、一方で高座も大事にしたところだろう。

このニュースを見たのも昨日のようだが、実は何と二十数年も前。そして、二十世紀も残り一年となってしまった。わたしは、どうしようもなく筆が遅い。十年前に声をかけていただいた講談社さんの本を、ようやく今年、出せたぐらいである。「書け」といわれるのが、まことにつらい。決まり文句として「今世紀中は無理です」と答えて来た。ところが、その二〇〇〇年が来てしまう。困ったものだ。これからは、「来世紀中には書けるかも知れない」と答えるしかなくなってしまった。

まさか《物語》がこれほどのものとは

二〇〇〇年の単行本ベスト3

『風のジャクリーヌ　ある真実の物語』①　ヒラリー・デュ・プレ　ピアス・デュ・プレ　高月園子訳／ショパン
『楚人冠全集第五巻　湖畔吟』②　杉村楚人冠／日本評論社
『人間・野上弥生子「野上弥生子日記」から』③　中村智子／思想の科学社

単行本①昔、デュ・プレのレコードの解説で「演奏できなくなった天才と夫との美談」を読み、しばらくして今度は、バレンボイムは「病気の妻を捨てた男」だという文章を読んだ。いずれにしても、数行に収まる筈のない物語が背後にある筈だ、と感じた。まさかそれが読めるとは、そして、《物語》がこれほどのものとは、思いもしなかった。妹は勿論、これを書く姉もただ者ではない。②「杉村楚人冠は実に頭のいい人だ」という文章を読み、この本を古本屋さんで買った。三十年ぐらい前の話である。最近、戦前の『アサヒグラフ』を続けて見たのがきっかけとなり、眠っていた本のページを開いた。蚊の目玉を食べる話が出て来た。どこかで読んだことがある。これが種本だったのだろう。③この原稿の締切前日に読んだ。以下とのからみもあって、急遽、差し替えた。全集で十九冊ある日記の交通整理が要領よく行われている。こういう本がないかなと思っていたら、出会えて、大変有り難い。ただ、五十七ページの《N》は《野上》ではなく《中》だろう。

二〇〇〇年の文庫本ベスト3

『子どもの声が低くなる！　現代ニッポン音楽事情』①　服部公一／ちくま新書
『翻訳の日本語』②　川村二郎　池内紀／中公文庫
『野上弥生子随筆集』③　野上弥生子　竹西寛子編／岩波文庫

文庫本①なるほど、と膝を打ち、そうなのか、と驚かされる。実に様々な話題が登場する。この本を読んだ後で、東大卒業生に「校歌を歌って下さい」と頼みたくなる人も出て来るだろう。何故かは―読んでみて下さい。②《上田敏と堀口大学とのちがいは、いわば授業中と放課後のちがいである。（池内紀）》―ここを読んで、何てうまいんだろうと、嬉しくなってしまった。③これも三十年ほど前、仲間の誰かが野上弥生子を誉めていた。しかし、今年に至るまで、手に取ることはなかった。遅ればせながら、最近、短編を読んでびっくりしてしまった。八十四年版の『野上彌生子日記』ではなく、ぜひ全集の『日記』を文庫化してほしい。大部過ぎて無理なら、せめて三冊本くらいの『抄』でも実現してほしい。

《過去飛ぶ円盤》の提案

パソコンを持っているが、インターネットも見られないし、メールのやり取りも出来ない。一応とった私のＩＤ（とかいうやつ）は子供が使っている。組み込んであるゲームをやるほかに、何か使い道があるのか――というと、百科事典だ。取り敢えず知りたい、という時にＣＤロム（とかいうもの）を入れる。パソコンの画面は読むためのものとは思わない。勿論、活字の方が望ましい。しかし、何十巻が円盤一枚というのは、置き場所から考えて実に魅力的だ。

そこで、思ったのだが、十五人ぐらいずつの（これは、勿論、多いほどよい）「日記」を、「文学者の巻」とか「政治家の巻」とか「庶民の巻」といった具合に、分野別にＣＤロム化したものが出来ないだろうか。年月日から検索すれば、人々が同じ時に何をし、何を考えていたか分かる。事項から引けば、ある出来事、あるものについての反応が分かる。同じ事件についての、まったく違った記述や意見も読める。

校正などの作業が一般の文章より難しいだろうが、不可能ではなかろう。これを作るのは、有意義かつ面白い仕事に違いない。手に入れれば、歴史上の世界を、縦横に闊歩出来る。まさに《過去飛ぶ円盤》。パソコンの画面は苦手だが、これなら、見入ってしまいそうだ。

志ん生と読経とコンバット

二〇〇一年の単行本ベスト3（順不同）

『古典和歌解読　和歌表現はどのように深化したか』①　小松英雄／笠間書院
『落語家圓菊　背中の志ん生　師匠と歩いた二十年』②　古今亭圓菊／うなぎ書房
『声に出して読みたい日本語』③　齋藤孝／草思社

単行本①書店で見つからなかった本があり、出版社の位置がそれほど不便でなければ、当然、行ってしまう。皆さん、とても親切だ。笠間書院では、中まで入れてくれて、何と編集長じきじきに応対してくださった。「そうそう。こちらも、とても面白いですよ」といわれ「じゃあ、それも」となったのが、この本。くわしくはコラムの方に――。②白黒テレビで『コンバット』を見た世代である。志ん生が《あれが好き》だったと聞くと、それだけで転げてしまうほどおかしい。お盆でお坊さんが来て、《お経が始まっても師匠は『コンバット』を見るのを止めない》。銃撃戦の音にかぶさる読経。ここだけでも、志ん生のもう一つの高座を見たようなものである。嬉しさのあまり、本を持ったまま、立ったり座ったりしてしまった。③小学校あたりから、意味などはどうでもいいから、こういうものをひたすら暗唱するとよいと思う。しかし、下手な《それより何より、朗読の嫌いな》先生に範読されても困るけれど。

二〇〇一年の文庫本ベスト3

『齋藤史歌集』④　齋藤史自選／不識文庫

『齋藤史歌文集』⑤　樋口覚選／講談社文芸文庫
『僕の昭和史』1〜3⑥　安岡章太郎／講談社文庫

文庫本④⑤今年出た文庫では、何といっても、この二冊を落とせない。わたしは、本はふらりと入った本屋さんで、実際に手にとってから買いたい方だ。『齋藤史歌集』も、そうやって手に入れたが、これは東京の大書店に行ったから出来たことだろう。地方にいたら、不識文庫の存在すら気づかなかったかも知れない。もったいないことだ。⑥まず、三冊のカバーデザインに唸った。凄い。《二つの事変は日本にとって儲かる戦争であったというのが、国民全般の実感だったろう》《たった半年間の戦争で、あの広大な満州の土地が手に入ったというだけで、これはたいへんな大儲けだと、国民一般はおもったはずである》――こういうことは、思ってはいけないことだから、今は書かれない。NHKの朝の連続ドラマには、こう思うヒロインは、今、登場しない。

私は〇〇系　私と太陽系

すいきんちかもくどってんかいめい――と子供の頃、覚えた。しかし、今は、すいきんちかもくどってんめいかい、らしい。太陽系のような、到底、動かせそうもないものも、いつの間にか変化している。『古典和歌解読』は《日本語史研究者の立場から見ると》高校、大学で教えられていることには《デタラメが多すぎます》と始まる。そして、この本は和歌の歴史を《わかりやすく、そして、おもしろく叙述しようとする試み》であり、

《おもしろくとは、適切な方法によって導かれた発見を楽しみながら、という意味》だという。本来、勉強とは面白い筈のもの。それでなければ、誰もやらないだろう。さて、どうなることかとページをめくったら、これが本当に面白い。古今和歌集は序文に歌数千首と書かれているのに、なぜ、千百十一首載っているのか。巻十九に、短歌と断り書きをつけて、短歌でない歌が載っているのはどういうことか、などなど、魅力的な謎が次々と提示され、鮮やかに解かれていく。とにかく、スリルがあって楽しめる。太陽系をぐいぐいと動かしているようだ。一方、全国で基本図書としてテキストに使われているような本に、意外なほど新説が載っているという指摘にもびっくりした。そういう本は、自説を控えて、従来の代表的な解釈を要領よく交通整理してくれた方がよいように思える。腕が鳴るのを押さえてもらった方が、よい場合もある。

この人・この3冊　シェイクスピア

①マクベス殺人事件　（J・サーバー著『虹をつかむ男』所収／鳴海四郎訳／早川書房）

②ハムレット狂詩曲　（服部まゆみ著／光文社）

③ハムレット　（久生十蘭著『日本探偵小説全集第8巻　久生十蘭集』所収／創元推理文庫）

シェイクスピアといえば、マザーグース、アリスと並んで、ゆかりのミステリが多い。こう並べると、古典的ミステリの持つ、型や遊び、童心や機知は、やはり「英国的」なものかと思ってしまう。

至ってアメリカ的な作家J・サーバーの『マクベス殺人事件』では、登場人物たちが『マクベス』を犯人当て物語として読む。そのうちに、世界がかしいで来る。この行き方は英国的ではなかろうか。普通のミステリを素材にして、例えば「金田一さんの推理は間違いだらけ」と押すのがアメリカ風に思える。この手のずれをテーマにしたものでは、学者作家M・イネスによって『ハムレット』の真犯人を探す短編も書かれ、中井英夫の『虚無への供物』にも似た箇所があると申し添えておこう――というわけで、これはシェイクスピアに関するミステリを上げようという試みなのである。

シェイクスピアを探偵にしたもの、題名に名句を使うもの、原稿に関するもの、舞台で殺人が行われるもの、その他、多種多様な作品が書かれている。しかし王道を行くのは、役者が登場人物になり、話の進行と共に劇が作られ、蘊蓄が語られ、最後にめでたく上演の運びとなるものだろう。Ｓ・ブレットの『あの血まみれの男は誰だ？』などが、すぐに浮かぶところだ。しかし、それら海外の作を押しのけて我々は『ハムレット狂詩曲《ラプソディー》』を採ることが出来る。ディレッタントが蜉蝣《かげろう》のように生息しにくくなった現代日本に、服部まゆみがいる。これが喜びでなくて何だろう。

さて、シェイクスピアと他の古典戯曲を重ねるという鬼手を用いた作品を、最後にあげよう。舞台では、堤春恵が『仮名手本ハムレット』で『忠臣蔵』と『ハムレット』を二重写しにした。ミステリの方では何といっても久生十蘭の『ハムレット』。ここではイタリアの劇作家Ｌ・ピランデルロの傑作『ヘンリー四世』とシェイクスピアが二重写しになる。その手法によってしか作り得ない、俗悪と純粋の物語が忽然と立ち上がってくる様は、まさに奇跡である。

「何をちょこざいなお月様」

――稲垣足穂「一千一秒物語」

大学時代、神田の本屋に新潮文庫の新刊で置いてあるのをみつけ、あっと思って手にとりました。それまで稲垣足穂という人の作品を読んだことがなかったし、タイトルも「なんだろう？」と思ったのです。それで買って読んでみると、まさに「一千一秒物語」としかいえないものだった。

その月光で洗われたような感性に、とても驚きました。これが戦前に書かれていたというのが、驚異だと思いました。この本をよく出してくれた、とも思いました。今でも、装丁も本文も、その当時のままの形で出されつづけているというのが嬉しいですね。これからも手に入りやすい文庫版で、本屋さんに常備していてほしい作品です。

「鳥源」方式は、片栗粉と卵を使う。

――東海林さだお『ショージ君の「料理大好き！」』

ショージさんは、日本の代表的な名文家だと思います。中でもこの作品は、「太陽」連載時から大ファンで読んでいました。いろいろな料理が、ショージさんのユーモラスな絵と微妙な言葉遣いとで、わかりやすく紹介されていて、どれも実際に作りたくなります。

この「鳥源」方式の鶏の立田揚げは、卵を使うというのがミソなのですが、作ってみたら、実に簡単にサックリおいしく出来た。また例えば、一九七頁のかき揚げの手順では、絵の横に「……⑦沖へ出す　⑧転覆」なんていう味のある表現のコメントがついている。普段料理をそんなにするわけではありませんが、目から鱗が落ちる思いを何度もしました。台所に必ず置きたい一冊ですね。

3

記憶の発見

懐かしき《ジャガー》

《ジャガー》という組織に属していたことがある。——というと悪の秘密結社にでも入っていたようだが、そうではない。

社会人になってからも、大学時代の仲間とは会った。飲んで話しているうちに、誰かがいった。

「どうも、《飲んで話している》だけでは芸がないね」

その店のマスターが、

「ダイスなどはいかがです」

革製のカップを、ことりと出した。

「あ、昔、小林旭の映画で出て来た」

「知ってる、知ってる。悪い奴が、伏せたカップをあげると、サイコロが五つ重なってるんだ」

「そうそう。で、小林旭がやると、重なって、しかも一の目が側面に、ずーっと並んでる」

「あんなこと、できるわけないよね」

ところが、マスターによれば、熟練すると、サイコロを重ねるぐらいは何でもないそうだ。

「できるの？」

「いや、あたしは無理ですがね」

カウンターの上に五つのダイスを、金平糖を鉢から出すように、からころと転がしながらいう。そして、どういう目なら何点と説明してくれた。

早速、デパートの遊具売り場で、ダイスカップを買った。サイコロを五つ積んだ上にカップを伏せ、それからそろりと上げて、記憶の場面を再生したりした。何回かやって、――あきた。もっとも金さえ賭ければ、単純なゲームでも不思議なほどに熱くなれる。それは分かっていたが、そういう方向に進む仲間達ではなかった。

ゲーム売り場には色々な遊びがある。あれをやってみようというのである。ファミコンは？といわれそうだが、まだそんなものはなかった。

シミュレーション・ゲームは『スターリングラード攻防戦』というのを、ソ連側とドイツ側に分かれてやった。これはわざわざ専門店で買ってきた。テレビ画面を見ながらボタンを押すように簡単にはいかない。軍団を示す駒を、一々サイコロの目に従って動かすのである。季節も推移し、夏と冬では、軍団の動きも違う。時間がかかった。

そこまで行くと、バーでは勿論できない。絶対にできないこともないが、嫌がられるだろうし、異常である。

「馬場のビルにレンタルルームがある。そこで例会をやろうっ！」

……やっぱり、普通ではないか。

ともかく、集まっては色々と試みた。例えば、バックギャモン等々だが、その中で、面白かったのは、やはり、ドミノとトランプである。

前者は、カチカチと触れ合うドミノの音に風情があり、なかなか優雅なものであった。

後者で、すぐに浮かぶのはブリッジだろうが、どっこい、人がやっているようなことを、わざわざやりはしない（というのは表向き。実は、我々にはレベルが高すぎた、という説もある)。

では何か、といえば、まずは、カードゲームの本の中で《東京の酒場で大流行》と書いてあった(しかし、やっているのを見たことはない)クレージーエイト。これは二人からできる。そして真打ちが、《ニューヨークで現在大流行》と書いてあった(しかし、ニューヨークには行ったことがないので、確かめられない)ブラックアウト。今の日本の読書界の話題『ホワイトアウト』とは、色違いである。四人でやるブリッジの変形のようなゲーム。これが実によくできていた。相手さえいるなら今すぐにでも、またやってみたい。

さて、都筑道夫先生の『暗殺教程』に《TULIP(チューリップ)》という略称が出て来る。《ジ・アンダーカヴァー・ライン・オブ・インターナショナル・ポリス》つまり《国際警察秘密ライン》のことである。主人公、吹雪俊介は、その認識番号3番。スパイキャッチャーJ3と呼ばれた。これに対抗する組織が《TIGER(タイガー)》、即ち《ジ・インターナショナル・グループ・オブ・エスピオナージ・アンド・リヴォールト》。訳して《国際謀略反乱グループ》。

「我々の集まりも、何か名前をつけよう」

早速、辞書をめくりつつ考えた。その結果、できたのがタイガーの向こうを張った《JAGUAR(ジャガー)》だった。フルネームは《ジャパン・アダルト・ゲーム・ユニオン　アソシエーション・オブ・リサーチャーズ》。日本語にすれば、《日本大人の遊戯連合、探求者の集い》となる。語学的に正しいかどうかは、——知ったことではない。

というわけで、わたしもかつては、《ジャガー》のJ3だったのである。

福禄寿　六代目三遊亭圓生

古今亭志ん朝の訃報は、「死」というものがいかに取り返しのつかぬものかを、我々に改めて思い知らせてくれました。もはや、その高座を見、聴くことは出来ません。数々の追悼の記事を読みながら、ページを一枚元にめくり返すように、ある秋の夕べのことが思い返されました。いうまでもなく、六代目三遊亭圓生が亡くなった日のことです。

文楽も志ん生も、その生が終わったと知らされる前から、もう、寄席でしゃべることはなくなっていました。しかし、圓生は違います。現役の第一人者でした。だからこそ、その喪失感はいいようのないものでした。さして遠い過去とも思えないのに、調べてみるとそれは一九七九年九月三日。すでに二十年以上昔のことであるのに驚きます。

わたしは、幼い頃ラジオで落語を聴いて育ちました。そういう世代の、最も遅い波の上に浮かんでいた一人です。数々の落語家の名演が耳に残っています。圓生といえば、何といっても、噺に捉えられ金縛りにあったようになった『鼠穴』。最後で緊張が解けた時の、寒中の外から家の中に戻ったような安堵感は忘れられません。

変わったところでは、文楽とは別のやり方の『素人鰻』を、圓生で聴いたような気がします。記憶違いかも知れませんが、その一部分に川が出て来たように思えるのです。水の流れが、圓生の声と共に見えたような記憶があるのです。

これは「人名事典」的な意味合いで読まれるものではないでしょうから、圓生個人の年譜的解説や、演目についての説明に字数を費やす必要はないでしょう。そのつもりで続けさせていただきます。

さて、「心に残る鮮やかな日本人」は？　――と、外ならぬ今、問われたのも不思議な偶然に思えます。実は、つい最近、ある方から、こういうお言葉をいただいたのです。

「落語がお好きなのですね。聴いてみたいものがあったら、いって下さい」

そして膨大なリストを見せていただきました。あれもこれもというわけには行きませんから、「この人の若い頃のものを」というのを幾つかあげ、さらに眺めて行くとリストの終わりの方に、『三遊亭圓生　福禄寿』とありました。

「圓生で『福禄寿』？　これは聴いたことがないな」

そう思って、ごく気軽に、指名しました。テープを貸していただき、家で聴きました。至福の時でした。聴き方にも順序がある。当然のことながら圓生はトリになります。最後の最後にテープを取り上げ、表書きを見てはっとしました。

「昭和五十四年七月二十七日　東横落語会」。そうです、この年の九月三日、六代目圓生は、逝くのです。

前年に、圓生は落語協会から袂を分かち、落語三遊協会の旗揚げをしました。発足当日の記者会見こそ華々しかったものの、新協会の歩みは、老名人を見る目には痛々しくうつるような茨の道の連続でした。圓生は「自分が第一線に立たねば」と精力的にホールで大きなネタを演じ、常に広い会場を満員にしました。わたしが最後に圓生を聴いたのも、そういうスケジュールの一環として埼玉県浦和で行われた独演会の『百年目』だったと思います。

この緊張の日々は、最晩年の圓生にとって、肉体的にはきつかったことでしょう。そして圓生は千葉県習志野市で倒れます。よくいわれることですが、夕刊の社会面トップが動物園のパンダの訃報で、その下に小さく圓生の死が記されていました。これが、不世出の天才に、運命の加えた鞭です。何ともやり切れぬ思いがしたものです。

『福禄寿』を演じたのは、そのひと月余り前。ふと思い当たって、京須偕充氏の『圓生の録音室』（中公文庫）を開いてみました。読んで、名著と感嘆していたのに、もうその部分を忘れていました。自分の記憶力のなさにあきれてしまいます。京須氏は書いています。「まもなく満七十九を迎え、しかも生涯最も多忙な日々のなかでネタおろし、つまり初演をするというのはたいしたものである」。その通りです。

東横劇場にいるような気になりながら、テープをかけました。二十数年前にいるような、――しかし、同時に、どこでもない空間にいるようでした。子供の頃、『鼠穴』を畳に寝転がりながら聴き、そのままの形で動けなくなったのと同じような緊張感に捉えられました。噺自体は凡作です。しかし、これは筋立てを聴くものではない。凡作であるだけに、圓生その人の芸が、かえって立ち上がって来る。登場人物のいる家を包み込む雪に、自分もくるまれたようになりながら聴き終え、ふっと息をつきました。

テープを止め、心から、圓生は最後まで鮮やかに生きたのだと思いました。

変わった円――杜子春の物語（李復言）解説

今回の企画を知った時、恥ずかしながら誤解してしまいました。

こう答えようと思いました。

「定番過ぎますよ。今まで、どれだけやられているか分からない。何をどう書いたところで、前の人の繰り返しになります」

つまりですね、いただいた依頼のファックスに眼をやって、まず《芥川龍之介の『杜子春』をまるごと載せ、原作との相違点、世界観の違いについて述べる》のかと思ったのです。二、三回読み返して、ようやく、《芥川龍之介の『杜子春』の原作をまるごと載せ》るのだと気づきました。納得すると共に、そう決め込んでしまった自分の頭が面白かった。

他人事のようですね。しかし、まさにそう思ったのです。これは、実に現代の日本人的反応、もっとはっきりいうなら教室的反応です。だがオベンキョウをするわけではない。途端に、固定観念という閉め切った教室に、さあっと風を入れられたようで、楽しくなったのです。

玄関から入ってきたらお断りしようと思っていた杜子春さんが、裏口から「こんちはー」と顔を出して、にこにこしたようでした。

そう、我々の多くにとって、杜子春さんとは芥川によって語られた顔しか持っていませんよね。それより何より、仙人です。結局のところ、杜子春の蒙を啓いてくれるんですよ、あのお方は。手間ひまかけて、あれだけのことをしてくれるのは、いくら杜子春が立てるべき《主人公》だったからといって大変だったでしょう。仙人というのは、ぐうたらな人間を見つけては、ああいうことをしなくてはいけないのか、そういう服務規程でもあるのか——と思ってしまいます。

そこで『続玄怪録』を見る。

この話の場合は意外なほど、芯になる部分はそのままです。親子の愛が沈黙を破らせるという、その瞬間のスリル。芥川の『杜子春』を読んだり、聞いたりするのは普通、子供の時ですから、母親が苦しんでいるところを描かれるのはたまらない。これが、いってみればコンパスの針の刺さっている中心でしょう。そこを芯にして、ぐるりっと物語の円が描かれています。《愛》などという言葉が、剝き出しで出て来ています。こういうところは、中国の話としては珍しいでしょう。夏目漱石が、西洋の詩で垣根のところで花を摘んだら、大体においてその向こうに恋人がいるものだが、漢詩だと、ただそれだけだ——というようなことを、書いていますよね。何でもかんでも人情とからむのが西洋的で、これに対して、東洋の方はさばさばしている、と。ところが、『杜子春の物語』では《愛》の情がエゴに勝ってしまう。逆にいえば、それだから大正時代の芥川が、子供向けの物語の素材にしやすかったのでしょう。そこのところにコンパスの針を立て、正円を描くようにこころがけた。

しかし、原典を見ると、こちらはとてもいびつな円ですね。

第一に仙人がまるっきり変わっています。この仙人像、嬉しくありませんか。お金のくれ方がいい。芥川のように趣向をこらしませんね。ああいったやり方が、別の話の中にあるのでしょう。しかし、『続玄怪録』の仙人は、まず手付け金をくれます。とっさに出せるのはそれだけらしく、翌日、現金を用意してくる。仙人銀行の開くのを待って、おろして来たようで、実に普通っぽく、情けない。

杜子春が、しゃべってしまったところで怒るのも、納得出来ますね。芥川版では、確か、《お前が黙り通していたら、殺してしまうつもりだった》というようなことをいうんですよね。人にあんなことをやらせておいて、そりゃあないだろう、と抗議したくなります。一方、原典の仙人は、自分の都合で動いています。分かりやすい。

杜子春の我慢に関していえば、奥さんが拷問されるのには耐えられる――というところが凄いですね。彼が、女に生まれかわるところなどと共に、中国のこの手の話の面目躍如たるところで、要するに、小賢しい道徳や現代的な常識によって、円が整えられていない。見慣れた正円ではないところに、何ともいえない味があるわけです。ここですね。

子供が拾って来た石を、引きだしの中に集め、時々、手に置いて眺めさするように、こんな変わった円を、時には本の中から出して愛でたくなる。そういうところに、中国の怪異物語の魅力があるように思えます。

付記　雑誌『鳩よ！』が南伸坊さんの特集をやった時、中国の古典『続玄怪録』中の「杜子春の物語」を載せました。これは、その解説として書かれたものです。文中に書いた通り、こちらの「杜子春」は芥川のそれのように、子供向けの整った話ではないのです。

《るきさん》はどこから旅立ったのか——特集　高野文子

1

高野さんに初めてお会いしたのは、二十年以上前のことになります。わたしのショートショートに挿絵を描いて下さったのです。その時は、高野さんがどういう方なのかまったく知りませんでした。絵の力と、細みで小柄な若い女性と会い、その声を聞いたという興味から、神田の書泉に出掛け、『絶対安全剃刀』を買いました。

読んでつらかった。後から来た若い方が、これだけの仕事をしている。もう自分など何をしても駄目だなと思いました。そういう絶対的なものを感じたのです。

その後、思いがけぬことから本が出せるようになりました。表紙を高野さんに飾っていただき、またお会い出来るようになりました。しかし、高野さんの作品について、踏み込んで話したことはないのです。思い出すのは、ただ、《るきさん》が電車の中で読んでいる本のカバー（筑摩書房版でいえば六十三ページ）が、どこの書店のものか、聞いたことぐらいです。微妙に違うけれど、どこかで見たことのあるカバーでした。《飯田橋の文鳥堂のもの》というのが答でした。

当時の文鳥堂のカバーは、武者小路実篤の絵で、中心に描かれているのがレンコンです。今度の『黄色い本』でも出て来るから、きっと高野さんは、レンコンが好きなのですね。しかし、カバーそのままではない。高野さんの頭の中を通ると、形を変える。レンコンの位置も違う。絵に添えられている、いかにも書店のカバー向きの《よく味はふ者の血とならん》という言葉も、《よくかんでたべよう》になっています。こういう高野作品の良さについて、無理にあれこれいっても、霧を捕まえようとするようなものです。

自分は論理的な人間ではない――と、最近しきりに自覚するのですが、高野さんの本に向かい合った時には、特にそうなります。何をいう必要があろうかという気になるのですね。

どのコマも、コマの運びも、またふと世界の裂け目から物を見てしまうようなところも凄いけれど……そんなこと、改めていうまでもないでしょう。

ただ、今回の『黄色い本』については、たまたま、新聞などに寄せられている幾つかの言葉を読みました。それらの称賛は、わたしの気持ちと重なりはするのです。しかし、一方、違う思いもありました。

それは《腑に落ちた》という思いです。この言葉は、本来は《腑に落ちない》と否定形で使うもののようです。となれば、今いう意味でなら、《合点がいった》とか《納得した》というべきなのでしょう。しかし、お腹の奥にすとーんと、本当に《腑に落ちた》感じがしたのです。

そのことを、ちょっと書きます。

2

本についてのことです。

《るきさん》は、本が好きで区立図書館によく行きます。色々な本を読んでいる。しかし、それが彼女の内面に、どんな影響を与えたのかは分かりません。

『黄色い本』の一方の主役ともいうべき小説、『チボー家の人々』は、人の生き方についての本です。昔は教科書にさえ載り、学習雑誌にも一部分が紹介されたりしていた。そういう時代があったのです。日生劇場で、劇団四季による劇化上演があったのが、一九六八年の春でした。ジャックの兄、アントワーヌに扮したのは日下武史です。終幕で、かけて来るジャックの忘れ形見に向かい、アントワーヌは手を広げていう。

——おいで、ジャン・ポール。

十代のわたしは、客席でそれを観ていました。日下武史は舞台下手の袖に対して、手を広げたように思います。わたしは、《客席に向かっていわないのかな?》と思いました。それはあまりに俗なやり方だと、演出家が考えたのでしょう。その頃辺りで、『チボー家の人々』が、普通の人々に読まれる時代も終わったようです。徐々に、書店の棚に見られなくなりました。『黄色い本』の田家実地子は、かく生きたいと思いつつ本を読んでいます。そして、最後の人生への旅立ちと共に、本が図書館に返される場面からは、淡い哀しみというだけではすまされない、作者の痛恨の思いが伝わって来ます。

そこでわたしは、十年以上前、高野さんの口にした一言を思い出したのです。

わたしの本の中に出て来る、ある人物の話をしていました。田舎町に住む男性。商店の、働き者の二代目。子供に声をかけたりして、いつもにこにこしている。その男について、高野さんは、

——わたし、ああいう人、嫌いなんです。

と、おっしゃった。

それに対して、わたしは格別の反応はしませんでしたが、十年以上経っても忘れないでいました。

腑に落ちた——というのは、そのことです。わたしは、この原稿の依頼を受けて、すぐ高野

さんに電話してしまいました。そして、

——高野さんは、今という時だけを見て生きてるような人を、嫌いなんですよね。

と聞いてしまいました。肯定の返事を聞いて、

——昔、こうおっしゃったんです。

と付けたしました。まったく覚えていない、とのことでした。しかし、あの時、話題になった登場人物は、確かに町内のいい人ではあっても、より大きな、より遠い眼で明日を見ることの出来ない人物です。彼の汗は、今のためにしか流れていない。

明日を見つめる人間が、それを表に行為として表すためには《力》が必要となる。だから『たあたあと遠くで銃の鳴く声がする』(『絶対安全剃刀』所収)時、《わたし》はそれを助けに行かなくてはならない。《てあてして》《わたしのベッドにしばらく寝かせてあげ》ねばならないのでしょう。

かといって、これが単にある種の人間の肯定に繋がるわけでもない。『美しき町』(『棒がいっぽん』所収)で、《きわめて熱心に意見を述べる》井出さんを見つめる眼のきびしさを見れば明らかです。背を真っすぐに保つとはどういうことか、そのことへの問いかけが失われない。

さて、日常に埋没してしまう人間への嫌悪は、今の安定を支える《いい子》への反発ともなります。《好き》と《きらい》という言葉が短編集『絶対安全剃刀』の中の作品には、よく出て来ます。『おすわりあそべ』の前半では、《きらい》なものとして、《年寄り》《おんな》《貧乏人》が列挙されます。実際には、それら弱者を看取ることに強い思いを抱き続けている作者高野文子がなぜこういうか。それは、自分が弱くありたくないという決意表明なのですが、

——同時に、それらを《きらい》といってはいけない《いい子の論理》への反発もあると思います。

イーなんかしたことのなかったピアーニが、『私の知ってるあの子のこと』(『棒がいっぽん』所収)に出て来ます。マガジンハウス版の一〇四ページで、ピアーニが《ドアの前で、ほんのちょっと立ち止まる》という、忘れ難い場面があります。《いい子になりたかったね　いい子になりたかったね　もっともっと　いい子になりたかったね》のリフレインから、どう卒業したらいいのか、その幼い歌の後ろに冷たい風の音を聞いてしまうピアーニなのです。

3

『るきさん』の中にも、確かめたい場面がありました。また、本のことです。筑摩版でいうと一九ページ。お出掛けした《るきさん》が、麻布十番の通りを歩きながら、こう暗唱します。

──「ところでおまえ　今月はまだ麻布の実家へは帰らないのかい」「だってあなたまだ三十日《みそか》にはちょっと遠いンですもの　用もないのに行けやしないワ」

なぜとはいいにくいけれど、ここに置かれるのにぴったりの文句です。ところが、出典が分からない。かゆいところに手が届かぬように、じれったい。それもこの機会にうかがったら、

──あの頃は、久生十蘭や獅子文六を読んでいたから、どっちかだと思います。ただし、原文そのままでもないと思いますよ。

とのことでした。

それと一緒に、高野さんの口から《きらい》という言葉を聞きました。

──わたし、《るきさん》きらいなんです。

本を読む《るきさん》ですが、確かに今に生きている。読者としては、作品『るきさん』の一コマ一コマ、台詞の一つ一つに魅力を感じるから、困ってしまいます。しかし、この話の流れからは、自然に返事が出来ました。

——でも、《るきさん》は最後に旅に出るじゃないですか。ラストシーン。えっちゃんは、窓からわずかに覗く空以外に変わり映えのしない部屋に住む《るきさん》の写真を見ます。そして、《ほんとにナポリかあ?》と、つぶやきます。ナポリかどうかはともかく、そこは《ここではないところ》なのでしょう。してみれば、《るきさん》は、《今、ここにいる》ということから、あるいは読者の《るきさん、いいですよねえ》という声から旅立ったのかも知れません。

聴かなかった部分

ラジカセというのを初めて買ったのは、今から三十年ほど前だ。主な目的は、落語のエアチェックである。

大学の後輩に落語を愛する男がいた。当時すでに高座で聴くことの出来なかった、古今亭志《ここんていし》ん生《しょう》のレコードを貸してくれた。これぞという会があると、連れて行ってくれた。おかげで、落語に対する興味が復活した。

わたしは、子供の頃ラジオを聴いて育った。ラジオを日常的に聴いていた最後の世代だろう。音だけで楽しい番組の代表が落語だった。語られる情景、人物が想像の中で膨らんだ。ところが、小学校高学年の頃にテレビが入り、寄席中継を見ると、その想像がしぼんでしまった。実際に話しているのは、座布団に座った「おじさん」でしかなかった。輝いていたものが色あせるようで、しばらく落語にチャンネルを合わせることがなかった。

表情、動きの妙にも落語の魅力があることは勿論だ。しかし、小学生のわたしは、「耳からだけ味わう」という形式に慣れ過ぎ、その変化について行けなかったのだ。

わたしは、いわば長いお休みに入っていた。そこを、前述の後輩が揺り起こしてくれた。時期的にも、実によかった。上方《かみがた》落語が、素晴らしい勢いを見せていたのである。

子供の頃、ラジオから流れて来たあちらの落語は、ガアガア声の三遊亭百生《さんゆうていひゃくしょう》や、かん高い桂《かつら》小文治《こぶんじ》のものである。共に、東京で上方の噺《はなし》を演じていた人達である。だが、子供には言語抵抗があり過ぎた。今なら、百生の味や、小文治の「あはれ」が嬉しい。しかし、子供のわたしは、彼らの声が聞こえて来るとがっかりした。

さすがに二十を越せば、そういうことはない。民放で「米朝《べいちょう》五夜」といった企画があり、それを聴いて驚愕《きょうがく》した。落語は、東京のものだけではない。大きく広がる海を見たようだった。ちょうど米朝は、大きな全集を作り始めていた。今、CD化されている録音の中には、わたしが実際に客席で耳を傾け、笑い、拍手したものが入っている。そういう時代に居合わせたのは幸せだった。

そういう時にエアチェックを考えるのは当然だろう。買ったラジカセで、次々に落語を録音していった。かの有名な『水滸伝《すいこでん》』には百八人の英傑《えいけつ》が登場し、それぞれの得意技を披露する。様々な噺家の十八番を聴くのは、もう一つの『水滸伝』を読むようだった。その人ならではの芸を知るのは、実に贅沢《ぜいたく》な喜びだった。

録音の時、耳を傾けただけで、その後は再生しないものもある一方、何度か聴くお気に入りも生まれる。そういう一本が、NHKで放送された、六代目笑福亭松鶴《しょうふくていしょかく》の『質屋芝居』だ。芝居好きの質屋の丁稚《でっち》や番頭が、どうしても演技をしてしまう。日常生活がいつの間にか、芝居になってしまう。噺の中で、『忠臣蔵』の名場面が次々に登場するのが楽しい。

さて、テープは個人的に楽しんで来たわけだ。ところが今回、ビクターから上方落語のCDがまとめて発売された。中に松鶴の『質屋芝居』が入っている。買ってみると、まさにあの日の、あの録音なのである。CDになったのはいいな——と思いながら聴いていくと、テープにはないところが出て来た。「落語家は役者に比べて、美男とはいえない」という部分で、醜男《ぶおとこ》の代表としてある芸能人の名前を出しているのだ。ここは、実際の放送の時にカットされている。

不思議な気がした。その内容はともあれ、三十年もの時を経て、知る筈《はず》もなかった声を耳にしたのである。演じた松鶴も、すでに今はいない。切られたテープの断片が、はるか遠くから、ひらひらと目の前に舞い降りたようでもあった。

数年前に入院したが、あの時万一のことになっていたら、この部分の存在など、分からなかった。大袈裟《おおげさ》だが、生きていると、色々なことがあるものだと思った。

見えない美女

——ヨーヨーさん　ヨーヨーさん

ラジオから明るいソプラノの声が流れて来た
ユキエさんの声だ
三遊亭金馬の落語も面白かったけれど
子供のころ　心待ちにしていたのは
かたや　ミヤタ　ヨーヨー氏
こなた　フジ　ユキエ嬢
この二人が音で見せてくれる　世界の「物語」だった

ヨーヨーさん　と呼ばれるミヤタ氏を相手役として
ユキエさんは歌の翼に乗り
ある時は楊貴妃になり　皇帝の寵愛を一身に受けた
ある時はカルメンになり　ハバネラを歌い薔薇を投げた
ある時はクレオパトラとなり　毒蛇に胸を噛ませて息絶えた

子供のわたしにとって
見えないこの人ほどの美女は　世界にいなかった

銀河の向こうに行けば
あの番組の録音が見つかるような気がする
古びたラベルには　こう書いてある
「歌謡漫才　宮田洋容・不二幸江」
星空に横になって　それを聞こう

――ヨーヨーさん　ヨーヨーさん

何回目かにユキエさんは
間違えてわたしの名を呼んでくれるかも知れない
銀河の向こうの録音ならば　そういうこともあるかも知れない

言葉は死なず

たまたま、テレビの画面に眼をやりました。最近では忘れられた言葉がある。その意味を街頭で、道行く人に聞こうという企画でした。

例えば、《たいこもち》。我々は学生時代、

「一見、力持ち。実は、たいこもち」

などと、普通に使っていました。それが今、どれほど通じないのだろうと思いました。見ていると、なるほど、画面に映る人々の口からは、摩訶不思議な答えが返って来ます。選び抜かれた珍答者ではないか、と思えてしまいます。しかし、格別の苦労をしなくとも、往来の人にマイクを突き出せば、次から次へと面白い答えが返って来るようです。正解者の方が少ない。

その昔、落語というのは、ごく庶民的な娯楽だった筈です。しかし今、普通の人がいかに落語を聞かないかが、よく分かります。たいこもちは、噺《はなし》の中でなら、魚屋さん、八百屋さん以上に、よく出て来る職業です。落語国を歩いたことのある人なら、《腐ってもたいこもち》などというギャグと共に、答えはすぐに浮かんで来ることでしょう。

さて、テレビでは次に《お茶を挽く》が取り上げられました。これも、わたしは落語で覚えました。だから、割合に小さい頃から知っています。しかし、現代での難易度は、こちらの方が、はるかに上でしょう。前のラウンドを見ていたわたしは、正解をあまり期待していません

でした。そして、解答者は次々に打ち倒され、不正解のリングに沈んで行きました。

その時、向こうから、陽気なお姉さん二人連れがやって来ました。こういっては失礼ですが、あまり古い言葉に詳しくはなさそうな方々でした。インタビュアーがマイクを突き出します。するど、言下に、

「ああ。相手がいなくて、暇なことでしょう」

わたしは、ここで謎と出会い、その答えを知りたいと強く思いました。聞き手もそうだったらしく、眼を丸くすると、すぐにいいました。

「——あなた方は、一体、どういう人達なんです?」

実は、国文科の院生だったりするのでしょうか。しかし、彼女達は手をひらひらさせ、画面に顔を突き出し、叫びました。

「キャバクラ、やってま〜す」

一瞬にして謎が解けると同時に、感動しましたね。キャバクラというのが、どういうものか知らないけれど、水商売だということは分かります。お茶を挽くを『広辞苑』で調べると、《遊女や芸妓が客がなくひまで遊んでいる。ひまな時には、葉茶を臼にかけて粉にする仕事をしたからいう》と出ています。

時代と共に色々な言葉が消えて行きます。ことに現代は、何につけ、簡単なこと分かりやすいことが良しとされます。少しでも伝わりにくそうな言葉は、放蕩息子のように放逐されてしまう傾向があります。

ところがどっこい、水商売の世界では、江戸の昔からある《お茶を挽く》という表現が、連綿と生き続けているのですね。ここに、言葉というものの力を見て、喜び、動かされずにいられるでしょうか。

仮に現代の小説家が、キャバクラなるものを舞台にして、登場人物に、「リョーコちゃん、また、お茶挽いてるよ」などといわせたら、非現実的だといわれるでしょう。しかし実際に、その表現は生きているのです。


翌日、某所で会議がありました。直前の雑談で、

「ところで、キャバクラって何でしょう？」

と聞きました。

「どうしたんですか、一体？」

と驚かれました。幸い、隣に座っていたある方が、眼を輝かせ身を乗り出し、

「それはですね――」

と懇切丁寧に講義してくれました。別にいかがわしいところではないが、相手の女性を指名するそうです。その制度があるから、《お茶を挽く》という言葉が、現実のものとして残るのですね。


このように、まず不可解なことがある。――扉を開けるように解明されると、なるほどと思える。――その解明によって、印象的な何かが、伝わって来る。

わたしにとって、魅力ある謎とは、こういうものです。

『ミステリは万華鏡』は、謎が与えてくれるときめきについて、あれこれ語った本です。文庫化のためのゲラを手にした時に、ちらりと眺めたテレビから、言葉にまつわる《はてな？》が微笑みかけてくれました。謎が謎を呼んだのでしょうか。

ところで、大野隆司さんの素敵な木版画が、今回もたくさん使われるそうです。そう聞いたのも嬉しく、文庫の出来上がるのを心待ちにしました。

幻の雑誌『薔薇《SOBI》』とその頃の人びと

1

わたしが、岩波文庫で金子みすゞの「大漁」を読んだのは、今から三十年以上前のことになります。心の中のアンソロジイに、その詩を記し、これほどのものを書く人が、どうして無名なのだろうと、いぶかしく思いました。

しかし、その人について、父に聞くことなど考えもしませんでした。

わが家には、雑誌『童話』が、わたしの知る限り、二冊ありました。「大正十四年十一月童話劇号」と「大正十五年五月号」です。後者は、比較的早く、どこかに消えてしまいました。前者は、ぼろぼろになったものが今も残っています。なぜ、これらが家にあったかというと、父の投稿した作品が載っていたからです。ことに『童話劇号』に載った「道化役者と虫歯」は、映画館を舞台として上演されたり、ラジオ放送もされました。父にとっては若き日を記念する雑誌だったわけです。

他ならぬ、その雑誌こそ、金子みすゞの主たる活躍の場だった——と思い至ったのは、父の逝った後でした。

神田で『童話』の復刻版を買い、実に不思議な思いがしました。『童話』の終刊号となる大正十五年七月号には、父の妹、わたしの叔母である人の幼い童話も載っていました。しかし、わが家にかかわりのある、これら三冊は、たまたま金子みすゞの童謡の載っていない号なのです。三冊揃って、家にあったとしても、わたしは、その童謡には巡り合えなかったのです。微妙なすれ違いです。

叔母は戦後も児童文学と繋がりを持っていたのですが、父よりも早く亡くなってしまいました。その頃の事情を聞くことは出来ません。ただ、わたしの手元には父の膨大な日記と、わずかばかりの資料が残っています。この機会に、児童文学界とかかわり、比較的人の眼に触れにくいかと思われることを御紹介いたします。

父が『童話』に投稿していたのは、神奈川中学在籍の頃ですが、残念ながら、その部分の日記（大正十四年〜十五年八月）は欠落しています。さらに、父が関心を持っていたのは戯曲なのです。金子みすゞについて、何らかの言及があったのかどうか、今となっては知るよしもありません。

大正十五年は『童話』の廃刊となる年です。『新興童話』という雑誌の、その年八月号が保存されています。資料的意味合いがあるかと思いますので、目次に並ぶ名を書き写してみます。

宮本演彦／奈街三郎／草葉影二／河崎潔／長島多津雄／冬木一／大胡敏郎／鹿山映二郎／伊藤眞蒼／茶木富美子／土橋里木／大島敬司／千葉省三／北村壽夫／島田忠夫

表紙装幀　タイトル　等々力愛路

通信先　船木枳郎方

編輯委員　土橋里木／河崎潔／奈街三郎／長島多津雄／緒方惟矩／大島敬司／島田信一／吉岡伊三郎

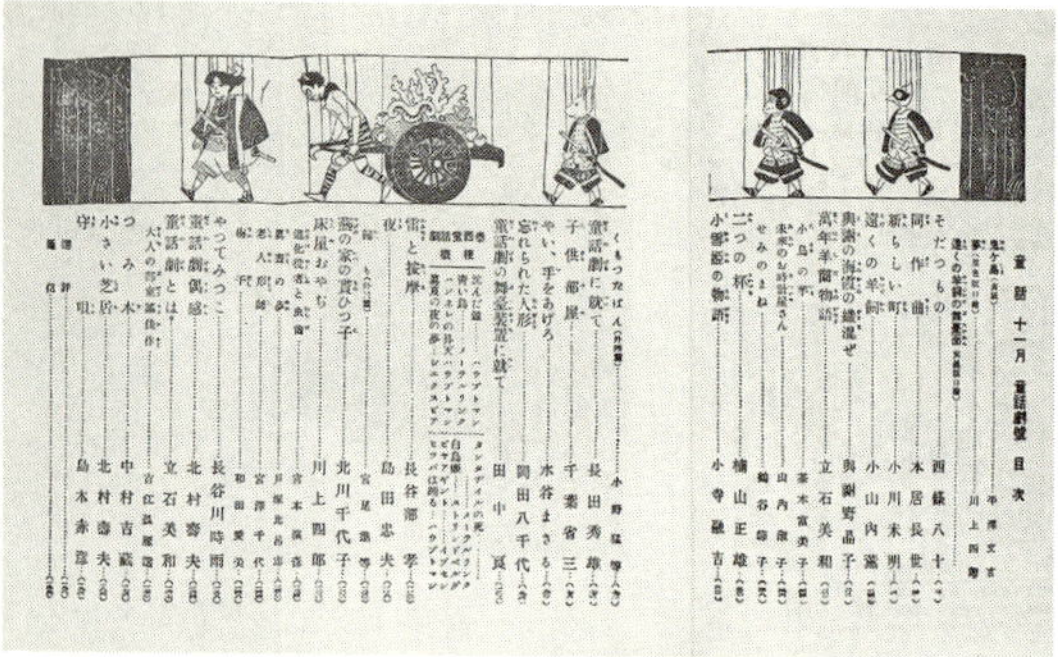

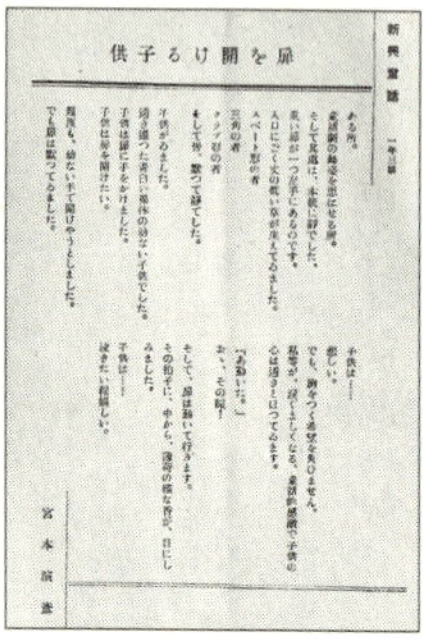

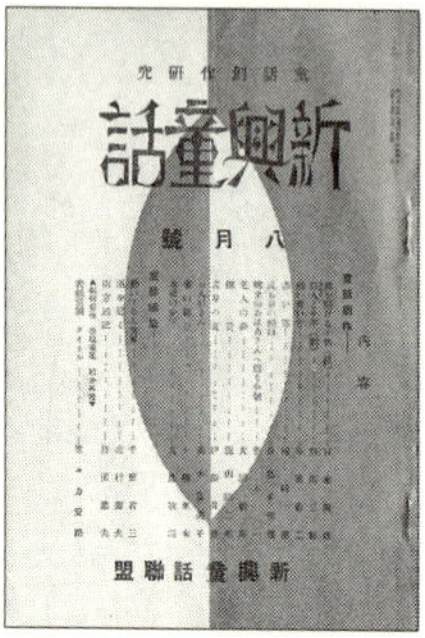

上　『童話』大正14（1925）年11月童話劇号（第6巻第11号）・同誌目次ページ。西條八十、小川未明、小山内薫、与謝野晶子といった錚々たるメンバーの名が連なる。左ページの中ごろに「道化役者と虫歯」のタイトルで、筆者の父、宮本演彦氏の名が見える。
表紙／川上四郎

中右　『童話』大正15年5月号
中左　『童話』大正15年7月号

下　『新興童話』大正15（1926）年8月号。表紙に「内容」が記載され、童話創作欄の冒頭に「扉を開ける子供（扉）」として、宮本演彦氏の作品が掲げられている。

宮本演彦というのが、わたしの父です。この号では扉の文章を書いているので、たまたま、最初に名前が載っています。

2

さて、この雑誌は実際、手元にあります。しかし、父の文字を追って行くうちに、気になる幻の雑誌に行き当たりました。

その年、大正十五年十一月二十三日のところに、こうあるのです。

雑誌『薔薇《SOBI》』について
同人
戸塚比呂志／宮本演彦／草葉影二／大島敬司／土橋里木／島田忠夫／佐藤よしみ／金子みすゞ／冬木一／長島辰夫／勝島美㐂子
創作童話、童謡、戯曲、詩、物語
創刊号（新年）
原稿締切　十二月中旬
誌代（五〇銭、乃至三〇銭）
との事、一つ、奮闘するか。

当然のことながら、童話の仲間というなら、金子みすゞを落とせる筈がありません。遥か下関に、誘いの手紙が届けられたのでしょう。

そこで、残念なのは、この『薔薇』が保存されていないことです。それより何より、無事、

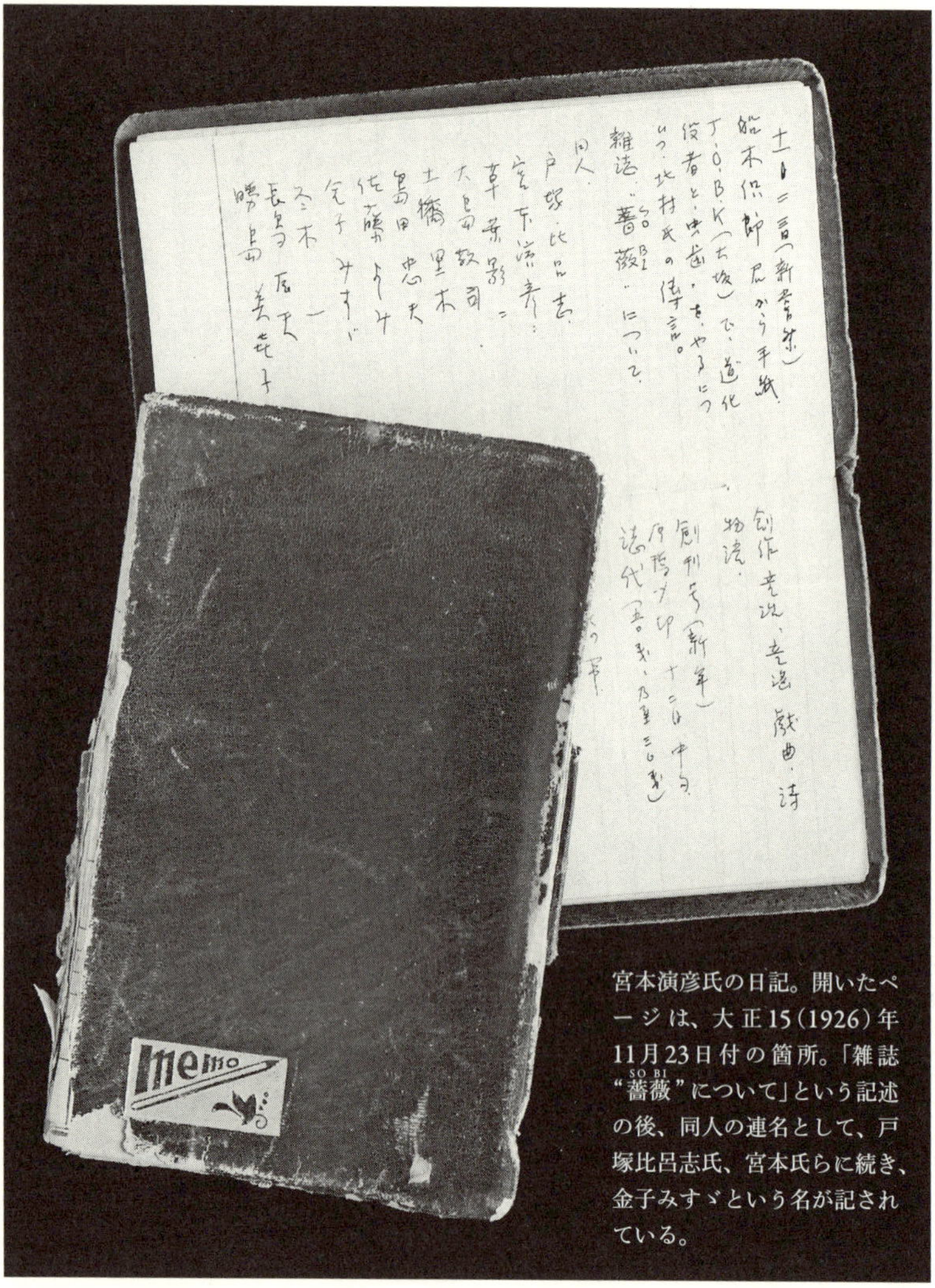

宮本演彦氏の日記。開いたページは、大正15(1926)年11月23日付の箇所。「雑誌“薔薇《SO BI》”について」という記述の後、同人の連名として、戸塚比呂志氏、宮本氏らに続き、金子みすゞという名が記されている。

刊行されたのかどうか分かりません。

父はこの翌年の春（大正十五年が昭和元年ですから、昭和二年）、中学から大学に進むことになります。さすがに入学試験が目前にちらつき出し、児童文学関係の記述が見えなくなります。さらに、この辺りは日記というより、手紙に飛び飛びに記されたメモに過ぎないのです。

ともあれ、原稿を書き上げたり、――あるいは自分が書けなくとも、同人である『薔薇』が手元に届いたなら、一言あってもよさそうです。この幻の雑誌は、何かの事情で発刊されなかった、と考える方が妥当なのでしょうか。

3

ところで、わが家には、やはり『童話』の投稿者、ただし金子みすゞより、ひとつ若い世代の集まった雑誌が、一冊残されています。『羊歯』の創刊号。昭和三年三月十五日発行の季刊、謄写版刷りのものです。

これまた、目次を写してみます。

千代田愛三／平林武雄／浦山琴子／宮本演彦／久保田暁蔵／岩本りゑ子／宮本ますみ／茶木七郎／山内淑子／北村壽夫／多々良幸男
会員（目次と重複する者は除く）原知一／高橋房男／青山豊／尾野安子／矢田季吉／佐藤繁詞／関英雄

この雑誌の最後の、編集後記的部分は「通信4」となっています。創刊号なのに「4」というのは、どういうことかと一瞬、思われますが、副題として「shida-dayori」となっています。

一方、父の日記の、昭和三年八月十八日のところに「羊歯だよりという子供の本、送って来る」とあります。つまり、この雑誌を発行していた「羊歯の会」では、雑誌とは別に、簡単な「通信」を出していたわけです。

さて、その「通信4」を見ると、この会が、千代田愛三、関英雄のお二人が中心となって運営していたことが分かります。

その中に、「○お話によると昔『童話』誌によく入選しました戸塚比呂志さんは大層お不幸な境遇にゐられるそうです」という一文があります。

もしかすると、このことが『薔薇』の刊行に何らかの影響を与えたのかも知れません。ただ、「不幸」の具体的内容も、それが何時からのものかも分かりません。

『薔薇』が、仮に発行されていて、それが手に入ったとしても、おそらくそこにある金子みすゞの詩は、すでに発見されている手帳の中のどれかであろうと推測されます。しかし、もしこれが日本のどこかに現存するのなら、一目見てみたいと思います。

さて、父が慶応大学予科二年となった昭和三年四月二十八日からのものが、本格的な日記として残っています。その四月十二日のところに、東京で偶然、千代田愛三氏と出会ったことが書かれています。

「子供の文学にいそしむ少年特有のやさしさ……今度の本は（羊歯）？　――え、明日原紙すって明日明後日するんです。今度は綺麗にしたてるつもりです。／今、中学？／――英語の学校へ行ってゐるんです。それから、生け花と、日本語でせう。」

「羊歯」には印刷は「千代田・関」となっています。これは夏の号の準備でしょう。千代田氏や、関氏の姿が、この会話から浮かんできます。「明日、原稿を蠟原紙に鉄筆で切って、明日明後日、関君と印刷する」という意味でしょう。

右　『羊歯』創刊号。昭和3年3月15日発行。

中・右下　同誌の1ページ目。「内容／創作童話」として千代田愛三、平林武雄、浦山琴子、宮本演彦……など同人の名前と作品のタイトルが並ぶ。次のページには「羊歯の御発刊お喜びします。……」と始まる北村壽夫氏の献辞が寄せられている。

左下　同誌の最後尾にある「通信・4」と題したページ。上段記事の2段落目に「○お話によると昔『童話』誌によく入選しました戸塚比呂志さんは大層お不幸な境遇にゐられるそうです」という文が載っている。

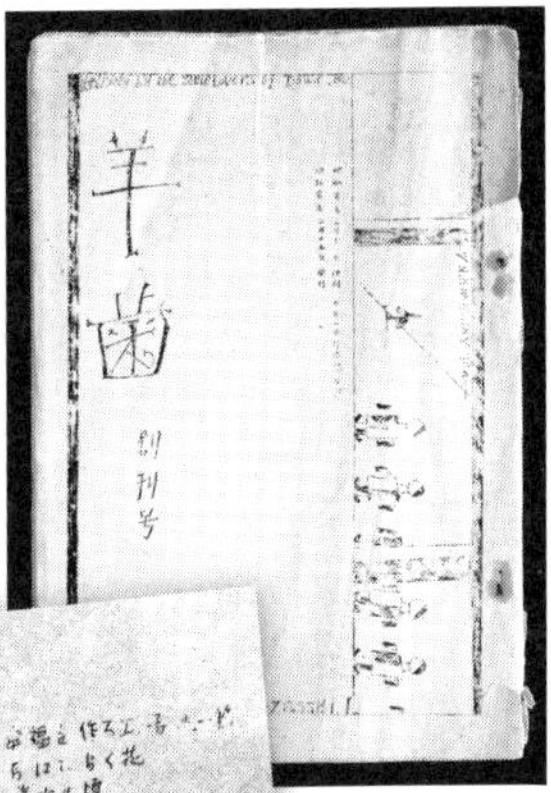

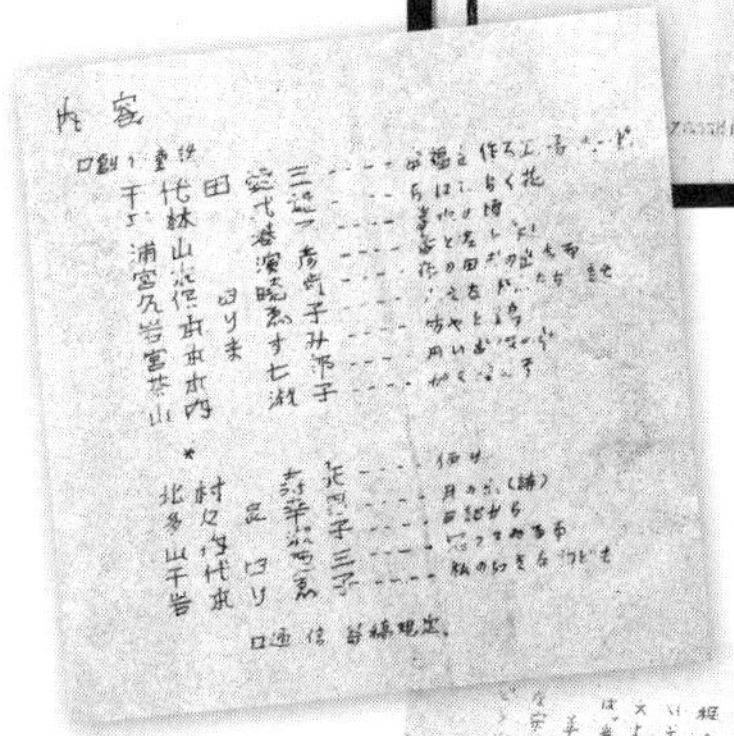

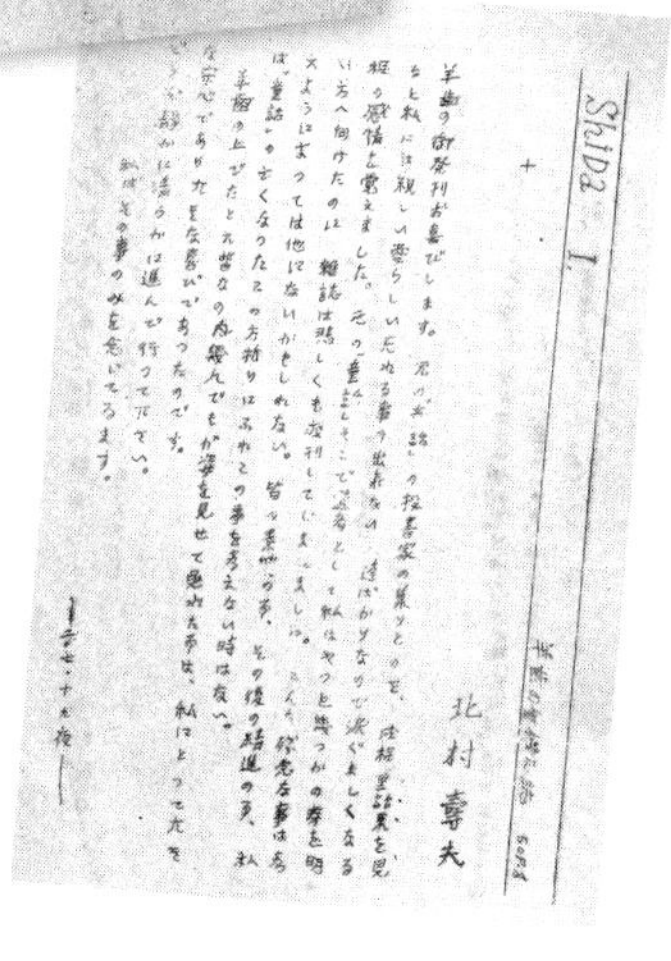

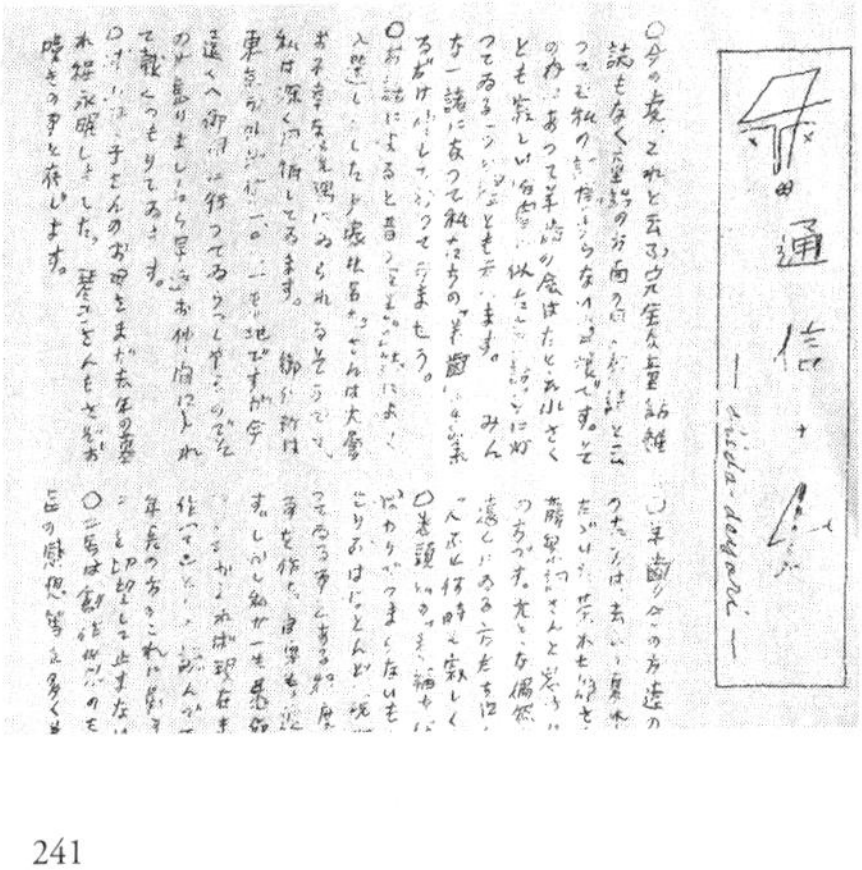

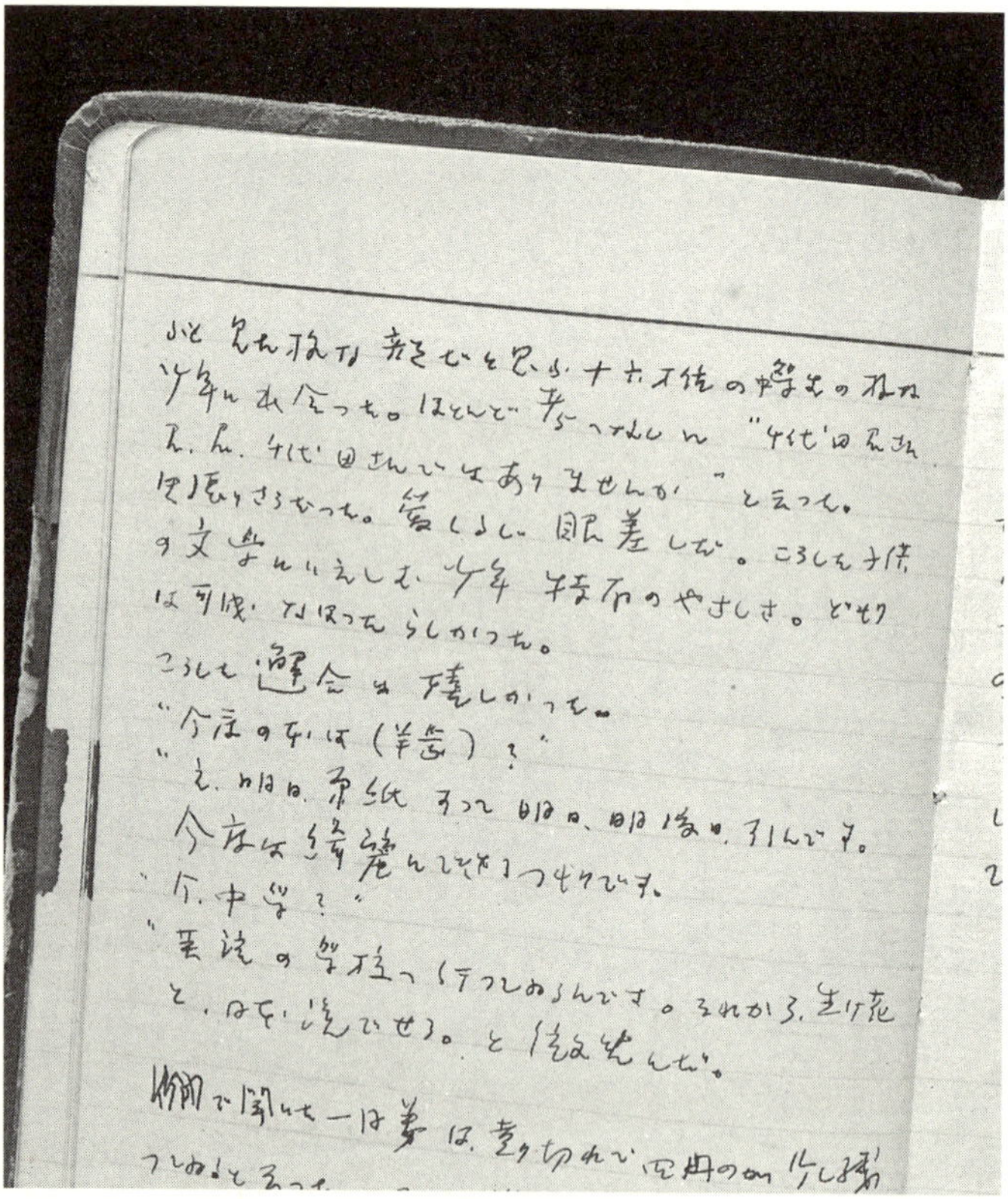

昭和3（1928）年4月12日付けの宮本氏の日記。
「こうした子供の文学にいそしむ少年特有のやさしさ……
今度の本は（羊歯）？　え、明日原紙すって明日明後日するんです。
今度は綺麗にできるつもりです……」とある。

当時、金子みすゞを仰ぎ見ていた世代の様子がうかがえ、時代の空気が感じられます。

子供の頃には、誰もがそうであるように漫画をよく読みました。『ちかいの魔球』でも、『黒い秘密兵器』でも、とにかく野球漫画の主人公は巨人の選手でした。お話の中の出来事ですから、不思議とも思いませんでした。怪獣が襲って来るのは、いつも日本です。それと同じことです。現実のプロ野球には、全く興味がありませんでした。

ところが、大学に入った頃、たまたま気が付くと、日本シリーズで、阪急と巨人が戦っていました。「確か、去年は巨人が優勝したはずだ」と思いました。何の思い入れもないから、「今年は阪急が優勝する番だ」と考えました。しかしながら、そうはいかなかった。いわゆるV9の頃だったのです。これは不公平だと思いました。

こうなると、次の年こそブレーブスに胴上げさせたくなる。人間らしい情でしょう。しかし、日常的にテレビで見られるのはセ・リーグの試合だけです。

関心をもって見てみると、江夏豊という若い選手が、王や長嶋を相手に戦っている。背番号が28。わたしの誕生日と同じです。縞のユニホームも、なかなか洒落ている。それなら、ここをしばらく応援してみるか——と、なったわけです。関東のチーム、関西のチームといった色分けは、全く関係ありませんでした。ですから、あの頃、巨人と阪急が交互に優勝していたら、プロ野球自体に関心を持つこともなかったはずです。以来、三十年以上、春から秋にかけ、毎年のようにつらい苦しい思いをすることもなかったわけです。

実際、江夏が入団した頃の阪神は、投手が可哀想になるほど点を取れませんでした。バッキーなら四点、村山なら三点、江夏なら二点取れば勝ちといわれていたのに、その二点がどうしても入らない。じりじりしながら見ていると、0対0の十二回裏あたりになってしまう。そこで、ようやく一点取ってサヨナラになると、抑えに抑えたものが爆発したような嬉しさでした。比喩ではなく、家の中で跳びはねましたね。……いうまでもありませんが、そうならないことの方が確率的には多かったわけですけれど。

どの時期にファンになったかで、動機も多少違うでしょう。しかし、巨人V9の頃、この道に入った人間は(よくいわれる通り)――うまくいくわけのない人生と、球場の試合とを多少なりとも重ね合わせているのでしょう。うちの祖母は、口癖のように「この世は苦の娑婆だ」といっていたそうです。けれど、一年に一回しか食べられないチョコレートの方が、毎日食べるケーキよりおいしいのは明らかです。

ところで、一度ファンになってしまえば、もうこれは動かせないものです。仮に、阪神対阪急の日本シリーズが、あの頃、実現したら、出発点はどうであれ、やはり阪神を応援しましたね。全くありえない設定ではなく、当時は小説にもなっていました。タイガースが勝てば、阪神の祝賀電車が阪急の路線に乗り入れ、ブレーブスが勝てば逆になるというお話でした。懐かしい限りです。その阪急ブレーブスも、いつの間にかオリックス・ブルーウェーブになってしまいました。

一度ファンになってしまえば、という話をもう一つ。勝手なもので、もう「今度は負ける番だ」などとは思いません。いくら勝っても不公平とは思わない。阪神が公式戦百四十連勝してもいっこうにかまいません。ただ、そういう気分になれる時が、あまりにも少なかった。今年ぐらいは、そんな感じをちょっぴり味わいたいと思います。

ただ、一回の裏あたりで百点も入れていると、時間切れノーゲームになるかもしれない。気をつけなくちゃあ。

何や、ゴッホやないか

わたしが小学校低学年の頃、まだ家にテレビがありませんでした。ラジオを聴いて育ったのです。最大の楽しみは落語でした。関東でしたが、時たま、上方落語も放送されました。印象の強いのが、ガァガァ声の三遊亭百生と、かん高い調子の桂小文治。どちらも東京在住の噺家で、大阪の落語を関東に伝える役割を果たしていました。しかしながら子供にとって、前者は耳障りな、後者は気味の悪い声でした。聴きやすいものではないから、印象に残ったのです。関西の言葉は、最初、わたしにとって魅力的なものではなかったのです。

小学校の中学年くらいから、テレビが身近なものになり、『番頭はんと丁稚どん』『スチャラカ社員』といった関西系の番組に接するようになりました。これには、何の言語抵抗も感じませんでした。楽しかった。関西が次第に近いものになって来たのです。そして、わたしが大学生の頃には、松鶴、米朝、春団治、小文枝などの活躍もあって、上方落語のブームになっていました。

その頃になってレコードで聴き返した亡き百生、小文治の落語も、二十代になった耳には、前者が味のあるものに思え、特に後者は声には「あはれ」を感じました。小文治の語る女には、子供には分からない、独特の魅力がありました。

わたしが上方落語について関心を示したら、大阪在住の後輩が、「本物を聴きましょう」と案内してくれました。ちょうど、江夏豊が甲子園球場でノーヒットノーランをやった頃です。

後輩は、「次代を担うのは、小米、春蝶ですよ」と断言しました。いうまでもなく、小米は後の枝雀です。すでに、その二人がこの世にいないのは寂しい限りです。

桂春蝶は、非常な痩身でした。若い頃のわたしも、今の体形からは信じられない痩せっぽちでした。「そこは似ている」といわれました。春蝶は、枝雀に比べ、レコードに恵まれませんでした。今の関東の若い落語ファンは、存在すら知らないかも知れません。そんな春蝶のCDが、昨年、ビクターから出たのは嬉しいことでした。

おかげで初めて、彼の『ピカソ』という噺を聴きました。演じ方は、その時によって違うでしょう。CDに収録されたやり方に限っていうなら、よいものとは思えませんでした。ただ、一瞬の輝きがありました。

――ピカソ、いてるかぁ？

――何や、誰かと思うたら、ゴッホやないか。

この、やり取りです。これを共通語でやってもつまらない。語感に関して、大阪のお仲間、有栖川有栖さんに電話して聞いてみました。つまり、ピカソやゴッホ、あるいはポーやヘミングウェーなどの登場する空間は、われわれにとって翻訳された言葉の世界、つまり、共通語の世界です。それが、暗黙の了解としてある。だから、彼らが関西弁でしゃべり出すと、（話すわけのない二人だと、いうだけでなく）言葉のずれが異様におかしい。あちらの言葉を普通に話している関西の人にも、そのずれは感じられ、おかしいのだろうか――ということです。

肯定の答えが返って来ました。関西でも、ピカソやゴッホは、日常生活において共通語を使っているもの――とイメージされるようです。

その上で、有栖川さんは、学術的なものに関西言葉を使うと違和感のある例を教えてくれました。

「大学のとき、国際法の先生が、くだけて関西弁を使っていたんですよ。法律用語や、その解釈が関西弁で語られる。みんな、黙って聞いてました。でも、ふと、おかしく感じる瞬間もありましたね」

聴講する学生の感じる微妙な違和感。これって笑えるんじゃないかな——という感じ。それは、よく分かります。

それもこれも、同じ意味のことを話していても、完全には重ならない言葉があるからです。上方落語の描き出す人間像は、そこで使われる言葉によって構築されます。落語だけではありません。例えば歌舞伎の『封印切り』における忠兵衛の絶望と滅びの台詞も、鴈治郎の口から出る関西の言葉だから生きるのでしょう。

共通語以外の表現を持つ、豊かな文化圏が存在することは、日本人にとって何と幸せなことでしょう。

1

迷ふこと多き日のはてに雪降りて装幀にレモンイエローを選ぶ

雨宮雅子

『出版人の萬葉集』(日本エディタースクール出版部)という本を手に取りました。題名を見れば、内容は一目瞭然でしょう。出版という仕事は、わたしにとって身近なものです。一ページごとに頷いたり、重い気持ちになったり(特に書店の方の、経営が困難になっていく現実を歌ったものなどを前にした時)しながら、一気に読みました。

多くの歌が心に残りました。これもそのひとつです。雪は、午後もかなり遅くなってから降り出したのでしょう。大都市を覆う白。無数の建物のひとつに作者はいます。雪の照り返しは、辺りが闇に沈むのをわずかに遅らせたかも知れません。清冽な空気と外界を覆う白の中で、一点のレモンイエローを選ぶ。迷い多き日々の中の、ひとつの決断が、必然のものとして落ち着き、我々に安息感を与えます。また、装幀という仕事の喜びを感じさせます。

わたしも、大学時代、同人誌の編集を担当した時には「表紙の色を何にしよう」と思案しました。大きめの文房具屋さんで、並んだ色画用紙の中から、ひと種類を選ぶわけです。編集を引き受けた時には、中のレイアウトから表紙のデザインまで担当します。といっても自分で絵を描く能力はありませんから、著作権に関しては（勝手に）お目こぼしいただいていました。公に売るものではありませんから、著作権に関しては（勝手に）お目こぼしいただいていました。

とにかく人のやらないことをやりたい——という欲がありました。そこで、ある時は、表紙にマッチ箱よりやや小さい、世界の名画を貼り付けたりしました。カラーです。ただ貼ったのではない。まず、その名画より、大きめの凹みを木の板に彫りました。表紙用の色画用紙（確か、ミューズコットンとかレザックとかいうものでした）を上に置き、手で空摺りして紙に凹みをつける。その位置に絵を貼り込んで行くのです。こういう凝り方が楽しかった。

出来上がった同人誌を、クラブの溜まり場に持って行き、

「どうだ、空前絶後だろう！」

と、誇ったものです。

カラーコピーもない時代に、どうしてそんなことが出来たか。出版社さんにはまことに申し訳ない話ですが、実は美術全集の内容見本を使ったのです。——というより、書店で、それを手にしたのがことの始まりでした。

何げなく見ると、上下に数十の名画が列を作って刷られていました。これは使える。巡り合いを無駄にする手はない。同人誌は部数の少ないものです。

「この内容見本を、幾枚か持って行くだけで足りるぞ」

と、思ったのです。場所は、神田の三省堂でした。内容見本のささった棚から、うちまで持って行かれた「名画」は、切り取られ、我らの同人誌の表紙を飾りました。当時の仲間で物持ちのいい人物がいたならば、日本各地に散らばり、古い同人誌の「装幀」の一部として生きていることでしょう。

装幀のときめき
上の文庫は北村薫氏自装の、エラリー・クイーンの創元推理文庫版『エジプト十字架の謎』『シャム双子の謎』。クイーンは作品数が多いので、手元に多く余っていた朱赤の紙で統一して貼った。表紙の裏には、雑誌から切り抜いた関連情報も貼っている。
手前の２冊は表紙の紙に凹みをつけて世界の名画をあしらった大学時代の同人誌。

高校・中学の頃には、ミステリの文庫本に、シンプルな表紙をつけて色分けしました。ことの起こりは、好きなエラリー・クイーンの本の出版社が違ったからです。統一感がない。そこで、全部「自分の本にしてしまおう」と思った。同じ外観にしてしまえば、もう新潮文庫も創元推理文庫もありません。自家製の表紙を、のりでしっかりと貼ってしまいました。後で気恥ずかしくなってもはがせません。

中学の時、わたしは化学部と新聞部と美術部にかかわっていました。美術デザインで使った紙があまっていたのだと思います。枚数に限りがあったから、手持ちの本全部に、そんなことをしたわけではありません。

ただ、文庫本というのは手軽でいじりやすい気がしました。小学から中学にかけて読んだ、新潮文庫の「アルセーヌ・ルパン」シリーズには、画用紙のカバーをかぶせ、何か表紙絵のようなものを描いたように思います。こちらはカバーですから、恥ずかしくなった頃には捨ててしまいました。同じ頃、「ルパン」シリーズに関するパンフレットを作ったりもしました。画用紙を綴じたものです。書くのも読むのも、自分自身でした。これも今はありません。

本という形のものを作りたい——という気持ちは、もっと小さい頃からありました。本好きの子なら、多くが持つ感情でしょう。小学生の頃には、ノートに、世界の民話集から気に入ったものを集めて書き写したりもしました。要するにアンソロジーの作成ですね。中学生になると、自作の童話に、「ドリトル先生」シリーズのような枠で囲まれた挿絵を添えてみたりしました。

本を作りたいと思い、それにかかわるものには、心ひかれました。

まず、活字のような、ひらがな一字一字の独立したゴム印セット。デパートで見つけ、心から欲しいと思いました。昔の子は、お金を持っていません。どんなものも、簡単には買えません。だから余計、心をひかれたのです。

そして、簡易謄写版セット。これは近所の駄菓子屋に出ていました。雑誌の付録の横流れか何かです。雨の日曜日に買いに行き、撫でるようにして眺めていました。しかし、原紙の枚数が限られています。これといった印刷企画も立案出来ないまま、どこかに行ってしまいました。恋人が出来たら一緒に行きたいと思う、演奏会の切符のようなものです。ただ、空想の中では、その印刷セットで刷られた「本」が輝いていました。

さらに、ホチキス。今では当たり前の文具です。わたしが小学生の頃、これが一般的なものになりました。親にいって買ってもらいました。ホチキスをねだる子供だったのです。綴じられる——ということが魅力的だったのです。それは「本」に繋がります。「九十度に回転して本の中央を綴じるタイプのものが出来たらいいのに」と空想したものです。今は、それも商品として実在します。それどころか、製本セットなどというものさえ、売っています。子供の頃の自分に買ってやったら喜ぶだろう、と思います。

2

そして今、自分の本を作っていただけるようになりました。

装幀に関して、細かい指定などはしません。「この方の絵を使っていただきたい」というだけです。ただ、その「だけ」には、かなりのときめきがともないます。思えば、学生時代、同人誌の表紙の色を選ぶ時には、衣服や車を選ぶ時には決して感じない、ときめきがありました。極論するなら、衣服や車は、わたしにとって「何でもいい」のです。前者は寒さをしのげればいいし、後者は屋根があって動けばいい。しかし、本は違います。最初の本、『空飛ぶ馬』の絵が高野文子さん、装幀が矢島高光さん（文庫版は小倉敏夫さん）でした。そこから始まって、ずっとよい本を作っていただいています。

あることをきっかけにして水仁舎の北見さんには、世界で一冊の特装版を作っていただいたりもしました。

俳句を始めた人は事物を見る目が変わるでしょう。わたしも、本を出すようになってから、俳人が花鳥に巡り合うように、美術の方面で仕事をなさっている素敵な方々と出合うことが出来ました。これも本があればこそです。

水仁舎の北見俊一氏特装の『詩歌の待ち伏せ（上）』（文藝春秋刊）。
表紙は美しい藍色の革装（見事な型押しがほどこしてある）で、
箱は渋い水色のマーブル紙の貼り箱。

待ち望んだ『雨月物語』 ――ＣＤ「雨月物語〜菊花の約、夢応の鯉魚、吉備津の釜」

日影丈吉の、よく知られた恐怖の名品に『吉備津の釜』があります。それによると、昔、靖国神社の縁日には、吉備津の釜という見世物が出ていたそうです。釜鳴りの音が耳に残るような短編です。しかし、思えば、『雨月物語』にある通り、《吉祥《よきさが》には釜の鳴る声牛の吼ゆるがごとし。凶《あし》きは釜に音なし。》で、鳴らない時こそ恐ろしい。

白石加代子さんが、この『雨月』の文章を読んで下さると知って、わくわくしました。実現したらいいのに、と思っていた組み合わせなのです。たとえば、前述の箇所を現代語訳で《――吼えるようだ。――音はしない。》としたら、もうつまらない。そこで失われてしまう言葉の力を、白石さんの声が見事に伝えてくれるだろう、と思ったのです。

わたしは前もって、『雨月物語』（新潮ＣＤ）を聴きました。釜鳴りの音は知っていながら動転するほどに胸に響きました。さらに、鳴らぬ釜について《秋の虫の叢にすだくばかりの声もなし。》とある。そこから、続く《ここに疑ひをおこして、》との間の、深々たる沈黙に感じ入りました。名演奏家の作り出す「間」には、もっともっと続いて欲しいと思える、豊かさがあります。

――ああ、白石加代子が沈黙を読んでいる。

と思いました。

また、老婆心ながら書き添えておきます。白石さんの読みは、朗読が深い内容理解によって初めて成り立つものだと、いつも教えてくれます。それに加えて、今回は古典なればこその、難しさもあります。

『青頭巾』では、《喫《くら》ひしもあなれど》と《よからぬ事もあなり》という箇所が、あまり離れずに出て来ます。

——あれ、《あんなれど》《あんなり》ではないの？

と、疑問を持つ方がいらっしゃるかも知れません。確かに、学校文法では、以下のように教わります。——これは、《あるなれど》《あるなり》が《あんなれど》《あんなり》といわれるようになった箇所である。しかしながら、《ん》という文字がなかったので表記されていない。読む時は《ん》を入れて読むように、と。

古語辞典でも、《あなり》には《普通、あんなり、と読む》と書かれています。しかし、耳では分からないのですが、この二か所に挟まれて《なりなんかし》という部分が出て来るのです。つまり、『雨月』の書かれた頃には、もう《ん》があったわけです。そこで、《あなり》と書かれているなら、表記通りに読ませたかったのだ、ということになります。

同様の箇所は他にもあります。細かく、気を配って読まれていることが、こんなことからも分かるのです。

光と闇を行き来する語りの妙　白石加代子の『雨月物語』第2弾

――（CD「雨月物語～浅茅が宿、仏法僧、青頭巾」）

半年ほど前、いまだ冷え冷えとした冬の深夜。しんと静まり返った家の中に、突然、チャイムの音が響いた。誰かが門口にいる。身構えてインターホンに向かうと、親切な通行の人だった。うちの車のライトが点灯したままだ――と注意してくれたのだ。ありがたかった。しかし、その時のチャイムの音は、空気を一瞬、張り詰めたものにした。

わたしが子供の頃、夜は本当に「夜」だった。九時を過ぎると、田舎の町はずれは柔らかで重い黒に覆われた。今ではよほど人里離れなければ、見渡す限り灯火が見えないことはないだろう。昔は違う。外も暗ければ、家の中も暗い。丑の刻とはいわず、仮に子の刻前でも、門口から誰かが声をかけてきたら――これは、チャイムの音どころではない。心底、怖いだろう。賢くなり過ぎた現代人と違い、昔の人が、理屈を超えたものに対する畏怖の心を持てたのも当然だ。

江戸中期、『雨月物語』が書かれた頃の闇は、確かに濃かったろう。しかし、上田秋成のこの短編集がただ妖異を古めかしい泥絵の具で描いたものなら、傑作として残ってはいない。超自然の出来事を通して語られるのは、普通の人間のドラマなのだ。短い物語の中には、人の思いが、より濃い闇の向こうの光が、より明るく見えるように、激しい形で提示されている。

朗読を聴くのは、昔から好きだった。実は以前から、「白石加代子さんが、『雨月物語』を読んでくれたらなあ……」と思っていた。その期待が、現実のものとなって嬉しい。現代の聴き手は煌々たる蛍光灯の下で、ＣＤに耳を傾けるかも知れない。いや、近世のものとはいえ、様々な典拠を踏まえて書かれた『雨月物語』である。少なくとも最初は、明るい部屋で、原文の文字を眼で追いながら聴くべきであろう。そういう蛍光灯の輝きをも、ふと、行灯《あんどん》のものと感じさせるような語りの力を、白石さんは持っている。

誤解してはいけない。これは決して、白石さんの朗読が巧みだ——というだけのことではないのだ。ましてや、単にその個性が、秋成の世界への導き手としてふさわしい——などという次元の話ではない。個性というなら、白石さんは実に様々な色合いの絵の具を使う画家だ。幅広い役柄を、見事にこなす。その活躍ぶりは、誰もが知るところだ。

なるほど、語りの翼に我々を載せ、物語世界に運んでくれる白石さんのテクニックは舌を巻くばかりだ。しかし、それを支えているもの、白石さんを真に優れた朗読者としているものは何か。光を語り、闇を語る前に——声を出す以前に行なわれる読解、的確で深い内容理解なのだ。まず、これがある。

白石加代子さんが、この古典の素晴らしい読み手であるのも、実はそれゆえなのだ。

語りの不思議

小学校高学年の頃、やっと我が家に、魔法の四角い箱がやって来ました。テレビです。わたしなどが、テレビのない茶の間を知っている、最後の世代になるのでしょう。そういうわけで、小さい頃には、よくラジオを聞きました。ドラマも放送されましたが、なかでも落語が好きでした。一人の人間の語りによって、広がりのある世界が見えて来ます。勿論、男性も女性も違和感なく登場し、活躍します。ところが、同じ噺《はなし》を女の方が語ると、どうも落ち着かない。こちらに「落語」というものに対する先入観があるせいかも知れません。

では、一人語りに向いているのは、男性なのか？　――一概に、そうもいえません。二枚目の名優といわれる方の朗読を、聞いたことがあります。耳を傾けていると、男の登場人物が出ているうちはよかった。しかし、彼がヒロインの台詞を読むと、どうもおかしい。簡単にいってしまうと、気持ちが悪いのです。美男の俳優であるだけに、まるで鬘《かつら》をかぶって女性の振りをしているようです。そこで、気持ちが冷めてしまいました。

女性が、男性の会話を朗読しても、こういった居心地の悪さは生じません。今の例を裏返し、仮に女の声で、きりりとした美男の台詞を読んでも不快ではないでしょう。おそらくこれは、聞き手の性別には関係のないことだと思います。

一方、男でも、ある程度以上、年を重ねた方や、渋い役柄の人なら（勿論、芸の力が必要なのは、前提条件ですけれど）、性を越えてしまって、あまり違和感がありません。宇野重吉の

『智恵子抄』や、小松方正の読んだ永井荷風など、いつまでも印象に残るものでした。

こういったことは理屈を越えた実感です。語るという行為は、実に不思議であり、また魅力的なものです。

いずれにしても、体験したり、人づてに聞いたりした、比較的単純なことを、飾り気なく話して行くのが、物語の原点でしょう。

「山にたきぎを拾いに行ったら、雨に降られてしまった」でもいい。テレビもラジオもない時代の、そういう炉端の語りは魅力的です。そこに感想が加わったり、次第にストーリーめいた起承転結が付加されたりするのでしょう。

『語り女たち』は、物語の懐かしい故郷に帰り、その山裾や川べりや辻を歩くつもりで書きました。題名が示す通り、語り手となるのは女性たちです。書きながら自分もまた、こだまを聞くように、彼女たちの声に耳を傾けていたのだと思います。

プロムナード

勧進帳

テレビの歳時記があれば、新年に分類される番組がある。若い人に聞けば、まず「かくし芸大会」や「箱根駅伝」になるだろう。しかし、お節料理に似合うのは、何といっても伝統芸能だ。この時期、視聴者を「お正月らしい」気分にさせてくれる。今年も、東京歌舞伎座や大阪松竹座などから初芝居の中継があった。

その歌舞伎で、昨年末、待望のＤＶＤが発売された。昭和十八年（一九四三年）十一月、歌舞伎座で収録された『勧進帳』である。弁慶はこの演目を得意中の得意とした七世松本幸四郎、富樫が花の橘屋十五世市村羽左衛門、そして義経があの六世尾上菊五郎。太平洋戦争のさなかに、よくもこれを撮っておいてくれたと、当時の関係者に感謝するしかない。

『勧進帳』は、昔なら誰でも知っていた。今はお笑いブームだが、かつての大スター「あきれたぼういず」の演目には『珍勧進帳』というのがあった。カルメンのメロディーにのって、山伏問答のパロディが始まる。

——手に持つは？

という富樫の問いに、弁慶が、

——手荷物は、一時預けに。

などと答える。粋なものだ。ともあれ、お笑いのパロディになるほど、『勧進帳』の文句が、一般大衆に浸透していたわけだ。

さて、今から十年近く前になるだろう、早稲田大学演劇博物館振興基金支援のための催しとして「名作歌舞伎映画祭」が企画された。歌舞伎座で、貴重なフィルムが上映され、その中にこの『勧進帳』も入っていた。大喜びで出掛けたわたしの席の後ろには、歌舞伎俳優の奥さんらしい人が、幼稚園児ぐらいの子供を連れて、観せに来ていた。ただの親子連れとは違う厳粛な雰囲気が漂っていた。母の方は、「これから神様に会うのだよ、お前は」という感じだった。子供にも、自分の立場がよく分かっているようだった。これが、修行の第一歩なのだ。

映写が始まると、客席からは「高麗屋っ！」「橘屋っ！」と声がかかった。演じているのは、はるか昔に、世を去った人たちである。それに対して、高齢と思われる観客から、熱い声がかかる。まるで、失われ行く時に対抗するかのようだった。

わたしは、レコードなどで聴く、橘屋の名調子にすっかり魅せられていたから、半ばは彼を観に行ったようなものである。素晴らしかった。全てを理解した富樫が、引っ込む瞬間に、涙を呑んでくっと上を向く。その良さといったらなかった。これは、見事な恋愛劇で、義経と弁慶の不動の愛を見た富樫が、――それは終生、自分の手には入らぬものと思い、涙するように思えた。

たとえば落語で、昔の名人上手の録音ばかり聴いていて、当代の演者を無視するのは筋違いだ。芸は生き物なのだから。――歌舞伎もまず、現実の劇場に足を向けるべきだ。それは当然だが、ここまでのものを目にしてしまうと、「あれを――あの瞬間を、もう一度だけでも観たい」と思ってしまう。

その映像がＤＶＤ化されるというニュースを、昨秋、耳にした。それから、店頭に並ぶまでの時間の長かったこと。子供の頃、少年雑誌の発売日を、胸を躍らせながら待っていた時のようだった。

炬燵《こたつ》で蜜柑《みかん》の季節となった。また、あのＤＶＤを見返し、お正月らしい贅沢を味わっている。

風と共に去りぬ

うちには猫がいる。名前は、ゆず。気が付くと窓の外が暗い。ゆずの夕食の時間になっていた。食器を取りに、二階に上がって行く。見ると、用足しがしてある。そこで猫トイレの脇にしゃがみ、始末を始めた。

こういうことをしていると、意外なほど作業に集中できるものだ。ふと、その手を止めた。気が付くと、どこからか、奇妙な声が聞こえる。

一人ではない。会話だ。表の通りを、話し合いながら行くのだろうか。しかし、声が遠くならない。同じ距離から聞こえて来る。立ち止まって、声高に話しているのか。そうだとしても、普通のやり取りとは違う。声の調子が妙だ。気になって、窓の側に歩いて行き、耳をすました。どうも、外からの声ではなさそうだ。

……まさか、うちの中？

妙な気分になりながら、階段の方に行きかけた。そこで、疑問が氷解した。実は、二階に上がって来る前、片付けをしていた。その時、落語のＣＤをなにげなくプレーヤーに入れ、スイッチを入れた。演者には申し訳ないが、部屋を片付けながら聞き、途中で二階にやって来た。そこで、猫トイレの始末に集中した結果、以前の記憶が消え去った。糞を取り終え、我に返った途端、遠い所から、ぼんやりと響いて来る、日常的とは思えぬ声。

……あれは何だ？

と、なった。下で会話をしていたのは、何と八っつぁんと熊さんであった。分かってしまえば何でもない。滑稽なだけだ。しかし、その時はまことに不気味であった。

　これは、自分のやっていたことを忘れた例だ。一方、わたしは生来の悪筆で、自分の書いた文字が読めなくなることも多い。

　本についてメモした紙が、財布の中から出て来た。随分、古いものだ。入れて持ち歩いているからには、かなり関心のある作家か、作品名だろう。古書店で巡りあったら買うつもりなのだろう。しかし、その中の一行が判読できない。メモは横書きである。新聞の文章としては異例だが、その一行は、横に組んでもらう。こうなっていた。

「の3,C12のc5」

　いくら見返しても、そうとしか読めない。これでは、まるでエドガー・アラン・ポーの『黄金虫』に出て来る暗号だ。なぜ、自分がこんなことを書いたのか、見当もつかない。分からないことがあるというのは、苦しいものだ。

　そのメモの中の、ある短編について問い合わせたくなって、評論家の新保博久氏に電話した。氏は、「教授」と呼ばれ、文字通り歩く事典、いや、今流にいうなら、歩くインターネットのような人物だ。わたしの質問に、たちどころに答えてくれた。

　……あいかわらず凄いな。でも、これは分かりっこないよな。

と思いつつ、前記の謎の暗号の下にある作品名らしきものを読み上げてみた。

「この『燃える薔薇』という……」

　途端に、

「野呂邦暢でしょ」

　あっと思った。記憶が蘇った。謎の暗号は、なぐり書きの平仮名だった。「のろ、くにのぶ」と書かれていたのだ。

こんな自分の粗忽《そこつ》を、三題噺のように、三つ並べてみようと思った。ところがここまで書いたら、もうひとつが何だったか忘れてしまった。

サンクチュアリ

関東では、年末に雪が降った。しかし、ちらつく白いものが意外に思えるほど、前後に好天の日が多かった。そんな、よく晴れた午後のことである。車で、田圃《たんぼ》の中の道を走っていた。窓を閉めていると、日差しを熱く感じるほどだった。単調な風景が続く。しばらくすると、左手の田圃が切れて空き地になった。冬のこととて、わずかな緑と枯れた草に覆われている。そこにも光は降り注ぎ、暖かそうだ。

……あれ？

と、思った。自然の中に見えた、人工の色。それも鮮やかな赤だ。また、形が実に意外だった。高さは三十センチぐらいだろうか。横に渡された二本の棒を、縦の二本棒が支える。いや、何もそんなややこしい説明をすることはない。要するに、ミニチュアの鳥居が、冬の草むらの中に立っていたのだ。

超現実的な眺めだった。その先にミニチュアの神殿があるかと思うと、何もない。ただ赤い鳥居だけが、輝く日のもと、強く自己主張している。鳥居は、草とは違う。ひとりでに生えたりはしない。そんな奇跡の起こる時代ではない。

……誰が、何のために？

昔のマンガには、鳥居の描かれている塀が出て来たものだ。いうまでもないが、この場合は、ある種の、けしからぬことをされないためである。鳥居に向かって、その行為は出来ないだろう——ということだ。マンガに描かれるということは、現実に、そういう塀が各地に存在したのだろう。わたしは、あまり見たことがない。

何のための鳥居か——と思った時、この例がすぐ頭に浮かんだ。しかし、人家を遠く離れた、こんなところまで来て、けしからぬことをする人間もいないだろう。

それでは、美術的パフォーマンスか。テレビでも、そういうものを取り上げる番組がある。それに地方在住の孤高の芸術家が、寒風の中、「不思議な風景」の創作に励んだのだろうか。それにしては、あまりにも観客を意識していない。いやいや、行為そのものに意味があり、観客などいらないのかも知れない。

……などと考えながら、うちに帰った。当然、この話をした。すると、こういう答えが返って来た。

「廃棄物を捨てられないように空き地に鳥居を建てることがあるって、テレビでいってたよ」

まるで、快刀乱麻を断つ名探偵のひと言のようだ。わたしの見た場所が、実際にそうかどうかは分からない。しかし、確かに場所は、自動車の往来する広い道沿いだった。おそらく、これが正解なのだろう。「ゴミ捨ては勘弁してよ」というために、聖域を作っていたのだ。

それにしても、こんな方法が、いつ頃から考えられ、広まったのだろう。実にストレートに、現世利益を求めている。初詣には神社に行き、お盆にはお寺に行き、年の暮れにはクリスマスを祝う日本人だが、こんな時には、仏像や十字架より、やはり鳥居が似合いそうだ。

困った時の神頼み、という。しかし海外では、こんな形で神様の力を借りることがあるのだろうか。あまり、この世と掛け離れた高みにいらっしゃらず、人間のために、気楽に役だってくれる。そういう神様のあり方が、いたって日本的なものに思えた。

回転数

テレビの『トリビアの泉』という番組で「一青窈《ひととよう》の『もらい泣き』の再生速度を遅くすると平井堅が歌っているように聞こえる」といい、実際に聞かせてくれた。

我々が育った時代、音楽の再生手段といえばレコードだった。短い曲の入っていたのが、俗にいうドーナツ盤だ。今のシングルCDのような感じである。これは、ターンテーブルの上で、一分間に四十五回転した。

長時間演奏ができるのが、ロングプレイ――つまり、LPというタイプで、こちらは盤も大きく、一分間に三十三と三分の一回転した。ベートーベンの『合唱』が一枚に収められたものなど、初めて出た時には話題になったのだろう。

この二種類が普通に流通していたから、再生装置にも切り替えスイッチがついていた。長い間には、間違えてかけることもある。いや、粗忽《そこつ》でなくとも、好奇心があれば、回転数を変えたらどうなるか――と一度ぐらいは思うものだ。

お金のかかった機械だから、乱暴な使い方はできない。しかし、ステレオを買ってもらった後、古くなったポータブルで実験したことはある。本物のレコードは傷つくといけない。ソノシートで試した。――若い人には、このソノシートというもの自体がわからないだろう。要するに、廉価な簡易レコードと思ってもらえばいい。

さて、針を下ろし、盤の回転の方は自分の指で行う。これなら、回転数は自由自在だ。音は高く低く変化した。一番やってみたかったことは、別にある。レコードの線の最後のところに針を置き、逆に回したのである。世にも奇妙な音楽が聞こえた。

これにはヒントがあった。当時、青島幸男がラジオで、リクエストに応じて何でも聞かせます、という番組をやっていた。二・二六事件の時の「兵に告ぐ」の放送、あるいは、ベルリン・オリンピックの「前畑ガンバレ」などと共に、次のようなリクエストがあった。

——加山雄三の「君といつまでも」を、逆回転でかけたらどうなりますか。

これを聞かせてくれた。知っている人が、とんでもない仮装をして現れたような面白さがあった。その印象が強かったのである。昔のレコードなら、こういう荒業も簡単にできた。

レコードと回転数で思い出すのは、再生の機種によって、微調整のダイヤルがついていたことである。ある落語のレコードを買った時には、これが役立った。聞き慣れた声が妙に甲高くなっていたのだ。明らかに音源のテープがおかしい。プロの業者なら発売前にやっておくべき調整が、なされていなかったのだ。担当者が、あまり落語を愛していなかったのだろう。微調整をしてテープにダビングし、そちらの方を聞いた。最近のＣＤでも同様のことがあった。こちらは調整できないので困った。

このように、回転数のことをふと考えただけでも、様々なことが頭に浮かぶ。そこで、話は最初に返る。『トリビアの泉』を観たわたしは、反射的に叫んでいた。

——それなら、平井堅の歌を速くすると一青窈になるのかい？

許可を取る関係などで、放送できなかったのかも知れない。しかし、聞いてみたいものだ。そう思った人も多いのではないか。

幻の座談会

「ご隠居さん、また何か読んでるね」

「おお、八っつぁん。これはな、中国の書物で『水滸伝』という」

「みそおでんみたいなものかね」

「ちょっと違うな。梁山泊《りょうざんぱく》というところに、百八人の豪傑が集まる話だ」

「よく入ったね、百八人も」

「梁山泊ってえのは、お前のうちより広いんだよ。集まった連中が凄いぞ。豹子頭林冲《ひょうしとうりんちゅう》、青面《せいめん》獣楊志《じゅうようし》、黒旋風李逵《こくせんぷうりき》、古今亭志ん生、九紋竜史進《くもんりゅうししん》なんていったら、もう大したもんだ」

「ふーん」

「黒旋風李逵は斧を使う」

「薪を割る時、手伝ってもらいたいね」

「薪どころか、お前だって割っちまう」

「そりゃあ困るな」

「古今亭志ん生なんぞは、出て来て『えー』といっただけで、相手を倒してしまう」

――と、こう書いてみると、梁山泊に志ん生がいてもおかしくないような気になる。それだけ古今亭の存在感が大きいわけだ。

ところで、推理作家協会の古い会報を見ていて、気づいたことがある。具体的にいえば、昭和二十三年十月号。協会は、まだ探偵作家クラブといっていた頃だ。わたしも生まれていない。その消息欄に江戸川乱歩のことが載っていた。

この年の九月、乱歩は、志ん生と共に座談会に出ている。二十一日には徳川夢声、春風亭柳好、林家正蔵などと一緒に、二十七日には桂文治、神田伯龍、桂小文治などと共に。

ちょっと興奮した。乱歩と志ん生となれば、想像を絶した異種格闘技の組み合わせのようだ。二人は一体、どんなことを話したのだろう。知りたい、知りたい！

あるところに、そう書いた。すると、——願えばかなうことがあるものだ。後者、つまり二十七日の座談会は『天狗』という雑誌に載ったという。それを、評論家の田中潤司さんが、たちどころに、ご自分の倉庫から探し出してくださったのだ。

お送りいただいた座談会を読んでみると、実に面白い。乱歩はといえば、進行役であった。そのため、最初に考えたように志ん生と二人、丁々発止と切り結んではいない。しかし、登場する芸人たちの個性がよく出ている。速記を文章にした人が、出席者それぞれの芸を愛していたのだろう。活字になっても、よく口調が生かされていた。語られる様々のエピソードが、また楽しい。

こうなると、前者、つまり二十一日に行われた座談会の様子が、さらに知りたくなる。消息欄には、『毎日読物』のために行われた集まり——と書かれている。雑誌名まではっきりしているなら、簡単に調べもつきそうだ。おそらくは、この年の十二月に出た——つまり、『昭和二十四年新年号』に載ったのだろう。

ところが、これがどういう雑誌なのか、意外にも、よくわからなかった。某社の方などが、かなり力を入れて調べてくれたのだが、たどりつけなかった。

雑誌に載ったものの中でも、小説の類いは、比較的、後からでも読むことができる。単行本に収められるからだ。しかし、座談会やコラム、アンケートの回答などは、時の波の下に隠れてしまう。そういう中に、「これは！」と思うようなものも、きっとあるはずだ。もったいないことである。

ロマン・ロランは、今、あまり読まれないようだ。我々が子供の頃、本屋に行って文庫の棚を見ると、必ずといっていいほど、『ジャン・クリストフ』が並んでいた。買わないといけないような気にさせられた。中学生の頃、この大河小説を——長い長い話を読んでみたいという気もあって——手に取った。

音楽家ジャン・クリストフの一生を描いた物語だ。主人公に大きな影響を与える人物として、ゴットフリートというおじさんが出て来た。行商人である。時にふらりと現れる。幼いジャンが作曲をし、皆にほめられる。ところがゴットフリートおじさんは、あっさり、

——駄目だなあ。

と、いってしまう。そういう人だから、時に、

——うん、それはちょっといいね。

などといわれると、とても嬉しい。けなされることの多いジャンが、小細工をした。大作曲家のあまり知られていないメロディーを見せたのである。ゴットフリートが否定したので、鬼の首を取ったようにいった。

——やーい、それは有名な誰々が作ったんだよ。

しかし、おじさんは一向に動じない。

——昔の有名な人が作っても、駄目なものは駄目なんだよ。

印象深い場面である。

四十年も前に読んだのだから、うろ覚えだが、確か、「世間の考える大作曲家とは、とっく

の昔に死んだ人達ばかりだ」という意味の一節もあったはずだ。

芸の道などでは、とかく過去の名人が神格化されやすい。しかし、ありがたいことに、現代にも素晴らしい人達がいる。

ラーメンズという二人組の、第十五回公演「アリス」を観て来た。以前はテレビのお笑い番組にも出ていた。現在では足を運んで観るしかない。しかし、これがなかなか難しい。毎回、チケットは発売即完売なのだ。当日券を求めて並んでいる方々の熱気に圧倒される。どういう舞台なのか——というと、あれこれ言葉を並べても意味がない。説明の無力さを感じさせる。観るしかない。

役者であり作者でもある小林賢太郎さんが、ちらしに「僕はコントを信じています。コントしか信じていないと言っていい程コントを信じています」と始まる、素敵な挨拶文を書いている。それなら、「コント」なのかというと、いやいや、「ラーメンズのコント」なのだ、というしかない。

終演後、ふわふわするような気になりながら劇場の外に出た。歩くうちに、ふと、この高揚感は、いつか感じたものだと思った。すぐに分かった。蜷川幸雄演出の「テンペスト」を観て、街路に出た時のそれだ。予測を越えたもの、（素晴らしいという意味で）とんでもないものを観てしまった——という、戦慄に近い思いである。

ところで、わたしは実は二人組の片方の、片桐仁さんと知り合いなのだ。だから、ほめにくいということはある。今まで、凄いとは思いつつ、あからさまな賛辞を書かなかった。しかし、もう諸手をあげて降伏するしかない。参りました。大きな声でいおう。——ラーメンズは、一観客として「同じ時代に生きていてよかった！」と、心の底から思える存在なのだ。

第41巻　音声

以前の回で、ソノシートというものを「若い人は知らないだろう」と書いた。大辞林には「ビニールなどで製した薄いレコード盤。商標名。」と書いてある。わたしが子供の頃、これが登場した。手軽に音楽を楽しむ手段として、広く出回った。

その頃、「音の出る本」という広告を見た。とても魅力的なものに思えた。本さえ開けば、ページから声が聞こえて来るようだ。無論、実際の品物は、そんなに童話的ではない。ただ、薄いソノシートが、ついているだけだった。

時は流れ、今の話である。年末になると、よく雑誌で「今年の三冊」などというアンケートが企画される。その中に、「へぇーっ」という回答があった。買おうと思った。ところが、本屋さんに行った時には、何に驚いたか忘れていた。年が明けてから、あることがきっかけとなり思い出した。新潮社の『決定版　三島由紀夫全集』だった。

昔は、本屋さんに置いてある全集の刊行案内を小まめに集め、熟読したものだ。どんなものが出ているか、大体はつかんでいた。それをしなくなったから、今度の『決定版』の『第41巻』がどんなものか知らなかった。何と――「音声」。それだけで一巻になっている。CD七枚で五千八百円だから、商品として単純に考えても、かなり安い。

文学者の声は、古くからレコード化されている。作者による自作朗読を聞くのは、作品理解へのひとつの道かとも思われる。しかし、実は「聞かねばよかった」と思わされることも少なくない。

文章は、目を通して我々の脳に入る。そこですでに無音の声となる。活字で味わうべきものを、読みの素人である「作者の声」によって聞くと、無残さを感じることさえある。野球選手がバットでサッカーボールを打つのを見るような思いだ。脳内の「無音の声」との落差にとまどい、「そんなことしなくても……」と、いいたくなるのだ。巧拙を越えた何物かが伝わって来るならいい。だが、巧拙を越えた何物かを――越えるほどに拙い場合もある。

一方で、例えば寺山修司のそれのように、朗読もまた作品と思わせるものもある。要するに、――当たり前のことだが――人によるわけだ。この「音声」の巻も、三島の全集だから成立したのだろう。

ＣＤのうち二枚は、『わが友ヒットラー』の朗読に当てられている。三島は、杉村春子に「役者は政治にかかわるべきではない」といっていたそうだ。三島の声を聞くうちに、この巧妙に仕組まれた劇が、非政治的なものだと分かって来る。ここに描かれているのは、右でも左でもなく、若さと老いなのだ。

解題によれば、三島の『サド侯爵夫人』公演にあたっての本読みもまた、録音されたそうだ。そのテープが行方不明だという。当時、舞台監督であった和久田誠男氏が「発見されることを心から祈っている」と、語っている。録音された音声は、必然的に劣化する。早いうちに、見つかってほしいものだ。

さて、これ以前も、おそらく、これからも、ある全集の一巻全てが「音声」に当てられることは、まずなかろう。しかし、資料としてなら、ＣＤや――ＤＶＤまで付くかも知れない。全集も時と共に、こうして形を変えるわけだ。

本を買いに

大学時代は、東京に通学していた。本の奥付を開き、出版社の番地を見ると、行動範囲から意外に近い所にあったりした。さすがは東京である。新刊書店にない本の在庫を、電話で問い合わせ、出掛けて行ったことが何度もある。学生はお金がない。百円でも、もったいない。定期で降りられる駅から、歩いて行った。講談社や春陽堂、——新潮社には、北杜夫の本に製本ミスがあったので替えてもらいに行った。

卒業してからも、必要に迫られ、版元に行ったことがある。都筑道夫に『目と耳と舌の冒険』というエッセイ集がある。名著である。何度も読み返した。その第三部が「食道楽五十三次」。題名通りの内容に、ご存じ山藤章二画伯の挿絵がついていて、実に楽しい。ある時、どこかに旅に出る余裕が出来た。そこで、

——都筑先生のあの旅を、追体験したら面白いだろうなあ……。

と、思った。江尻の十七夜山千手寺の普茶料理、豊橋きく宗の菜飯田楽などを——それがどういうものか、ここで長々と説明するわけにもいかないけれど、都筑先生が書くと、とにかく食べられないのが悔しいほどに、おいしそうだった——実際に目にし、舌で味わってみたかった。ただ読むだけでなく、実用書として使いたくなったわけだ。

ところが、いざ探し始めると、この本が出て来ない。家のどこかにはある。だが、秘密の埋蔵金のごとく姿を隠して、息をひそめている。「おーい」と呼んでも、「ここにいるぞー」と答えてはくれない。

『目と耳と舌の冒険』なら、すぐ手の届くところにあって嬉しい本だ。もう一冊、買おうと思

った。しかし、書店に行っても無理だ。新刊で買ったわけだが、それから何年か経っている。店頭にはなかろう。

版元は覚えていた。晶文社だ。電話すると、在庫があるという。行きたくなって出掛けた。暑い、空の青い、影の濃い、夏の日だった。

――ここで、この本が作られているのか。

と思った。出版社まで足を運んで買う醍醐味が、まさにここにある。本の値段のうち、普通は十分の一が著者に入る。残りの九割を、版元と問屋さんと書店さんで分ける。お金を出して買う人が減ると、出版という産業自体が成り立たなくなる。直接、出版社に行くと、問屋さんと書店さんの取り分が減ってしまうから、全国民がやると、問屋さん、本屋さんが困る。しかし、何人かならよかろう。版元の助けには、なるのだから。

出版という事業は、人が考えるよりはるかに、経済的に厳しい。わたしも、ある程度、事情が分かってびっくりした。必要経費を引くと、儲《もう》けはほとんどない。初版を売り切り、版を重ねたところから、やっと儲けが出始める。それが実情だ。ということは、現在、ほとんどの本が「出せば損をする」わけだ。数少ない売れる本で利益を出し、かろうじて穴を埋めるのが現在の出版界である。

だから多少とも援助をしよう――というわけではなくて、やはり、第一には、前にも書いた通り、「その本が、どんなところで作られているのだろう」という思いがある。だから、出版社まで行ってしまう。

これは、「恋する人が、どんな町で生まれ育ったのだろう」という、人間なら抱きそうな思いに似ているのではないか。

アルエゴさん

この間、版元まで行って絵本を買った。ホセ・アルエゴが絵を描いた『おそざきのレオ』である。

わたしとアルエゴさんの出会いは、昭和五十三年になる。河出書房新社から出ていた『イメージの冒険—2　絵本』に『ルック・ファット・アイ・キャン・ドゥ』という一冊が紹介されていた。水牛が何ともユーモラスなポーズをとり、友達の水牛に向かって呼びかける。

「ほら、できるかい？」

一目で気に入り、すぐ洋書屋さんに走って探し求めた（この本は、後から翻訳も出た）。以後、絵本のコーナーで「アルエゴ」という名前を探すようになった。見つけると、迷うことなく買った。一度として、はずれはない。洒落ていて、楽しくて、あたたかな気持ちにしてもらえる。そのうちに、何冊も翻訳が出るようになった。

やがて、アルエゴさんの本は、「絵」のところに名前が二つ並ぶようになった。ホセ・アルエーゴとエーリアン・アルエーゴ（『ひよことあひるのこ』アリス館）と書いてあると、「結婚したのかな？」——と思う。しかし、一方の名がエアリアン・デューイ（『ヒツジがこおりですべったとさ』評論社）やアリアンヌ・デューイ（『すえっこ　おおかみ』あすなろ書房）となっていると、「はてな？」と一瞬思う。

いうまでもなく、エーリアンとエアリアンとアリアンヌは、同じ女性だった。片仮名に置き換える段階で、様々な表記になったに過ぎない。

アルエゴさんはフィリピンの生まれ。ニューヨークでそのデューイさんと知り合い、結婚した。『すえっこ　おおかみ』の解説に、「二人で仕事をすることが多い彼らは、アルエゴが絵を描き、デューイが色を塗るという役割分担をしている」と、書かれている。

初期の作品では、線はそのままだが、確かに使われている色が違う。デューイさんの塗る色は、魅力的な明るさを持っている。時とともに、創作者の作品は変貌するものだ。その理由は様々だろう。二人の場合ははっきりしている。今はもう、「彼らの本の色」となっているものが、人間の幸せな結び付きから生まれたと知るのは、何とも嬉しい。

さて、アルエゴファンのわたしだったのだが、実はこのところしばらく、絵本のコーナーから足が遠ざかっていた。いうまでもない。子供がすっかり大きくなったからだ。

ところが、ある機会から、前述の『すえっこ　おおかみ』を買った。動物の表情があいかわらず素晴らしく、木々や草の葉の一枚一枚までが語りかけて来る。文を書いている人は別にいるのだが、絵の語る力が大きい。やはり、これは「アルエゴの本」と思えてしまう。その解説で、同じあすなろ書房から出ていると知ったのが『おそざきのレオ』。書店では手に入らなかったので、版元まで出掛けた――というわけだ。

目の前に積んである本の山から、一冊を取ってもらった。わくわくしながらの帰り道、すぐに読み終えた。アルエゴが一人で彩色していた頃のもので、そのタッチの違いも面白い。一時間後に会った人と、お茶を飲みながら話題にし、

「ほら、訳もいいでしょ。この最後のページの一言」

などといいながら、そのまま貸してしまった。そんなことをしたくなる本なのだ。

白樺文学館

天候のいい日が続く。そこで、柳田國男記念公苑に出掛けようと思い立った。柳田が少年時代を過ごした家の跡だ。茨城県利根町にある。民俗学の祖が、幼い日、神秘体験をしたという有名な祠《ほこら》などがある。いつか、行ってみたかった。車を使うことにし、せっかくだから、途中に何かないかと調べてみた。途中の千葉県我孫子市に「白樺文学館」というのがある。知らなかった。

我孫子といえば、手賀沼のほとり。その風光を愛して、何人もの文学者が暮らしていた。朝日新聞の名記者・随筆家として名をはせた杉村楚人冠の『湖畔吟』の中に、「手賀沼は南北二三十丁の幅で、長さが東西に四里もある川のような沼だ」と書かれている。沼の底は一面の藻だという。昭和初年の話なので、今もそうかどうかは分からない。

さて当日、手賀沼の水面が、きらきらと輝いて見え始めた辺りから、しばらく進んで左に折れる。細い道を行くと、文学館があった。中に入ると、展示が実に充実している。空間的に広いとはいえない。そのため、かえって集中して見られる。

後から向かった柳田國男記念公苑も、目的の祠を見られ、大いに満足した。しかし、「ついでに――」と軽い気持ちで寄ったため、かえってこちらの印象が強くなった。

感銘を受けたものは多いが、中でも志賀直哉が小林多喜二に宛てて書いた、有名な書簡があったのには驚いた。白樺派の文学と民芸運動に関する展示があり、階下からは、柳宗悦夫人であり日本声楽界の先駆者、柳兼子の歌声が朗々と響いて来る。音楽も聞けるのだ。文学館の斜め向かいは志賀の旧宅跡で、今も書斎が残っている。

館の方々が、実に親切に応対してくれた。独自に企画した講演会なども、次々に行われているそうだ。この秋には、何と阿川弘之先生が志賀直哉について語るという！　これは何をおいても聴きに来なければなるまい。これだけの優れた文学館があることを、わたしは知らなかった。東京近辺の人なら、電車で来て、手賀沼に沿って散歩し、近くの「鳥の博物館」などに行ってもいい。――と、おすすめするわけは、実はわたしと連れがいた午前中の二時間ほど、他のお客さんが来なかったからだ。興味があるのに、存在を知らない――という人もいるだろう。そう思って、ここに書いた。

動物園や美術館の中に、独自の工夫をこらし、観客が多く集まるようになったところがある――というニュースを聞いた。興味関心を掘り起こす創意と努力に、人間の尊い力を見る思いがし、心を動かされる。しかし、公共の文化施設の中には、性質上、どれほど内容が充実していても、観客数の劇的増加が望めないものもある。だが、出版にたとえれば、売れないと分かっていても、出してもらいたい本がある。文学館の場合は、わずかな入館料収入など、最初から当てにできるわけがない。こういう施設を経済的に支えてくださっている方、また現場のボランティアの方々には、本当に頭が下がる。

さて、最初に引いた『湖畔吟』だが、今では読む人もいないだろう。わたしは、学生時代、「杉村楚人冠というのは実に頭のいい人だ」という意味の文章に触れ、本を探す気になった。せっかくだから、次回に少し、内容をご紹介したいと思う。

湖畔吟

前回、『湖畔吟』という書名をあげた。著者は杉村楚人冠。戦前を代表する新聞記者の一人だ。随筆家としても知られている。主として『アサヒグラフ』に掲載されたエッセイをまとめたのが『湖畔吟』。湖とは、千葉県手賀沼を指す。そのほとりに住みつつ、心にうつりゆく様々なことを綴《つづ》った。今は知っている人もあまりいないだろう。この機会に、中の幾つかをご紹介する。

「醤油《しょうゆ》買ひ」という話がある。近所の女房連が籠《かご》をかつぎ、語り合いながら歩いて行く。二里ばかり北の村に、「大きな醤油屋がある。そこまで買ひに行くと、馬鹿に安い値段で醤油が買へる」。そこで、入れ物を用意し出掛けて行くのだ。この店では、いつでも飯と汁とがふるまわれる。正月前には酒まで出る。そこで女房達は「十余人誘ひ合せては、行く〳〵亭主ののろけやらたなおろしやらを、腹蔵なくやりながら、二里の道を三時間も四時間もかゝつてやつて行く。丁度昼頃に着くやうにテムポを計つて、着けば野天の食卓で、何を食ふとしてか旨からざらんところの空腹へ、飯と汁との御馳走になる。なるほど聞けば聞くほど楽しげな」。

　それ自体が、おかみさん連の心待ちにする、胸はずむ行事だったのだ。今なら、スーパーあたりで、ひょいと醤油瓶を手に取る。急ぐ時は、コンビニですます。八キロ歩いて醤油屋に行く人は、もういないだろう。昔は、こんな「買い物」の仕方があったのだ。

「インドで一番御馳走は蚊の目玉だそうだ」というのもある。これは、他の本でも読んだことがある。案外、この『湖畔吟』が出典なのかも知れない。「平生蚊を常食してゐる蝙蝠《こうもり》の糞《ふん》を水にさらすと、目玉だけが消化されずに残つてゐるので、それを集めて料理するのだといふ」と、まことしやかだ。しかし、真偽のほどは分からない。エッセイの楽しみのひとつに、奇談に耳を傾ける——というのがある。これなど、まさにそうだろう。

　楚人冠が新聞社に原稿を書いて送った時の、ある顚末《てんまつ》についても面白い話がある。

——衆議院はその任務の半ばを終え、「後の半分は」——という文章を書いた。ところが、その「半分」が「半六」となっていた。整理部、校閲部と原稿がまわったが、この「半六」が分からない。プロ中のプロが揃《そろ》っているわけだが、首をひねるばかりだった。楚人冠が書くのだから、何かいわれがあるのだろう——と、皆、思った。しかし、そういう言葉を誰も知らない。ベテラン校閲部長も、専務の下村海南も匙《さじ》を投げた。博識ぶりに期待して顧問の柳田國男のところまで持って行ったが、答が出ない。結局、その部分を削って新聞に載せた。楚人冠はいう。「無学な奴原が集まつてゐては仕方のないものだ」。

では、「半六」とは何か。「宅《うち》へ出入する村の若い者の名である。（中略）女中が『半六さんが来ましたよ』といつて来たので、せか〳〵と筆をとつてゐた最中とて、ついつりこまれて、「半分」を「半六」と書いてしまつたのである。（中略）おかげで社中の各方面の人々に手数をかけて、結局は削り取らるゝことになつた。「半六」は悪い奴である」。

読んでいて、思わず微笑んでしまう。上質なユーモアとは、こういうものだろう。

殿様の茶碗

先日、あることがあった。それを家に帰って話した。すると、子供が、

「それは『殿様の茶碗』だね」

といった。意味が分からない。

「何、それ？」

「小川未明だよ」

未明童話に、そういう作品があるという。さっそく書棚を見ると、代表的な作品集『赤い蠟燭と人魚』の中に入っている。当然、読んだ筈だ。しかし、全く覚えていなかった。こういう

話である。

——ある国に有名な陶器師がいた。その名声を聞いて、殿様の茶碗を焼いてくれという依頼が来た。高級な茶碗は、軽い薄手のものとされていた。陶器師は腕によりをかけ、最上等の品を作って献上した。

見た目には、まことに品のいい茶碗である。しかし殿様は、食事のたびに苦痛を忍ばねばならなかった。薄い茶碗では、熱くてたまらない。

ところがある時、旅先で、厚手の粗末な茶碗を使った。実に具合がいい。熱い茶でも、汁でも、安心だ。誰の作か、と尋ねても、知る者のない安茶碗だった。

御殿に帰った殿様は、陶器師を呼び、「いくら上手に焼いても、親切心がないと、何の役にも立たない」と諭した。

——というわけだ。

さて、わたしが家で話した「あること」とは何か。東京に出掛けて、ちょっと洒落た雰囲気のカフェに入った。内装などにも、なかなか気を配ってある。紅茶を頼んだ。すると、持って来られた器が、普通のカップではなかった。抹茶茶碗のようなタイプである。取っ手がない。しかも、田舎じみた厚い茶碗ではなかった。

今までも別の店で、チャイ（『大辞林』には、「日本では、インドで飲まれるスパイス入りのミルク・ティーをさすことが多い」と書いてある。まさにそれ）を頼んだ時、そういう器で出されたことがある。チャイなら、まだいい。極端に熱くはないし、出された茶碗も厚手のものだった。

ところが、純粋の紅茶は、たぎった熱湯でいれるべきものである。そのため、紅茶の茶碗には取っ手がついている。日本の玉露のように、温かいお湯は使わない。

西洋の紅茶茶碗も、もともとは東洋風に取っ手がなかったらしい。その頃には、受け皿が、今よりも深く、お茶を茶碗からそちらに移して飲んでいた。そんなことをしていた理由の第一は何か。和田泰志『ヨーロッパ　アンティーク・カップ銘鑑』(実業之日本社)によれば、舌が熱くて冷ますためというより、指が熱かったからだという。やがて、取っ手のあるものが増えて、「カップから直接飲むことが主流となった。さらにソーサーから飲むことは(中略)卑俗かつ貧相なマナーとされ、この習慣は急速に衰えた」という。

舌よりは指の方が、はるかに熱さに弱い。これは、厳然たる事実である。煮立った紅茶を、薄手のどんぶりのような茶碗にまず注がれてしまい、取っ手なしで飲めといわれては、たまらない。小さめのカップを深い受け皿にのせて出され、「こちらに移して、お飲みください。ヨーロッパの古い飲み方でございます」といわれたのなら、話の種にもなるけれど。

洒落た器がかもし出す雰囲気も、カフェの料金の一部だろう。しかし、お茶が口まで運びにくいのでは、本末転倒といいえよう。

めぐりあい

先週、茶碗のことを書いた。ある店に行って紅茶を頼んだ。すると、小丼のような茶碗に、どくどくと注いで出された。取っ手がない。薄手のものだったから、熱くて持てずに閉口した——という話である。洒落た雰囲気を作ろうとしたのだろう。だが、飲めないのでは困る。

その結びのところで、西洋ティーカップの歴史にも触れた。最初は東洋のもののように取っ手がなく、持つ時、熱いので、受け皿に移して飲んでいたらしい。必要は発明の母。何とかしたいと思った人が多かったのだろう。やがて、取っ手がつくようになり、受け皿から飲むのは下品な習慣となった。

仮に、カフェで取っ手のないカップを出されるにしても、そういう古風なものなら、話の種にもなる——と、わたしは述べた。まさか、そんな茶碗が出て来ることもなかろう、と思いながら。

ところが、書いたことや書こうとしていたことが現実になる場合も、時にはあるものだ。

あの原稿を送った数日後、東京都目黒区駒場の日本民芸館に行った。大津絵の展覧会があったのだ。入口を間違え、別のところの戸を開け、

「民芸館なら、向かいですよ」

といった具合に、あわて者のわたしは、ご迷惑をかけてしまった。

展示は充実したものだった。「鬼の行水」などを見て、「体を洗っても心を洗わないと駄目、という意味なのか」などと、話しながら駅に向かった。

お茶でも一杯飲みたいな、というところに、シフォンケーキのお店があった。たまたま、入ったのだが、店内に置かれた雑誌などを見ると、広く知られたところのようだ。

名物のオレンジシフォンケーキというのを頼んでみた。口に含むと、果実の香りが広がる。美味である。それはそれで満足したのだが、びっくりしたのは、出てきた紅茶茶碗だ。ひとつは普通のカップだった。しかし、わたしの前に来たのが、まさに書いたばかりの、取っ手のないタイプだった。

やや小ぶりで、それに対して受け皿は深い。縁が二センチぐらいはありそうだ。なるほど、これなら茶碗の中味を、こちらに移すことも可能である。百聞は一見に如かず。これこそが本で読んだ、旧タイプの西洋ティーカップなのだ。

そこで実際に、紅茶を受け皿に移して飲んでみたら、確かに話の種になったろう。しかし実

行したら、かなりおかしな人になってしまう。第一、自分が気持ちよくない。ごく、普通に飲んだ。

以前に書いた店の場合は、サービスのつもりなのか、ポットからの最初の一杯を、お店の人が注いで行った。丼のような容器に、まず、七、八分目も熱湯が入ってしまった。だから、持てなかった。

こちらのお店では、ポットが置かれ、そこから自分で注ぐことになっていた。だから、大丈夫。茶碗は薄手の上品なものだったが、取っ手がなくとも、持てないようなことはなかった。ゆったりした時間を楽しむことができた。

それにしても、不思議なのはこういうめぐりあいである。音楽にしても、本にしても、人にしても、こんな形で、時に我々の前に姿を見せてくれる。そういう偶然のあることが、人生の楽しみのひとつである。

名詮自性

版画家の大野隆司さんから、『詩作の傍より』という古書をいただいた。大正十四年、新潮社から刊行されたものだ。著者は、西條八十。

大野さんは、谷中安規の作品に魅せられて版画の道に入られた。谷中安規については、大規模な展覧会が開かれたばかりである。最近、色々なところで取り上げられるようになった。今月の二十三日には、テレビ東京の「美の巨人たち」が、「谷中安規『街の本』」という番組を放映するそうだ。本題からはずれるが、ちょっとお知らせしておく。

さて、大野さんは、谷中の関連書を探している。探索の途中で、この八十の本が目にとまったのだろう。わたしは、以前、西條八十のことを書いた。それを思い出し、ご親切にも、プレゼントしてくださったのだ。

面白い文章が幾つかあった。中に、こんなエピソードも載っていた。大阪の開成館というところから出された山田耕筰の『童謡曲集』中で、作詞者「西條八十」の名が、全て「西條ハナ」となっていた——というのである。大正の話である。昭和には、彼の名は子供でも知るものとなった。八十という名は、信長や秀吉のように一般的なものだった。だが、初めて見たとすれば、珍しい人名だ。直木三十五や山本五十六などというのもある。それらはあまり読み違えようがない。これに対し、「八十」は手書きの場合、確かに片仮名の「ハナ」に似ている。「ハナさん」というのは、当時の女性には、ありふれた名前だろう。書かれている童謡の歌詞は、優美にしてやさしいものだ。となれば、大正期の編集者が、疑いを持たず「ハナ」としてしまったのも分かる。

私事になるが、わたしの父の名は「演彦」といった。読めるだろうか。「演」は「講演・演題」といった時に使われる。つまり「のぶ＝のべる」わけだ。「演彦」は「のぶひこ」と読む。わたしは、勿論、幼い頃から父が「のぶひこ」だと知っていた。子供が知っているのは当然だが、世間の人は、実によく間違えた。「とらひこ」さんといわれることが多かった。手紙なども「寅彦」で届いたりした。寺田寅彦がいたせいだろう。もし、高名な物理学者にして随筆家でもある人物が、寺田演彦だったら、父も正しい名で呼んでもらえたに違いない。

ところで、八十の名の話が佳境に入るのは、これからである。読み違えられた件を、日夏耿之介に語ると、一応は面白いといったが、続けて、「僕の田舍の學生で、君の名を西條ヤジウと呼んでゐた子があつたぜ」といわれた。

即ち——「花」と「野獣」。側にいた吉江喬松が、「人間の兩面を云つたやうなもんだね」

名詮自性《みょうせんじしょう》という言葉がある。仏教語だ。名前がその物の本質を示している——という意味になる。『南総里見八犬伝』の根本原理でもある。この馬琴の書を読んでいると嫌というほど出て来る。たとえば、主要登場人物の「伏姫」は「人＋犬姫」となる。そう考えると、自分の名前が、一方から見れば「花」、一方から見れば「野獣」であるという発見には、どこか高いところにいる誰かに、何かを見抜かれたような戦慄があったろう。八十は語る。
「然り、この兩方の讀みかたは、或は自ら余の二面の性質を語れるものかも知れず」

対チュニジア戦

我々が子供の頃、サッカーの試合を目にすることは、ほとんどなかった。テレビが家に来たのは、小学校高学年の時だ。頻度からいって、一番よく見たスポーツ番組は大相撲だ。あの頃の夕方には、NHKだけでなく、民放でも大相撲中継をやっていた。人気力士の物語が、映画になったりもした。

これに対し、サッカーはどうか。中継も稀《まれ》にはあったのだろう。しかし、チャンネルを合わせた記憶はない。だから、「サッカーの試合」という概念が、頭に入っていなかった。

中学校に入ると、体育の授業でサッカーをやった。ゴールにボールを入れればいい——ということは分かる。そこで、蜂《はち》が群れをなして移動するように、一つのボールを全員で追いかけた。疲れたりして、群れから離れている時、自分の方にボールが転がって来ると、とにかく敵陣目がけて蹴り返した。後方にパスをするなどということは、まずやらなかった。

今はどうなのだろう。Jリーグの試合を見ている子も多いはずだ。昔は、ポジションといえば、キーパーとその他普通の選手——だった。現在では、

「俺、ミッドフィルダー」

などと、決めているのだろうか。

さて、現代のサッカーでは、前に述べたような「蜂の群れ」方式の戦法はとられないとお思いだろう。しかし、つい数日前、日本対チュニジア戦で、そういうことが起こったのだ。わたしは、それを証言できる。なぜなら、日本代表のメンバーにわたしが入っていたからだ。

運動場に立っていると、血相変えた一団がものすごい勢いでこちらに向かって来る。まさに、砂煙をあげて——という感じで、やって来るのだ。

「あれっ？」

と、思った。そのとたん、わたしには、彼らが日本代表とチュニジア代表のサッカー選手だと分かった。ボールが、ころころころと、まるで一団の水先案内でもするように、転がって来る。彼らは、それをつかまえようと追っているのだ。

「……そうか！」

思い出した。わたしは、日本代表の選手であった。何とかしなければならない。今、わたしは全くのフリーで立っている。このチャンスを逃すことは許されない。早く早く、と気があせる。だが、なぜか、体がうまく動かない。水飴《みずあめ》の中にいるようだ。

「えいっ！」

懸命になって右足で蹴ろうとした。だが、爪先が捕らえたのはボールではなかった。壁を蹴ったところで、目が覚めた。朝の光が窓から差し込んでいた。

——というわけだ。実話である。そこで、横になったまま考えた。サッカーの夢を見るのは分かる。ニュースなどで、ワールドカップ・アジア予選のことが話題になっていたからだ。しかし、チュニジアというのは何だろう。

これもすぐに納得できた。ジャズの名曲に『チュニジアの夜』というのがあるそうだ。その曲のことを、最近、小耳にはさみ、あわせて同じ題の小説があることを知ったからだ。これらが夜の闇の中で溶け合い、一つの夢になったのだ。おかげで、しばらくぶりにサッカーをやった。寝ていて、疲れた。

鬼のよう

四月。桜の開花と共に、新生活スタートの時期である。わが家でも、それぞれが忙しく、揃って食事をする機会が減った。三月までのつもりで作ると、あまってしまう。朝、冷蔵庫を開き、並んでいる皿に向かい、思わず、

「わあ、鬼のように残っているなあ！」

と、叫んでしまった。

この言葉がすらりと出て来たのには、わけがある。前日、都内某所でエレベーターに乗った。わたしに続いて、若者二人が入って来た。狭いところだから、その会話が嫌でも耳に飛び込んで来る。そのうち一人が、程度のはなはだしいことを示すのに、「鬼のように——」といったのだ。懐かしくもあり、不思議でもあった。

懐かしいのは、この表現が、三十年以上前にもあったからだ。係り結びをはずすように、実際には受け得ない語を下に置く。そこに妙味がある。要するに、言葉遊びだ。「いかがです、お味は？」と聞かれて、「うーん、鬼のようにうまいっ！」と答える。こんな具合だ。

不思議なのは、こういう言葉は古びやすいからだ。新奇ゆえに過剰さが強調されるわけだろう。手垢がついてしまってはいけない。そのはずなのに、まだ残っているのか、と驚いたのだ。

似たような例では、深夜放送華やかなりし頃、こんな電話のやりとりがラジオから流れて来るのを聞いた。リクエスト葉書か何かに答えて、「はーい、〇〇でーす」

相手が、

「あ、力いっぱい太ってる人ですね」

「何いってんのよっ！」

勿論、当時の深夜放送という、遊園地のような空間の中で、和気藹々《あいあい》とやっているわけだ。今、こんなことをいったら、言葉の暴力になるだろう。ただ、この正規の使い方ではない「力いっぱい」に、妙に実感があった。童話的表現といってもいい。「王様は、力いっぱい太っていました」という感じである。だから記憶に残っている。

もうひとつ、夏の炎天下、「ああ、今日は、一目散に暑いなあ！」と叫ぶ例を思い出した。ただ、これは、耳にしたのか、自分で作ったのか分からない。昔は冷房などないから、炎熱から逃れる方法はない。どうにもやりきれなくなって駆け出したくなるほど、理不尽に暑い——ということである。似ていても「一散に暑い」では笑えない。「一目散に暑い」の方がより馬鹿馬鹿しい。

いうまでもないが、これらは会話で使う。文章語ではない。そしてまた、ひねくれたおかしな用法と分かっている者が、それと理解している相手にいう場合にのみ有効である。

——などと考えながら、三浦しをんさんの、『格闘する者に〇《まる》』（新潮文庫）を読んでいたら、こんな一節に出会った。「うるさい、おまえたち出て行け、と鬼のような形相で……」。こちらは本来の用法だ。しかしながら、「ああ、鬼だ、鬼だ」と、何だか「鬼のように」嬉しくなってしまった。

ただ、ここだけを抜き出された本が、「紋切り型のものか」と思われては申し訳ない。最後に、付け加えておこう。『格闘する者に○』は、知と情、老練の技と初々しい若さ、空想と現実——等々の要素が絶妙のバランスを保つ、魅力的な作品であった。

ものの見方

風呂場の前に、ラジオが置いてある。秋から冬は、あまり意味がない。プロ野球が始まり、入浴の時間に放送があると、これを持って入る。湯船につかりながら、球春の到来をじっくり味わうわけだ。

誰でも知っていることだが、野球の中継というのは、普通、アナウンサーと解説者で行う。そして、時にゲストも加わる。スイッチを入れたら、欽ちゃん——つまり、萩本欽一の声が聞こえて来た。

ゲストというのは、大抵はどちらかの球団のファンで、思い入れを語ったりする。それが強烈過ぎると邪魔にもなる。聞き手にとって、最も興味があるのは、個人の思いより試合経過だ。ゲストの言葉の方が印象に残ったという記憶は、今までない。しかし、たまたまつけたこの時は、萩本欽一の言葉に「なるほど」と思ってしまった。

一方のピッチャーの投球が荒れ、二つの死球も含めて二死満塁——というピンチを迎えてしまった。一点リードしていたのに、ここで痛恨の暴投。試合は振り出しに戻ってしまう。しかし、それ以上の失点はなく、バッターを三振させた。ピッチャーがベンチに帰って来る。

そこで、萩本欽一はいった。正確な言葉は覚えていない。ただ、こんな趣旨の言葉だった。

——ピョンピョン跳んで、帰って来てほしいね。

つまり、「やったぞ、何とか抑えたぞっ！」という喜びを見せてほしいわけだ。これに感じ入ってしまった。

　現実的に考えれば、無理な話だろう。完投勝利でもしたのならともかく、自分の球が荒れて追いつかれたのだ。ピッチャーにあったのは、切り抜けた喜びよりも、自責の念だろう。こんなところで喜びの表情など見せたら、味方から「何をやっているんだっ！」と舌打ちされるに違いない。アマチュアなら、嫌な顔をされるだけで終わる。プロの場合、成績の評価は即給料に、生活にかかわって来る。深刻な問題だ。

　しかし欽ちゃんの頭は、そういう方向には動かない。プロはプロでも、違う形のプロなのだ。大勢のお客さんが彼を観ている。その人達に、「楽しさを分けてあげたい」と思うのだ。

　ピッチャーのチームのファンなら、逆転されなかったことに、一応ほっとはするだろう。しかし、プロ野球を応援するものは欲が深い。それ以上に追いつかれたことが悔しいはずだ。それが勝負事の——野球場の論理だ。

　だが欽ちゃんの考えは、おそらくこうだ。

　——まあ、それはいいじゃないの。とにかく、最悪の事態にはならなかったんだから。だったら、嫌なことの方を考えてうつむくより、ニコニコしようよっ。喜んじゃおうよっ。でさあ、——そのニコニコをお客さんに伝えようよっ！

　それは別に身構えた姿勢ではない。まだ若いコント55号が、テレビの小さな画面の端から端まで駆け回っていた頃を思い出す。そんな昔から、この人は息をするように自然に、そうして来たのではないか。

　野球観戦のゲストとして発せられた一言に、この人の変わることのない生き方を見たようで、しばらくは野球の経過を忘れて、感慨にふけった。

生活の形

神田神保町を、歩いていた時だ。ある店にさしかかると、一緒にいた人が、

「あっ、〇〇堂書店！」

と、叫んだ。いうまでもないが、神保町は本の街。古書店なら、ずらりと並んでいる。特にその店の名を呼んだのが、不思議だった。聞いてみると、わたしの手にさげている紙バッグを指さし、

「あの店のだから」

確かにそうだった。しばらく前にそこで重い本を買った。用心のため、紙バッグを二重にして渡してくれた。丈夫である。このひと月ぐらい、それを使っている。わたしは、昔から紙バッグの愛用者なのだ。

さて、テレビで良い衣料品を安く売る店のことを取り上げていた。ところが、買い物をして出て来た人が、ロゴの入った袋を隠したりしている。知られると恥ずかしい——というわけだ。映像は、制作者側の意図によって作られる。三日に一回しか起こらないことでも、続けて見せられれば頻繁に起こるように思えてしまう。しかしながら、そういう人が皆無でないことだけは分かる。続けて、インタビューされた人が語る。

「ブランド物を着ていても、下が△△△じゃねえ……」

これが、わたしには全く分からない感覚だった。いかにもちぐはぐな取り合わせなら、顔をしかめてもいいだろう。しかし、ファッションとして成立しているのなら、どこに問題があるのか。むしろ、高い品物に、安い商品を合わせて調和させてしまう感性こそ誇るべきだろう。

センスを問題にする場合、かかった金額が判断材料になる筈がない。逆に昔は、いかに安く買ったかを誇ったのではないか。いくら金がかかっていても、上から下まで、「これぞブランド物でございい」という品でかためていたら、それこそ恥ずかしい。野暮の骨頂だ。そうでなければ、個人の感性を計る基準が、その人の内にではなく、値札の方にあることになってしまう。

こう書くとわたしが、衣服について一家言あるかのようだ。しかし、「論理的にこうなるだろう」というだけだ。実はわたしは、着る物に関しては、センスなどあろうがなかろうが気にしない。要するに「実用品」と考えている。冬は寒さを、夏は日差しをしのげればいい。その上で、周囲に不快感を与えない程度に身を覆っていれば結構。その立場から見るとなおさら、安い店のロゴ入り袋を隠す行為は奇怪極まる。

そこで、話は紙バッグに戻る。こんなことを考えていて、ふと「小説現代」一月号に載った、ジャーナリスト魚住昭氏のエッセイを思い出した。嬉しいことに、氏もまた、紙バッグ党の一員だった。軽い、汚れても気にならない、使い捨てできる、タダで手に入る——と、その利点を列記なさっている。同感。しかも、氏の場合には、結婚することとなった女性が、どこに魅かれたのかと問われて「あなたみたいに紙バッグを使う男の人を見たのは初めて」と、おっしゃったという。紙バッグ党員には、涙の出るほど有り難いお言葉だ。

外見を気にかけ、そんな男を嫌うお嬢さんもいるだろう。しかし、捨てる紙バッグあれば拾う紙バッグあり。そういう生活の形に共感してくれる女性もいる。全国の党員は、意を強くするべきであろう。

インタビュー

五月も半ばというのに、天気予報が「今日の気温は三月並」と告げていた。朝食の時、「三月並だってさあ」と会話した。その足で駅に向かう。途中でおばさん達が立ち話をしている。「何だか寒いわねえ」という相手に対して、一方が大きく頷《うなず》きながら、断言する。

「そう、今日は三月並になるのよ！」

テレビ局のスタジオで一人のいった言葉が、あっという間に関東各地に広がり使われていく。面白いような、不思議なような気持ちになった。

天気予報は、知りたいと思って見た。しかし、たまたまチャンネルが合った番組もある。NHKの『英語でしゃべらナイト　セレブインタビュースペシャル』が、そうだった。題名が示す通り、英語教育のためのものだ。これが、思わず座り直して見るほど素晴らしいものだった。番組中に、英語で海外の著名人に話を聞くコーナーがあるらしい。それをまとめた特別版だった。

日本語でも難しいのに、使わねばならないのが英語。会話の相手は外国人だ。釈由美子さんが過去に行ったインタビューの場面が、次々に映る。キャメロン・ディアス、ジュード・ロウ、グウィネス・パルトロウ、ジェニファー・ロペスなどといった相手から、実りある会話を引き出そうとする。最も心を動かされるのはここだ。

最初、釈さんは「インタビュー」とは何かという本質がとらえられず、水中で空しく手を掻《か》くのに体が進まないような感じだった。つらかったろう。しかし、経験を重ねる度に大きくなっていく。目を見張るばかりだ。人間というものの力を見せられる思いがした。

スタジオで交わされる、インタビューをめぐるやり取りにも、頷かせられた。成功の鍵は、聞かれる側よりも聞き手の側が握っている。質問事項を列記してきて、相手がどう答えようが、次の項目に移っていくようではいけない。よいインタビューはキャッチボールになる。――などという指摘があった。

「一番困るのは、用意してきた質問が全部終わっちゃったのに、まだ時間が残ってる時だよね」

などというユーモラスな、しかし現実のこととなったら笑い事ではない事態にも触れられていた。インタビュアーという仕事をしている人達ならではの実感がこもっていた。

いかにも日本的な例というのも、あげられた。野球終了時のヒーローインタビューで珍しくない、次のようなもの。

「見事なホームランでしたっ！」

肯定文で終わっている。「ありがとうございます」とでも受けるしかない。

「スポーツ放送だとよくあるけど、質問ではなくて、自分の感想だよね。アメリカではあり得ない」

なるほどと思う。雰囲気を盛り上げる言葉として、無意味ではないだろう。しかし、インタビューの価値は、「ごく限られた時間の中で、いかにうまく相手の、内容ある言葉を引き出すかで決まる」という見地に立つなら、これはまさにあり得ない質問（？）だ。そういう指摘があること自体が新鮮だった。

テレビから発せられた言葉でも、これらは「今日の気温は三月並」ほどには、各地に伝わらないだろう。実に勿体《もったい》ないと思って、ここに書いた。

婦人家庭百科辞典

日常的で、説明するまでもなく分かることがある。今なら、携帯電話について触れる時、それがどんなものかから書き起こすことはないだろう。――持っていないわたしには、会話以外のどんなことができるかよく分からないのだが。

この携帯電話にしても、しばらく前には「二リットルのペットボトルほどの大きさがあって、個人で買うことはできぬ高額商品。イベントなどの時に貸し出されるもの」だった。それがわずかの間に、いわゆる「ケータイ」になってしまった。同じ文字で「携帯電話」と書いても、時により指すものが違う。そういうことを調べるのが、案外難しい。

戦前日本で生活した者にとっての常識とはどんなものか。それを知るよい手掛かりとなる本が、今年出た。昭和十二年、三省堂から刊行された『婦人家庭百科辞典』の復刻版である。ちくま学芸文庫で上下二冊。それぞれ千八百円。数十年の諸物価変動の中で、本というのは異常に値上がりしない。それだけ皆が、書籍に金をかけるのを嫌がるようになったわけだ。しかし、総計千七百ページを超えるこの二冊は実に安い。そう思えなかったら、おかしい。よく出してくれたものだ。裏表紙の紹介文を引くなら、――豊富な図版とわかりやすい語釈――「巴風呂」「レーニン帽」など現代の辞書には載っていないようなことばまで網羅し――「徴兵検査」「チャップリン」「イギリス帝国」など〈最初の〉情報、「マニキュアの順序」「食卓席次」など役立つ内容を誇る――というわけだ。

大判の本を文庫化しているので文字は小さい。しかし、現代では日本各地のコンビニに、拡大のできるコピー機が置いてある。この本を揃えて、パラパラとめくり、お気に入りの項目を見つけた時、散歩がてら町に出て拡大コピーをして来る。そういうことも健康によかろう。何と、ウォーキングをうながす本ともなるのだ。

見ていると、なるほど妙な項目もある。「胸像臺《だい》」などというのを、十行も使って説明している。要するに「胸像を飾るための臺」なのだが、それを長々と説明することが、現代の感覚では不思議だ。この『婦人家庭百科辞典』を買う人なら、仮に我が家になくとも、それの飾られている邸宅に行く可能性があったのだろうか。いや、「結婚調度品の中にぜひ」と宣伝されたらしいから、多くの読者はむしろ、鯖《さば》の料理法やら鯖鮨の作り方を読む一方で、イブニングドレスの絵を見て、ため息をついていたのだろう。

個人的関心から引いたのは、鳥の「ブッポウソウ」の項目だ。いうまでもないが、青緑のこの鳥は「ブッポウソウ」とは鳴かない。実際にそう鳴いているのは、目立たぬ鳥のコノハズクだ。「仏法僧」というありがたい声を出すのは、美しい姿の鳥に違いない――と誤って思われて来た。わたしは、そのことについてある小説で触れた。いわゆる「声のブッポウソウ」と「姿のブッポウソウ」の問題だ。この件については、昭和初期に専門家の間で話題となった。『婦人家庭百科辞典』の刊行された頃には、結論が出ていたはずだ。しかし、当時の通説通り、――古來、「佛法僧」と鳴くとて霊鳥とされてゐる、と説明されている。昔は新説の採用が遅かったと分かる。

スプーナリズム

本年はエラリー・クイーンの生誕百年に当たる。世界のミステリ作家三人をあげろといわれれば、わたしの場合、まずクイーン、チェスタトンと指を折る。次の一人で迷う。しかし、ここまでは揺るがない。

彼の後期の一冊に、短編集『クイーン検察局』青田勝訳（早川書房）がある。巨匠が軽やかに遊んでいる――という感じの、楽しい本だ。この中に「変わり者の学部長」という作品が収められている。ホープ教授なる人物が登場する。この先生の発する言葉が、時として無意識のうちに「スプーナリズム」になるというのだ。そう聞いて、何のことか分かる人は、まずいないだろう。実例を引くと、シェークスピアを論じている途中で、リチャード二世は「赤面した《ブラッシング・》からす《クロウ》」によって打ち倒された——などと述べるという。本来は「痛烈な一撃《クラッシング・ブロウ》」となるところだ。訳注によれば、「二語以上の単語の最初の音を互いに入れちがって発音する誤り。オックスフォード大学のW・A・スプーナー教授がよくこの種の誤りをした」。これが「スプーナリズム」なのだ。

学生時代にこの一節を読み、印象深かった。アリス物語の作者ルイス・キャロル的な、言葉遊びの妙がある。期せずしてそうなるのだ。普通に歩いていて路地をひょいっと曲がった途端、思いがけないものに出会ったような面白さがある。

それから数十年経ち、家族と一緒に貸しビデオ屋から借りて来た「古畑任三郎シリーズ」を観ていた。ゲストスターが草刈正雄だった。二枚目の犯人役を演じている。しばらく観ているうちに、娘がぽつりといった。

「クサカリ・マサオっていうと格好いいけど、マサカリ・クサオっていったら何だかねえ……」

おお、スプーナリズムではないか。語頭の音の変換が、全く別の人間像を生んでいる。マサカリ・クサオといわれれば、悪臭を放つ鉞《まさかり》を持った男が頭に浮かんでしまう。意外であり、どこか物語的だ。この落差に、感心してしまった。

それからしばらく、スプーナリズムによる、人名変換例を考えた。北方謙三というと、いかにも重厚な響きだ。これの語頭音変換を行うと、ケタカタ・キンゾウ。たちまち、時代劇のやかましい三枚目のようになる。一方、下から読んでもナントカではないが、宮部みゆきのように、替えてもミヤベ・ミユキになってしまう例もある。チャールズ・チャップリンのチャを変換しても同様だ。有栖川有栖ともなると、アリスのところまで入れ替えても、同じになってしまう。

人様のお名前を使って遊んでは、はなはだ失礼だが、言語実験と思ってお許しいただきたい。このことを誰かに話すと、「会社の同僚などでやってみました」と、後から実例を伝えてもらえる。ほとんどの場合は意味をなさない。しかし、ごく稀に思いがけない言葉になったりする。

あるところで、そんな話をして、

「もし、これはというような例があったら教えて下さい」

と頼んだ。すると、しばらく考えていた女の方が、

「――阿藤快と加藤あい」

なるほどと唸《うな》った。全くの別人になってしまう。阿藤さんも加藤さんも、互いがそうなるとは、ご存じないだろう。

うつるんでしょうか

寝不足のまま、電車に乗ることがあった。ゴトゴトという適度の振動に、余計眠くなる。つい、何度もあくびをしてしまった。そうすると、これがうつる。一緒にいた人の口元が緩んで来てあくびになる。それを見たこちらがまた……という繰り返しになった。

そこで、ふと思い出した話がある。子供の頃に読んだものだ。

「主人公の飼っている馬が、悪魔がついたか病気になったか、とにかく具合が悪くなってしまうんです。それをなおすには、何とあくびさせるしかない――というんですね。しかし、どうしたら馬があくびをするのか。これは難問です。男は村中の人に聞いてまわりました。しかし、

誰にも答えられない。くたくたに疲れ、むなしく帰って来ます。馬の前に座って、疲労のあまり思わず大あくびをします。すると、つられて馬も大あくびをしたという話です」

よくできていると思った。それで記憶に残っている。そこから、動物のあくびの話題になった。うちでは、猫を飼っている。名前を「ゆず」という。

「よくあくびもしてますよ。あれっ、だけど待てよ。ゆずのあくびが、こっちにうつったという記憶はないな」

そんなことを考えたことはなかった。気になったから、うちに帰るとすぐ、ゆずの前に行き、大きなあくびをして見せた。だが、

「変な人？」

という顔をしているだけだ。一向にうつる様子はない。人間の場合でも、自然にでるものとわざとらしくやったものでは違うだろう。あくびしたくなった時、ゆずの前に行って試してみたが、やはり反応は同じだった。

勿論《もちろん》、物語と事実とは違っていていい。メルヘンはメルヘンである。しかし、厳密にいうとあの「馬の話」は成り立たないのではないか。人と動物の間であくびがうつるものかどうか、今まで話題になったことがあるのだろうか。

作家の有栖川有栖さんは、名高い愛猫家である。電話をかけて、ご意見をうかがってみた。

「いやー、斬新な視点ですね。そういわれて考えてみると、うつった記憶はありませんね」

と、おっしゃる。さらに、

「猫のあくびは眠い時とは限りませんからねえ。うちのは照れ隠しにやりますよ」

「そうなんですか」

「ええ。猫って、自分のことが話題になると、聞き耳立ててるじゃないですか。背中を見せて素

知らぬ顔していても、ちゃんと聞いてますよ。耳がこっちに、ピクリと動きます。面白いから、どんどんほめてやるんです。そうすると、しきりに照れますね。そして、あくびして見せたりします」

奥様からの貴重な情報もあった。

「猫と人はうつらないけれど、猫同士のあくびはうつりますよ。よく見ます」

なるほど——と思う。うちにいる猫は、ゆずのみだ。これは複数飼っている人でないと分からない。見てみたい情景だ。

さて、お宅の猫さんはどうだろう。こう書くと、今夜、日本のあちらこちらで、ご自分のうちの猫にあくびをして見せる方々がいるかも知れない。そう思うと、何だか楽しい気持ちになってくる。

くノ一問題

中学生の頃、『隠密剣士』というテレビ番組をよく観ていた。主演は大瀬康一。彼の扮する隠密、秋草新太郎が忍者群と戦い、倒していく。これがお決まりのパターンだった。いわゆる「忍法」を、いかに実写で表現してくれるか——という興味で観始めた。「空蟬《うつせみ》」などというのは、よくある「忍法」の一つだ。切られたと思うと衣服だけ残り、実体はすでに服から抜け出している。そういう離れわざがどう映像化されるかと、わくわくしていると——やむを得ないことながら、あまり納得のできる画面にはなっていなかった。

しかしながら、当時流行った「忍者もの」の根本にあるゲームの精神——野球でいけば、セ・パ・オールスター戦的な、一芸に秀でた者達が相対し、試合が徐々に九回裏に近づいていくところ——が押さえられていた。これは大事なことである。そのおかげで、かなり後の方まで観続けることができた。三十年経っても、様々な場面を鮮やかに思い出す。秋草のよきパートナー、霧の遁兵衛役の牧冬吉が、「遁兵衛の遁は、遁走の遁じゃ」などというところが、確かあった。それをいう牧の表情も浮かぶ。

これがDVD化された。全巻買うのは大変だし、『隠密剣士』が「忍者番組」になるのは第二部からだ。わたしは、第一部には、全く興味を持っていなかった。それまではいらない。あきらめていると、幸い分売もあると知った。とりあえず、第二部「忍法甲賀衆」を買った。再生すると、たちまち中学生の頃が蘇る。新聞のテレビ欄で「忍者もの」が始まると知り、チャンネルを合わせたのが、ここからなのだ。

「そうそう、このオープニング！」

などと叫び、続いて数枚、買うことになってしまった。第三部「忍法伊賀十忍」の相手方頭領、百々地源九郎役などで出演するのは誰か。ご存じ（といっても、今の人は知らないわけだが）『快傑ハリマオ』こと勝木敏之だ。声の張りがいい。『隠密剣士』のライバル役者といえば、どうしても、名脇役天津敏と反射的にいいたくなる。しかし、敵は彼ばかりではない。

ところで記憶によると、主人公秋草は全ての敵を、同じように扱ってはいなかった。男忍者は大抵、奮闘努力のかいもなく斬《き》り捨てられてしまう。ところが、女忍者が術破れ、「殺せっ、殺せーっ」と叫んでいると、彼はいかにも二枚目らしく、チャリンと刀を鞘《さや》におさめ、

「命を粗末にするでない」

……てなことをいうのである。そんなことをいって背を向けた時こそ、絶好のチャンスと思うのだが、くノ一の方も、何やら感ずるものがあるような視線を、秋草の方に向けていたりする。敵のくノ一だからほのぼのと観ていられる。だが、味方の女忍者がこんな具合だったら、

危なくて戦っていられない。

勿論、少年番組だからこうなって当然なのだ。しかし、今回DVDを観ていたら、秋草が、「女は女らしく生きるのが幸せと思うが……」と、相手を諭していた。そういう考え方を全面的に否定するのも誤りだろう。幸福とは主観の問題なのだから。だが、同じ重さで「女らしく」ない生き方にも幸せはある。これが現代の常識だろう。白黒の画面を観ながら、そんなことを思った。

文字への愛

今日、六月三十日は陰暦五月二十四日。梅雨のことを五月雨というが、まさに今は、昔の五月なのだ。この季節にちなんだ言葉に「五月闇」がある。電気などなかった頃、梅雨どきの夜は、ひとしお暗く感じられたことであろう。

その五月闇に消えるように、陰暦五月三日、現在の暦で六月九日、歌人塚本邦雄が逝った。塚本は言葉に――特に言語が文字の形をとった時の姿に、執着といっていいほどの愛を見せた。

我々にも分かりやすい例でなら、広く知られた辰野隆《ゆたか》・鈴木信太郎訳『シラノ・ド・ベルジュラック』の最後の台詞――「私の羽根飾《こころいき》だ」について、「花より本」(創拓社)の中でこう語る。「原文も〈セ・モン・パナーシュ〉。この振仮名の絶妙な配合、これこそ訳者の心意気、ほとほと感服する次第である」。

「私のこころいきだ」と音読しただけではこの美食家は満足しない。視覚という舌が「羽根飾」という妙味をも味わい尽くす。もっとも、塚本ならずとも『シラノ』を読んだ人の多くは、同様の感慨を持つことであろう。

しかし、翻訳されたエドモン・ロスタンの戯曲と違い、かえって本朝の古典「万葉集」に対して、現代人は塚本の舌を持つことができない。柿本人麻呂が妻の死を嘆き悲しんで作った絶唱の結びに、いつまでも共にいられると思っていた妻が「玉かぎる　ほのかにだにも」見えない――という箇所がある。ここの引用は小学館の「新編日本古典文学全集」の本文によった。普通、我々はこちらを味わう。

塚本は「詩趣酣酣《しいしゆかんかん》」（北澤圖書出版）の中で、原文の万葉仮名表記「珠蜻《たまかぎる》　髣髴谷裳《ほのかにだにも》」の絶妙さに触れ、「平仮名で書き流すと、濁音が耳について、とてもこの窈窕玲瓏《ようちようれいろう》の趣は味はへまい」という。塚本に教えられれば、そうかと思う。漢字のひとつひとつが命を持って訴えてくる。しかし、万葉仮名の表記にまで眼をやる一般の読者は、現代ではほとんどいないだろう。

塚本はこれに続けて、「表記に凝ったり、歌集の印刷に正字、舊字體《きゆうじたい》を揃へるなど邪道と、したり顔に主張する手合に、頂門の一針として人麻呂の再読を勧めたい。伊達や酔狂に彼があんな表記を試みるものか」と言挙げする。当然、「彼」は「人麻呂」のみを指すわけではない。

大学入試の「何字以内で答えよ」という設問に、「行末や文末の句読点が欄外に一字分出た際、零点となるのか」という論議があった。しかし、本当に文章を書く力のある者なら、グレーゾーンを回避する数字分の加減など、お茶の子さいさいのはずだ。

塚本の編んだ「清唱千首」（冨山房百科文庫）という和歌のアンソロジーがある。それぞれに付された解説文の枠は、百五十六字だった。半角分の記号もあるから絶対にとはいえないが、塚本はとにかく、それぞれの百五十六字目にあたる桝《ます》に最後の句点がくるように文を書いた。一字分の空白も作らなかった。幾つかのコラムをそうするのなら、これはたやすい。感嘆するのは、それを千回続けた執着ぶりである。

わたしなどが今更、いうまでもないが、まことに稀《まれ》な人であった。五月闇の空を仰ぎつつ、改めて、そう思う。

子供が、知らないおじさんに、ついて行ってはいけない。おじさんも、子供をどこかに連れて行ってはいけない。しかし、図書館の絵本コーナーを見ると、幼い自分をここに連れてきて、立たせてやりたいと思う。

今から半世紀ほど前には、子供が足を踏み入れるような図書館などなかった。幼稚園に通っていれば、おそらく、絵本の棚もあったろう。しかし、時代が違う。そういう所に行くのは、ごく限られた家の子だけだった。少なくとも田舎の町では、そうだった。

そんなわけで、わたしが幼い頃に触れた絵本は、『トッパンの絵物語　イソップ』ぐらいだ。小さいわたしは、兄の分厚い漫画雑誌を見て、「本が欲しい」といった。そこで、父が買って来てくれたのが、『イソップ』だった。漫画雑誌が来るとばかり思っていたわたしは失望落胆、泣き出してしまった。父はさぞ苦い思いをしたことだろう。泣き止んでから、母がそれを読んでくれた。――面白かった！

これが、わたしの生涯における、最初の「自分の本」となった。あの『イソップ』の記憶と共に、父母を思い出す。

さて、年月は流れ、もう「大きく」なってしまったうちの子が、図書館の『おおきくなりたい　ちびろばくん』（作：R・クロムハウト絵：A・v・ハーリンゲン訳：野坂悦子　PHP研究所）を借りて来て、見せてくれた。「これ、いいね」――といって。

成長と共に独り立ちをしたいちびろばくんと、無限の愛の眼で見守るかあさんろばの話である。遠く離れているようでも、いつも見ていてくれる親。そういう「絆」についての本を、わざわざ子供の方から見せてくれたことが、しみじみと嬉しかった。勿論《もちろん》、すぐに、本屋さんに探しに行って、買って来た。

絵本を中に置いた時、こうして親と子の間に思い出が生まれることもある。本が、心を繋ぐのである。

鮎川哲也氏を悼む

去る九月二十四日、鮎川哲也先生が亡くなられた。

鮎川先生は、戦前の満州大連で少年時代をおくられ、コナン・ドイルのホームズ物語に接し感銘を受けられて以来、謎と論理を大切にする本格推理小説の道を一筋に歩まれた。

前半期に鉄道にからむ物語を多く書かれた。といっても、いわゆる旅情ミステリではない。複雑な謎の糸のからみを、透徹した推理がほぐしていく、典型的な本格推理小説である。日本の電車の、海外では珍しいという時刻表通りの運行が、清潔で緻密《ちみつ》な世界の構築に合致したのだ。

書下し長篇探偵小説全集の最終巻公募作に入選した『黒いトランク』、日本探偵作家クラブ賞を受賞した『黒い白鳥』『憎悪の化石』などの傑作群が、こうして生まれた。

その世界の色合いは、鉄道もの以外でも、勿論、美しく保たれている。『りら荘事件』『人それを情死と呼ぶ』などの長編の収穫も多く、また、歴史に残る名作短編を数多く残された。

わたしにとって、鮎川先生はミステリを読もうとした時、すぐ目の前にいた作家である。中学生の時、たまたま短編集を読み、「世の中に、これほど面白い小説があるのか」と思った。その巡り合いがなかったら、続けて日本ミステリを読むことになったかどうか分からない。

書店で「鮎川哲也」という作者名を、宝物でも探すように探した。生まれて初めて、自分の小遣いで買った文学全集本も、集英社の『新日本文学全集2　鮎川哲也・仁木悦子集』だった。

先生には、大学生の時、ファンとしてお会いした。『鮎川哲也長編推理小説全集』が出た時には、理解してくれる人が現れたら進呈しようと、自分用以外にもう一組買っていた。

かなりの時を経てから、今度は書く上での後輩のはしくれとして、お会いすることができるようになった。先生は常に穏やかで、人をくるみこむような温かな大きさを持たれていた。お側《そば》に近づく時、こちらはいつも緊張していた。

鎌倉でお会いした時、買い物のスーパーの袋をさげていらっしゃった。「持たせて下さい」と頼んで袋を手にし、

——俺は鮎川哲也の買い物の袋を持ったんだぞ！

と、誇らしくも嬉しい気持ちになったのを、昨日のことのように思い出す。

先生は、後半期に入られてから長編の執筆こそ少なくなったが、アンソロジー編纂《へんさん》などのお仕事を精力的になされた。

日本ミステリの親ともいうべき江戸川乱歩は、先生の才能を愛し、活躍の場を与えるように心掛けた。それと同じような立場に、今度はご自分が立たれたのである。振り返っては、過去の名作の紹介につとめ、また新人の作品も積極的に取り上げ、未来への道も開かれた。

東京創元社から、鮎川哲也賞創設の話があった時、「その名称は別のものにならないか、例えば——」と、わざわざ例をあげ固辞なさったという。いかにも先生らしい。しかし、「本格推理小説のため、最も愛するもののためにお受けいただきたい」という再三の説得に、お受けになってからは、ご自身も選考委員となり、有望な新人の登場の場を作るべく力をつくされた。

九月二十七日には、その鮎川哲也賞が第十二回目の授賞式をむかえた。先生の寄せられた、選評を兼ねての「祝辞」が、最後のお仕事となられた。文字通り、日本本格推理小説のために捧げられた一生であった。

以前、中井英夫先生が亡くなられた時、それが『虚無への供物』の物語の始まる日と同月同日であったことに、皆が不思議な感慨を覚えた。わたしは、鮎川先生逝去の報を伝えた、ある新聞を開き、思わず言葉を失ってしまった。

三段組の訃報のすぐ下に、先生が長く暮らされた神奈川県で「川に鮎が二千匹以上浮かんだ」という記事が載っていた。まれなことである。それが、ほかならぬ、ここに置かれている。記事を書き、配置した新聞社の方は、奇跡的な暗合など、まったく意識しなかったろう。人の手を超えたものが、ここに動いている。

文字や言葉の謎を、何度も小説の中で扱われた先生である。「川に鮎」が浮き昇天したという、この現実の出来事は、まさに天が、この掛け替えのない推理作家の逝去を悼んで送ったメッセージとしか思えなかった。

先生は、天上から日本本格推理小説を温かく見守ってくださるに違いない。

ご冥福をお祈りいたします。

あとがき

この本には『読まずにはいられない』に続いて一九九〇年から二〇〇五年までのエッセイを収録しました。

『読まずにはいられない』のあとがきに、大学時代からの友、斎藤嘉久氏のことを書きました。昨年十一月の末、その斎藤氏が亡くなられました。本を、とりわけ塚本邦雄を愛した人でした。氏からは、さまざまなことを学びました。

年末、早稲田のある句会に、こういう作が出たそうです。

グッドバイ冬の航時機で逝く人よ

斎藤氏は、優れた編集者として生涯を送りました。共に仕事をすることがあり、葬儀の受付もなさった辻永泰明氏が、追悼の思いをこめて作られたそうです。わたしと斎藤氏との交友を知る方が教えてくれました。斎藤氏が、多くの人に惜しまれながら逝ったことを記しておきたく、ここに引かせていただきました。

年月が流れ、さまざまなものを失いました。

過ぎ去ったあれこれは鮮やかによみがえってきます。愛するものたちは、わたしの内から失われることはありません。そしてまた、何百年前の人たちとでも会わせてくれる《本》は、まさにひとつの航時機《タイムマシン》ともいえます。

この一冊に、時の流れの中に浮かんだ、いろいろな思いを閉じ込めました。

作品リスト（登場順）

1　身辺探索

アンゴウ　坂口安吾

空飛ぶ馬　夜の蟬　秋の花　六の宮の姫君　朝霧
〈円紫さんと私シリーズ〉　北村薫

エイドリアン・メッセンジャーのリスト　フィリップ・マクドナルド

アンクル・サイラス　レ・ファニュ

赤い右手　J・T・ロジャーズ

見知らぬ愛人　西條八十

三田の折口信夫　池田弥三郎編

わが幻の歌びとたち　折口信夫とその周辺　池田弥三郎

鳥　ダフネ・デュ・モーリア

近代作家名文句辞典　村松定孝編

人形の家　ヘンリック・イプセン

不思議の国のアリス　地下の国のアリス　ルイス・キャロル

不思議の国のアリス・オリジナル　ルイス・キャロル

2　読書　1992〜2003

源氏物語　紫式部

枕草子　清少納言
或る少女の死まで　室生犀星
エリナーの肖像　マージャリー・アラン

目は嘘をつく（J・S・ヒッチコック）／小野小町論（黒岩涙香）／フル・サークル（エーリッヒ・マリア・レマルク）／シンプル・プラン（スコット・スミス）／ロープとリングの事件　死の扉（レオ・ブルース）／富士山の身代金（藤山健二）／星条旗に唾をかけろ！（エドウィン・コーリィ）／夏の災厄（篠田節子）／少年時代（マキャモン）／人喰い鬼のお愉しみ（ダニエル・ペナック）／復讐のディフェンス（パオロ・マウレンシグ）／僕を殺した女（北川歩実）／らせん　リング（鈴木光司）／泣けない魚たち（阿部夏丸）／鉄の花を挿す者　椿姫を見ませんか　平成兜割り（森雅裕）／フランドルの呪画（A・ペレス・レベルテ）／日本フォーク私的大全（なぎら健壱）／私家版（J・J・フィシュテル）／鉄鼠の檻　姑獲鳥《うぶめ》の夏（京極夏彦）／怪人二十面相・伝（北村想）／冬のさなかに（アビイ・ペン・ベイ

カー）／万引き日誌　女性保安員の奮戦記（中村有希）／風のけはい・いがりまさし写真集／死の蔵書（ジョン・ダニング）／３Ｄ　ＭＵＳＥＵＭ—３Ｄ美術館—（杉山誠）

新聞書評エンターテインメント

すべてがＦになる（森博嗣）／彗星との日々—中井英夫との四年半—（本多正一）／抱擁（Ａ・Ｓ・バイアット）／恋愛対位法（オルダス・ハックスレー）／人格転移の殺人（西澤保彦）／さらばヤンキース（Ｄ・ハルバースタム）／さようなら紅梅キャラメル（澤里昌与司）／灰の中の名画（フィリップ・フック）／ロミー・シュナイダー事件（ミヒャエル・ユルクス）／殺人定理（トニー・ケープ）／千《ち》尋《いろ》の闇（ロバート・ゴダード）／日本探偵小説事典（江戸川乱歩）／ジョン・ディクスン・カー〈奇蹟を解く男〉（ダグラス・Ｇ・グリーン）／枯れ蔵（永井するみ）／マーチ博士の四人の息子（ブリジット・オベール）／古本屋の蘊蓄（高橋輝次編）

新聞書評ミステリーエンターテインメント

世界ミステリ作家事典「本格派編」（森英俊編著）

／道頓堀の雨に別れて以来なり（田辺聖子）／大江戸視覚革命（T・スクリーチ）／ラ・ロシュフーコー公爵傳説（堀田善衞）／三原脩の昭和三十五年（富永俊治）／恋するコンピュータ（黒川伊保子）／ひたくれなゐに生きて（齋藤史）／出会いと物語（工藤直子）／恋愛小説のレトリック――『ボヴァリー夫人』を読む（工藤庸子）／絵のまよい道（安野光雅）／「草枕」変奏曲（横田庄一郎）／衣食住（中田雅敏）／今様こくご辞書（石山茂利夫）／鮎川哲也読本（芦辺拓・有栖川有栖・二階堂黎人編）／六番目の小夜子（恩田陸）／年譜制作者（山本恵一郎）／江戸の女俳諧師「奥の細道」を行く――諸九尼の生涯――（金森敦子）／賭ける魂（月本裕）／木の葉の美術館（群馬直美）／芸の秘密（渡辺保）／石田天海　奇術五十年（石田天海）／蕁麻の家　三部作（萩原葉子）／この闇と光（服部まゆみ）／林檎の礼拝堂（田窪恭治）／仙人の壺（南伸坊）／看板描きと水晶の魚――英国短篇小説の愉しみ（西崎憲編）／かぼちゃと風船画伯（吉田和正）／女子中学生の小さな大発見（清邦彦編著）／「とんち教室」

の時代（青木一雄）／本格ミステリーを語ろう！〈海外篇〉（芦辺拓・有栖川有栖・小森健太朗・二階堂黎人編著）

新刊　私の◎○

日本の昔ばなし　全三巻　関敬吾編

サン・ルイス・レイ橋　T・N・ワイルダー

海舟座談　勝海舟

ユダヤ人のブナの木　アンネッテ・フォン・ドロステ゠ヒュルスホフ

日本童謡集　与田準一編

私は誰でしょう（川辺豊三）／扉（山沢晴雄）／点眼器殺人事件（海野十三）／せどり男爵数奇譚（梶山季之）／盗作の裏側（高橋克彦）／本盗人（野呂邦暢）／神かくし（出久根達郎）／古本屋探偵の事件簿（紀田順一郎）／猫の舌に釘をうて／三重露出（都筑道夫）／時のアラベスク（服部まゆみ）／ナポレオン狂　夜の旅人（阿刀田高）／未来圏からの質問（ますむら・ひろし）／二冊の同じ本（松本清張）／本陣殺人事件（横溝正史）／人形はなぜ殺される（高木彬光）／死のある風景　憎悪の化石（鮎川哲也）／亜愛一郎の狼

狽（泡坂妻夫）／北の夕鶴2／3の殺人　奇想、天を動かす（島田荘司）／招かれざる客（笹沢左保）／天国は遠すぎる（土屋隆夫）／日本探偵小説全集12　名作集2（葛山二郎・大阪圭吉・蒼井雄）／赤い密室　黒い白鳥　黒いトランク　砂の城（鮎川哲也）／炎の虚像（笹沢左保）／赤の組曲（土屋隆夫）／赤いペンキを買った女（葛山二郎）／眠りの森（東野圭吾）／化人幻戯（江戸川乱歩）／斜め屋敷の犯罪　占星術殺人事件（島田荘司）／バイバイ、エンジェル（笠井潔）／囲碁殺人事件（竹本健治）／殺人方程式（綾辻行人）／切断（黒川博行）／獄門島（横溝正史）／サマー・アポカリプス（笠井潔）／半七捕物帳（岡本綺堂）／顎十郎捕物帳（久生十蘭）／明治開化安吾捕物帖（坂口安吾）／捕物帳もどき　砂絵くずし（都筑道夫）／びいどろの筆（泡坂妻夫）／その木戸を通って（山本周五郎）／山田風太郎明治小説全集　警視庁草紙（山田風太郎）／ホック氏の異郷の冒険（加納一朗）／バルーン・タウンの殺人（松尾由美）／明治断頭台（山田風太郎）／Dの複合　陸行水行　万葉翡翠（松本清張）／成吉思汗の秘密（高木彬光）／絢爛たる暗号（織田正吉）／忠臣蔵　元禄十五年の反逆（井沢元彦）／写楽殺人事件（高橋克彦）／森の石松（都筑道夫）／團十郎切腹事件（戸板康二）／伯林《ベルリン》―一八八八年（海渡英祐）／10番打者（佐野洋）／アンゴウ（坂口安吾）／母子像（久生十蘭）／犬神博士（夢野久作）／危険な童話（土屋隆夫）／遠きに目ありて（天藤真）／炎に絵を（陳舜臣）／母子像（筒井康隆）／魔少年（森村誠一）／グリーン車の子供（戸板康二）／魔術はささやく（宮部みゆき）／蜃気楼博士（都筑道夫）／白蠟の鬼（高木彬光）／仮題・中学殺人事件（辻真先）／誘拐（高木彬光）／誘拐作戦（都筑道夫）／大誘拐（天藤真）／あした天気にしておくれ　99％の誘拐（岡嶋二人）／宇治拾遺物語／牛人（中島敦）／白昼の死角（高木彬光）／眼の壁（松本清張）／紳士同盟（小林信彦）／銀の仮面（ヒュー・ウォルポール）／D坂の殺人事件（江戸川乱歩）／柳桜集（木々高太郎《きぎたかたろう》）／人外魔境（小栗虫太郎）／黒い画集（松本清張）／妖盗S79号（泡坂妻夫）／富豪刑事（筒井康隆）／十二人の手紙

（井上ひさし）／妖異金瓶梅（山田風太郎）／運命の八分休符（連城三紀彦）／我らが隣人の犯罪（宮部みゆき）／弁護側の証人（小泉喜美子）／死者を笞打て（鮎川哲也）／細い赤い糸（飛鳥高）／マイナス・ゼロ（広瀬正）／マリオネットの罠（赤川次郎）／家族八景（筒井康隆）／百舌《もず》の叫ぶ夜（逢坂剛）／倒錯のロンド（折原一）／霧越邸殺人事件（綾辻行人）／生者と死者（泡坂妻夫）／太陽黒点（山田風太郎）／虚無への供物（中井英夫）／黒死館殺人事件（小栗虫太郎）／ドグラ・マグラ　少女地獄（夢野久作）／支倉《はせくら》事件（甲賀三郎）／虚像（大下宇陀児《うだる》）／不連続殺人事件（坂口安吾）／天使が消えていく（夏樹静子）／椿姫を見ませんか（森雅裕）／幻影城（江戸川乱歩）／深夜の散歩（福永武彦・中村真一郎・丸谷才一）／紙上殺人現場（大井廣介）

ミステリー通になるための１００冊

それはまた別の話　和田誠・三谷幸喜

永訣の朝　宮沢賢治

女うた　男うた　道浦母都子・坪内稔典

阿部一族　森鷗外

迷路　野上弥生子
星を継ぐもの　ジェイムズ・P・ホーガン
月に吠える　萩原朔太郎
アンチゴーヌ　ジャン・アヌイ
20世紀イギリス短篇選　上下　小野寺健編訳
夜明け前　島崎藤村
アンナ・カレーニナ　トルストイ
従妹ベット　バルザック
貼雑年譜　江戸川乱歩
背中の志ん生　古今亭圓菊
羽根枕（幻想小説大全　鳥獣虫魚）　蜂巣敦・さたな　きあ・岡田夏彦編
ラテンアメリカ怪談集　鼓直編
美しい水死人　ラテンアメリカ文学アンソロジー　木村榮一ほか訳
オラシオ・キローガ珠玉選（小説幻妖）　甕由己夫訳
毒の園（小説幻妖）　フョードル・ソログープ
ラテンアメリカ短編集　野々山真輝帆編
恐怖博物誌　日影丈吉
中国任侠伝　陳舜臣
同日同刻　山田風太郎
東西ミステリーベスト100　文藝春秋編
冴子の東京物語　氷室冴子

ショージ君の「料理大好き！」	東海林さだお
眠りの森　密室宣言	東野圭吾
フーミンのお母さんを楽しむ本	柴門ふみ
エリー・クラインの収穫	ミッチェル・スミス
ゴールド・コースト	ネルソン・デミル
嘘、そして沈黙	デイヴィッド・マーティン
ストリート・キッズ	ドン・ウィンズロウ
長く冷たい秋	サム・リーヴズ
音の手がかり	デイヴィッド・ローン
目は嘘をつく	ジェイン・スタントン・ヒッチコック
暗闇の薔薇	クリスチアナ・ブランド
シンプル・プラン	スコット・スミス
復讐のディフェンス	パオロ・マウレンシグ
人喰い鬼のお愉しみ	ダニエル・ペナック
私家版	ジャン＝ジャック・フィシュテル
死の蔵書	ジョン・ダニング
私が愛したリボルバー	ジャネット・イヴァノヴィッチ
千尋の闇	ロバート・ゴダード
グリーン・マイル	スティーヴン・キング
赤い右手	ジョエル・タウンズリー・ロジャーズ

マーチ博士の四人の息子	ブリジット・オベール
猿来たりなば	エリザベス・フェラーズ
五輪の薔薇	チャールズ・パリサー
ナイン・テイラーズ	ドロシー・L・セイヤーズ
三人の名探偵のための事件	レオ・ブルース
悪魔に食われろ青尾蠅	ジョン・フランクリン・バーディン
悪魔を呼び起こせ	デレック・スミス
シャム双子の謎	エラリー・クイーン
緑のカプセルの謎	ジョン・ディクスン・カー
世界短編傑作集〈全五冊〉	江戸川乱歩編
まっ白な嘘　未来世界から来た男	フレドリック・ブラウン
試行錯誤	アントニイ・バークリー
メルトン先生の犯罪学演習	ヘンリ・セシル
赤毛の男の妻	ビル・S・バリンジャー
星を継ぐもの	ジェイムズ・P・ホーガン
招かれざる客たちのビュッフェ	クリスチアナ・ブランド
ストリート・キッズ	ドン・ウィンズロウ
二人の妻をもつ男	パトリック・クェンティン
夜の終り	ジョン・D・マクドナルド
赤毛のレドメイン家	イーデン・フィルポッツ

作品リスト

新編　江戸の悪霊祓い師《エクソシスト》	高田衛
アダムとイヴの日記	マーク・トウェイン
銀河鉄道の夜	ますむら・ひろし
花の脇役	関容子
聞き書き　尾上九朗右衛門	花田昌子
折り顔	松尾貴史
唐草物語	澁澤龍彥
百頭女	マックス・エルンスト／巖谷國士訳
私の生ひ立ち	与謝野晶子
死の接吻	アイラ・レヴィン
うまい犯罪、しゃれた殺人	ヘンリイ・スレッサー
赤毛の男の妻	ビル・S・バリンジャー
真田風雲録	福田善之
怪人二十面相・伝	北村想
エリー・クラインの収穫	ミッチェル・スミス
魔法の王国売ります！	テリー・ブルックス
リプレイ	ケン・グリムウッド
ストリート・キッズ	ドン・ウィンズロウ
アダムとイヴの日記	マーク・トウェイン
龍は眠る	宮部みゆき

日本探偵小説全集2江戸川乱歩集	江戸川乱歩
亜愛一郎の狼狽	泡坂妻夫
ブラウン神父の童心	ギルバート・K・チェスタトン
招かれざる客たちのビュッフェ	クリスチアナ・ブランド
まっ白な嘘	フレドリック・ブラウン
シャム双生児の謎	エラリー・クイーン
三つの棺	ジョン・ディクスン・カー
ブラウン神父の童心	ギルバート・K・チェスタトン
招かれざる客たちのビュッフェ	クリスチアナ・ブランド
毒入りチョコレート事件	アントニイ・バークリー
大あたり殺人事件	クレイグ・ライス
名探偵オルメス	カミ
織と文	志村ふくみ
黄昏かげろう座	久世光彦
時計ネズミの謎	P・ディッキンソン／E・C・クラーク絵
宇野重吉一座　最後の旅日記	日色ともゑ
古本探偵の冒険	横田順彌
Yの悲劇	エラリー・クイーン
チェーホフの「桜の園」について	宇野重吉
「かもめ」評釈	池田健太郎
芸づくし忠臣蔵	関容子

今日も映画日和　和田誠　川本三郎　瀬戸川猛資
郭公　カッコウ――日本の托卵鳥――　吉野俊幸　写真・文
圓生の録音室　京須偕充
古書店めぐりは夫婦で　ローレンス・ゴールドストーン　ナンシー・ゴールドストーン／浅倉久志訳
牧野植物図鑑の謎　俵浩三
風のジャクリーヌ　ある真実の物語　ヒラリー・デュ・プレ　ピアス・デュ・プレ／高月園子訳
楚人冠全集第五巻　湖畔吟　杉村楚人冠
人間・野上弥生子　「野上弥生子日記」から　中村智子
子どもの声が低くなる！　現代ニッポン音楽事情　服部公一
翻訳の日本語　川村二郎　池内紀
野上弥生子随筆集　野上弥生子・竹西寛子編
古典和歌解読　和歌表現はどのように深化したか　小松英雄
落語家圓菊　背中の志ん生　師匠と歩いた二十年　古今亭圓菊
声に出して読みたい日本語　齋藤孝
齋藤史歌集　齋藤史自選
齋藤史歌文集　樋口覚選
僕の昭和史1～3　安岡章太郎
マクベス殺人事件　ジェイムズ・サーバー
ハムレット狂詩曲　服部まゆみ

ハムレット	久生十蘭
一千一秒物語	稲垣足穂
ショージ君の「料理大好き！」	東海林さだお

3　記憶の発見

暗殺教程	都筑道夫
圓生の録音室	京須偕充
杜子春の物語	李復言
絶対安全剃刀　黄色い本　るきさん	高野文子
ミステリは万華鏡	北村薫
大漁	金子みすゞ
道化役者と虫歯	宮本演彦
薔薇	戸塚比呂志ほか
出版人の萬葉集	川島喜代詩・来嶋靖生・佐佐木幸綱・篠弘・高野公彦・馬場あき子編
雨月物語	上田秋成
吉備津の釜	日影丈吉
語り女たち	北村薫
燃える薔薇	野呂邦暢
決定版三島由紀夫全集（第41巻）	
目と耳と舌の冒険	都筑道夫

おそざきのレオ　ホセ・アルエゴ
ひよことあひるのこ　ホセ・アルエゴ、エーリアン・アルエーゴ
ヒツジがこおりですべったとさ　エアリアン・デューイ
すえっこ　おおかみ　アリアンヌ・デューイ
湖畔吟　杉村楚人冠
殿様の茶碗　小川未明
詩作の傍より　西條八十
格闘する者に○《まる》　三浦しをん
婦人家庭百科辞典復刻版　ちくま学芸文庫
クイーン検察局　エラリー・クイーン／青田勝訳
シラノ・ド・ベルジュラック　エドモン・ロスタン／辰野隆《ゆたか》・鈴木信太郎訳
詩趣酣酣　塚本邦雄
清唱千首　塚本邦雄編
おおきくなりたい　ちびろばくん　リンデルト・クロムハウト作　アンネマリー・ファン・ハーリンゲン絵
黒いトランク　黒い白鳥　憎悪の化石　りら荘事件　人それを情死と呼ぶ　鮎川哲也

初出一覧

1　身辺探索

消えてしまう筈のものを　エッセイ特集90年代ミステリへ向けて「ミステリマガジン」早川書房　1990年4月号
愛猫闘病記「オール讀物」文藝春秋　2001年1月号
横のもの——本と私と神保町と　三省堂書店神田本店二十周年記念「神保町ミニブック」三省堂書店　2001年3月
タイガースと肩「小説すばる」集英社　2002年6月号
夕暮れはまだ遠い「団塊」50代の日々「魔法の玉」との再会／ソフィスティケイティド親父／風と共に去りぬ／「桂さん」のなぞ／「輝かしい時」を生きる　朝日新聞　2001年5月
父が遺した子守歌の「謎」　朝日新聞夕刊　2002年8月
道草だより　かゆいところへ／あだ名の名人／旅の楽しみ／ワープロ・カムバック／「野菊の如き君なりき」／まあ、いいか　共同通信　2002年9月〜2003年2月
先生のお気に入り（瀬戸川猛資さんのこと）エッセイ特集　私が「卒業」したとき「小説宝石」光文社　2003年3月号
天才の色合い　The CD Club　2003年6月　NO．138
天空の縄跳び　別府アルゲリッチ音楽祭2001プログラム　2001年4月
さくら花壇に現れた人「文学界」文藝春秋　2003年10月号

雄蛇が池　ESSAY　新刊ニュース　東販　2004年6月号

ダブルクリック　「時」のびっくり箱／謎が解けた／十人十色／「！」の意味／花巻のバス／星に願いを／シュールな書き手／ある分割案／鳩の新聞／燕よ燕よ／燕の謎　毎日新聞夕刊　2004年10月～12月

「グロテスク」の効用――映画と私　「ドリームチャイルド」　キネマ旬報　2005年1月下旬号

押しつ押されつ　「猫びより」　日本出版社　2005年7月号

狐に招かれ、末廣へ　「オール讀物」　文藝春秋　2005年8月号

2　読書　1992～2003

涙の問　婦人画報　現ハースト婦人画報社　1992年1月号

その意志と聡明さ――私の好きな登場人物　「オール讀物」　文藝春秋　1994年11月号

新聞書評　エンターテインメント　読売新聞　1995年1月～1996年4月

『目は嘘をつく』『小野小町論』『シンプル・プラン』『ロープとリングの事件』『富士山の身代金』『夏の災厄』『人喰い鬼のお愉しみ』『僕を殺した女』『らせん』『泣けない魚たち』『鉄の花を挿す者』『フランドルの呪画』『日本フォーク私的大全』『鉄鼠の檻』『冬のさなかに』『万引き日誌　女性保安員の奮戦記』『死の蔵書』

新聞書評　ミステリーエンターテインメント　読売新聞　1996年5月～1997年3月

『すべてがFになる』『抱擁』『人格転移の殺人』『灰の中の名画』『ロミー・シュナイダー事件』『殺人定理』『千尋の闇』『日本探偵小説事典』『ジョン・ディクスン・カー〈奇蹟を解く男〉』『枯れ蔵』『マーチ博士の四人の息子』

新聞書評　新刊　私の◎○　単行本　朝日新聞　1998年4月～99年3月

◎①『世界ミステリ作家事典【本格派篇】』／◎②『道頓堀の雨に別れて以来なり』○③『大江戸視覚革命』　1998年4月5日
◎①『ラ・ロシュフーコー公爵傳説』◎②『三原脩の昭和三十五年』○③『恋するコンピュータ』　1998年5月17日
◎①『ひたくれなゐに生きて』◎②『出会いと物語』○③『恋愛小説のレトリック』　1998年6月21日
◎①『絵のまよい道』○②『「草枕」変奏曲』○③『衣食住』　1998年7月26日
◎①『今様こくご辞書』◎②『鮎川哲也読本』○③『六番目の小夜子』　1998年9月6日
◎①『年譜制作者』◎②『江戸の女俳諧師「奥の細道」を行く―諸九尼の生涯―』○③『賭ける魂』　1998年10月11日
◎①『木の葉の美術館』○②『芸の秘密』○③『石田天海　奇術五十年』　1998年11月5日
◎①『蕁麻の家　三部作』◎②『この闇と光』○③『林檎の礼拝堂』　1999年1月10日
◎①『仙人の壺』◎②『看板描きと水晶の魚』◎③『かぼちゃと風船画伯』　1999年2月14日
◎①『女子中学生の小さな大発見』○②『「とんち教室」の時代』◎③『本格ミステリーを語ろう！【海外篇】』　1999年3月21日
宝石探し　読書のすすめ〈第4集〉　岩波書店　1996年5月
ミステリー通になるための100冊（日本編）　『この文庫が好き！ジャンル別1300冊』　朝日文芸文庫　1998年7月
作者の顔を忘れた　『島崎藤村全集』推薦のことば　パンフレット　筑摩書房　2000年12月
楽しみの年輪　『読書を楽しもう』　岩波ジュニア新書　2001年1月
読書日記　『貼雑年譜』『背中の志ん生』　日刊ゲンダイ　2001年7月

オラシオ・キローガ探索　「図書」岩波書店　２００２年12月号
大きな本　『日影丈吉全集』推薦のことば　内容見本小冊子　国書刊行会　２００２年５月
私の本棚にある文春文庫三冊　文春文庫創刊20周年小冊子　文藝春秋　１９９４年１月
面白おすすめ文庫　「ダ・カーポ２５５」マガジンハウス　１９９２年６月
一九九二年の三冊〜一九九九年の三冊　「ミステリマガジン」早川書房　１９９３年３月号〜２０００年３月号
創元推理文庫わたしの十冊　「創元推理６」東京創元社　１９９４年９月
感動の理由　「リテレール」別冊９　メタローグ　１９９５年11月
一九九六年単行本・文庫本ベスト３　「リテレール」冬　メタローグ　１９９６年12月
気持ち良くだまされたい　朝日新聞　１９９７年10月
自分の作品だったらよかったのにと思うくらい好きな文庫　「この文庫がすごい！'97年版」宝島社　１９９７年７月
創元推理文庫　北村薫が選んだベスト５　創刊40周年パンフレット　東京創元社　１９９９年４月
翻訳ミステリー　マイベスト７　翻訳ミステリー大全「ＥＱ」光文社　１９９９年７月
美しいものを見たい人におすすめ　「リテレール」別冊『ことし読む本いち押しガイド１９９９』メタローグ　１９９８年12月
活字で「芸」を見てみれば　「リテレール」別冊『ことし読む本いち押しガイド２０００』メタローグ　１９９９年12月
まさか《物語》がこれほどのものとは　「リテレール」別冊『ことし読む本いち押しガイド２００１』メタローグ　２０００年12月
志ん生と読経とコンバット　「リテレール」別冊『ことし読む本いち押しガイド２００２』メタロー

グ　２００１年12月
この人・この３冊　シェイクスピア　毎日新聞　２０００年５月14日
心に響いたこの一行　「何をちょこざいなお月様」「週刊新潮」　２００２年４月11日号／「『鳥源』方式は、片栗粉と卵を使う。」「週刊新潮」　２００３年２月27日号

３　記憶の発見

懐かしき《ジャガー》　ゲスト・エッセイ　筆の向くまま　「問題小説」　徳間書店　１９９６年
福禄寿　六代目三遊亭圓生　「文藝春秋」　２００２年２月
変わった円　「鳩よ！」　マガジンハウス　２００２年３月号
《るきさん》はどこから旅立ったのか　「特集高野文子」「ユリイカ」　青土社　２００２年７月号
聴かなかった部分　ずいひつ　「潮」　潮出版　２００２年10月号
見えない美女　「ダ・ヴィンチ」　メディアファクトリー　２００２年10月号
言葉は死なず　「青春と読書」　集英社　２００２年10月号
幻の雑誌『薔薇《SOBI》』とその頃の人びと　「別冊太陽　日本のこころ　金子みすゞ生誕１００年記念」　平凡社　２００３年４月
ギブ・ミー・チョコレート　「Number」　文藝春秋　２００３年８月
何や、ゴッホやないか　季刊「おおさかの街」　２００３年９月
装幀のときめき　「考える人」　新潮社　２００４年１月冬号
待ち望んだ『雨月物語』　白石加代子公演パンフレット　新潮社　２００４年５月
光と闇を行き来する語りの妙　新潮ＣＤパンフレット　新潮社　２００４年１月
語りの不思議　「波」　新潮社　２００４年５月

プロムナード　勧進帳／風と共に去りぬ／サンクチュアリ／回転数／幻の座談会／ラーメンズ／第41巻音声／本を買いに／アルエゴさん／白樺文学館／湖畔吟／殿様の茶碗／めぐりあい／名詮自性／対チュニジア戦／鬼のよう／ものの見方／生活の形／インタビュー／婦人家庭百科辞典／スプーナリズム／うつるんでしょうか／くノ一問題／文字への愛　日本経済新聞　２００５年１月～６月

絆　特集　絵本の贈り物「Pooka」　２００５　vol. 12　２００５年９月

鮎川哲也氏を悼む　日本本格推理小説に捧げた一生　産経新聞　２００２年10月５日

北村薫　著作リスト

1989年3月　『空飛ぶ馬』（東京創元社）　創元推理文庫
1990年1月　『夜の蝉』（東京創元社）　創元推理文庫
　　　　　　＊第44回日本推理作家協会賞短編および連作短編集部門受賞
1991年2月　『秋の花』（東京創元社）　創元推理文庫
1991年11月　『覆面作家は二人いる』（角川書店）　角川文庫／中央公論新社C★NOVELS
1992年4月　『六の宮の姫君』（東京創元社）　創元推理文庫
1993年9月　『冬のオペラ』（中央公論社）　中公文庫／角川文庫／中央公論新社C★NOVELS
1994年10月　『水に眠る』（文藝春秋）　文春文庫
1995年8月　『スキップ』（新潮社）　新潮文庫
1995年9月　『覆面作家の愛の歌』（角川書店）　角川文庫／中央公論新社C★NOVELS
1996年5月　『謎物語―あるいは物語の謎』（中央公論社）　中公文庫／角川文庫
1997年1月　『覆面作家の夢の家』（角川書店）　角川文庫／中央公論新社C★NOVELS
1997年8月　『ターン』（新潮社）　新潮文庫
1998年4月　『朝霧』（東京創元社）　創元推理文庫
1998年7月　『謎のギャラリー』（マガジンハウス）
　　　　　　＊2002年2月増補し『謎のギャラリー　名作博本館』として新潮文庫化
1999年5月　『ミステリは万華鏡』（集英社）　集英社文庫／角川文庫
1999年8月　『月の砂漠をさばさばと』（新潮社）　新潮文庫

北村薫 著作リスト

1999年9月 『盤上の敵』（講談社） 講談社ノベルス／講談社文庫
2001年1月 『リセット』（新潮社） 新潮文庫
2002年6月 『詩歌の待ち伏せ 上』（文藝春秋）
＊『詩歌の待ち伏せ1』として文春文庫化
2003年1月 『街の灯』（文藝春秋） 文春文庫
2003年10月 『詩歌の待ち伏せ 下』（文藝春秋）
＊『詩歌の待ち伏せ2』として文春文庫化
2004年4月 『語り女たち』（新潮社） 新潮文庫
2004年10月 『ミステリ十二か月』（中央公論新社） 中公文庫
2005年2月 『ふしぎな笛ふき猫―民話・「かげゆどんのねこ」より』 山口マオ・絵（教育画劇）
2005年4月 『続・詩歌の待ち伏せ』（文藝春秋）
＊『詩歌の待ち伏せ3』として文春文庫化
2005年6月 『ニッポン硬貨の謎―エラリー・クイーン最後の事件』（東京創元社） 創元推理文庫
＊第6回本格ミステリ大賞（評論・研究部門）受賞
2006年3月 『紙魚家崩壊―九つの謎』（講談社） 講談社ノベルス／講談社文庫
2006年7月 『ひとがた流し』（朝日新聞社） 新潮文庫
2007年4月 『玻璃の天』（文藝春秋） 文春文庫
2007年8月 『1950年のバックトス』（新潮社） 新潮文庫
2007年11月 『北村薫のミステリびっくり箱』（角川書店） 角川文庫
2008年5月 『北村薫の創作表現講義―あなたを読む、わたしを書く』（新潮選書）
2008年8月 『野球の国のアリス』（講談社）

２００９年４月　『鷺と雪』（文藝春秋）　文春文庫
＊第１４１回直木賞受賞
２００９年８月　『元気でいてよ、Ｒ２-Ｄ２。』（集英社）　集英社文庫
２０１０年１月　『自分だけの一冊―北村薫のアンソロジー教室』（新潮新書）
２０１１年２月　『いとま申して―「童話」の人びと』（文藝春秋）
２０１１年５月　『飲めば都』（新潮社）　新潮文庫
２０１４年５月　『八月の六日間』（角川書店）

アンソロジー

１９９８年７月　『謎のギャラリー　特別室』（マガジンハウス）
１９９８年11月　『謎のギャラリー　特別室Ⅱ』（マガジンハウス）
１９９９年５月　『謎のギャラリー　特別室Ⅲ』『謎のギャラリー　最後の部屋』（マガジンハウス）
＊２００２年２月『謎の部屋』、２００２年３月『愛の部屋』『こわい部屋』として増補し新潮文庫化、さらに２０１２年７月『謎の部屋』８月『こわい部屋』は増補の上、ちくま文庫化
２００１年８月　『北村薫の本格ミステリ・ライブラリー』（角川文庫）
２００５年10月　『北村薫のミステリー館』（新潮文庫）

宮部みゆき氏との共編アンソロジー（ちくま文庫）

２００８年１月　『名短篇、ここにあり』
２００８年２月　『名短篇、さらにあり』

２００９年５月『読んで、「半七」！ ─半七捕物帳傑作選１』
２００９年６月『もっと、「半七」！ ─半七捕物帳傑作選２』
２０１１年１月『とっておき名短篇』
２０１１年１月『名短篇ほりだしもの』
２０１４年５月『読まずにいられぬ名短篇』
２０１４年６月『教えたくなる名短篇』

ガイド・ブック

２００４年６月『静かなる謎　北村薫』（別冊宝島１０２３）
２０１３年３月『北村薫と日常の謎』（宝島社文庫）

本文写真　新潮社写真部
編集協力　宮本智子

北村薫（きたむら・かおる）

一九四九年埼玉県生まれ。早稲田大学ではミステリ・クラブに所属。母校埼玉県立春日部高校で国語を教えるかたわら、八九年、「覆面作家」として『空飛ぶ馬』でデビュー。九一年『夜の蝉』で日本推理作家協会賞を受賞。小説に『秋の花』『六の宮の姫君』『朝霧』『スキップ』『ターン』『リセット』『盤上の敵』『ニッポン硬貨の謎』（本格ミステリ大賞評論・研究部門受賞）『月の砂漠をさばさばと』『ひとがた流し』『鷺と雪』（直木三十五賞受賞）『語り女たち』『１９５０年のバックトス』『いとま申して』『飲めば都』などがある。読書家として知られ、『詩歌の待ち伏せ』『謎物語』など評論やエッセイ、『名短篇、ここにあり』『名短篇、さらにあり』『とっておき名短篇』『名短篇ほりだしもの』（宮部みゆきさんとともに選）などのアンソロジー、新潮選書『北村薫の創作表現講義』新潮新書『自分だけの一冊――北村薫のアンソロジー教室』など創作や編集についての著書もある。

書《か》かずにはいられない
北《きた》村《むら》薫《かおる》のエッセイ

2014年3月30日 発行

著者 北《きた》村《むら》薫《かおる》

発行者 佐藤隆信

発行所 株式会社新潮社
〒162-8711 東京都新宿区矢来町71
電話 編集部03-3266-5411 読者係03-3266-5111
http://www.shinchosha.co.jp

装画・挿画 中山尚子
装幀 新潮社装幀室

印刷所 大日本印刷株式会社
製本所 大口製本印刷株式会社

乱丁・落丁本は、ご面倒ですが小社読者係宛お送り下さい。
送料小社負担にてお取替えいたします。
価格はカバーに表示してあります。

ISBN978-4-10-406609-4 C0095

飲めば都　北村薫

仕事に夢中の身なればこそ、タガが外れることもある――文芸編集者小酒井都《こさかいみやこ》は、日々読み、日々飲む。思わぬ出来事、不測の事態……酒女子必読のリアルな恋の物語。

読まずにはいられない　北村薫のエッセイ　北村薫

書物愛と日常の謎の多彩な味わい。作家になる前のコラムも収録。人生の時間を深く見つめる《温かなまなざし》に包まれて読む喜びを堪能できる読者人必携の一冊。

北村薫の創作表現講義　あなたを読む、わたしを書く　北村薫

「読む」とは「書く」とはこういうことだ！ 小説家の頭の中、胸の内を知り、「読書」で自分を深く探る方法を学ぶ。本を愛する読書の達人の特別講義。《新潮選書》

ソロモンの偽証　第Ⅰ部　事件　宮部みゆき

クリスマスの朝、雪の校庭に急降下した14歳。中学校は、たちまち悪意ある風聞に呑み込まれた。目撃者を名乗る匿名の告発状、そして新たな犠牲者が一人、また一人。

ソロモンの偽証　第Ⅱ部　決意　宮部みゆき

もう学校裁判しかない――教師の隙を突いて、一人の生徒が起ち上がった。許された15日間に有志を集め証人を探し出せ――。14歳の夏をかけた決戦、カウントダウン！

ソロモンの偽証　第Ⅲ部　法廷　宮部みゆき

最後の証人の登壇に法廷は沸騰した。事件の封印が次々と解かれてゆくにつれ、満杯の体育館を疑問符が支配した。この裁判は仕組まれていたのか⁉ 驚天動地の完結篇。

ぐるりのこと　梨木香歩

もっと深く、ひたひたと考えたい。生きていて出会う、一つ一つを、静かに、丁寧に味わいたい。喜びも悲しみも自分の内に沈めて、ぐるりから世界を、自分を考える。

渡りの足跡　梨木香歩

渡りは、一つ一つの個性が景色と関わりながら自分の進路を切り拓いてゆく、旅の物語の集合体。その道筋を、観察し、記録することから始まったネイチャー・エッセイ。

鳥と雲と薬草袋　梨木香歩

鳥のように、雲のように、その土地を辿る。ゆかしい地名に、土地の来歴と人びとの暮しを思う……はるかな時を超えて記憶を共有する、滋養に充ちた葉篇随筆。

文学のレッスン　丸谷才一

面白くて、ちょっと不穏な、丸谷才一「決定版文学講義」！　小説からエッセイ、詩、批評、伝記、歴史、戯曲まで。古今東西の文学をめぐる目からウロコの話が満載。

世界中が夕焼け
—穂村弘の短歌の秘密—
穂村弘
山田航

穂村弘の〈共感と驚異の短歌ワールド〉を新鋭歌人・山田航が解き明かし、穂村弘が応えて語る。ほむほむの言葉の結晶120首を収録。より深く味わえる、必携の一冊。

「本」に恋して
松田哲夫
イラストレーション・内澤旬子

本は内容も大事だけど、本のかたちそのものが好き。装幀、製本、本文とカバーの用紙、印刷インキまで——編集狂・松田哲夫が現場を探訪して究める「本作りの奥義」。

福永武彦戦後日記　福永武彦

「僕はここに、嘘を書かなかった」妻と幼子・夏樹との帯広での疎開生活から、作家として立つ道を探して一人東京へ。若き文学者の愛と闘いの記録。解説・池澤夏樹。

福永武彦新生日記　福永武彦　序・池澤夏樹

『戦後日記』に続く結核療養所の日々の日記。妻子と別れ、死の不安の中で新たな生の意欲を取り戻すまでの濃やかな記録。人生と作品を結ぶ魂の苦闘と再生の軌跡。

私の百人一首　愛蔵版　白洲正子

懐深く、同時に自在かつ軽やかな白洲流「百人一首の読み方・遊び方」を、著者旧蔵の美しいかるたと共に。カラー口絵から王朝の華やぎが伝わる、贅沢な愛蔵版。

人間の運命（全七冊セット全3部14巻）　芹沢光治良

明治、大正、昭和の三代にわたる日本と世界の激動の近代史のなかで、様々な苦難をのりこえ理想に燃えて生きる一日本人の精神史――芸術院賞受賞の大河小説愛蔵版。

文士の友情　吉行淳之介の事など　安岡章太郎

かくも贅沢な交誼――。吉行淳之介の恋愛中の態度に驚き、遠藤周作に洗礼の代父を頼み、島尾敏雄の苦闘を思いやる。「悪い仲間」で出発した安岡文学の芳醇な帰着。

ギリシア神話〈新装版〉　呉茂一

ヨーロッパ文化発祥の地に生まれ、文学や美術に影響を与え続けてきたギリシア神話。雄壮な叙事詩の世界を体系的にまとめあげた名著。大きな活字の新装版。

終わり続ける世界のなかで　粕谷知世

1999年7の月——あの予言どおりには、世界は滅びなかった。今を生き延びる伊吹《いぶき》の心の軌跡を辿り、同時代を生きる魂に問いかける、渾身の書下ろし長編小説。

もいちどあなたにあいたいな　新井素子

あなたは、あたしの知ってるあなた、じゃないよね？　人格が変容する恐怖、自分がわからなくなる不安。失われた記憶の謎を探る、濃密な物語。待望の書下ろし長編。

ふがいない僕は空を見た　窪美澄

これって性欲？　それだけじゃないはず——嫉妬、愛着、感傷、僕らをゆさぶる衝動をまばゆくさらけ出す、第8回「女による女のためのR-18文学賞」大賞受賞作。

蕃東国年代記《ばんどんこくねんだいき》　西崎憲

そこは遥かな郷愁の国。その都に住む貴族宇内《うない》と少年藍佐《らんざ》の、永遠を秘めた日々。日常に怪異跳梁し、人心が夢魔を呼び出す——「ずっと読み続けていたくなる」幻想長篇。

工場　小山田浩子

何を作っているのかわからない巨大な工場。敷地には謎の動物たちが——。働くこと生きることの不条理を、途方もなく奇妙な想像力で乗り越える三篇〈新潮新人賞受賞〉

何者　朝井リョウ

「あんた、本当は私のこと笑ってるんでしょ」就活大学生五人の切実な現実。影を宿しながら光に向いて進む就活大学生の自意識をあぶり出す書下ろし長編小説。